U0055298

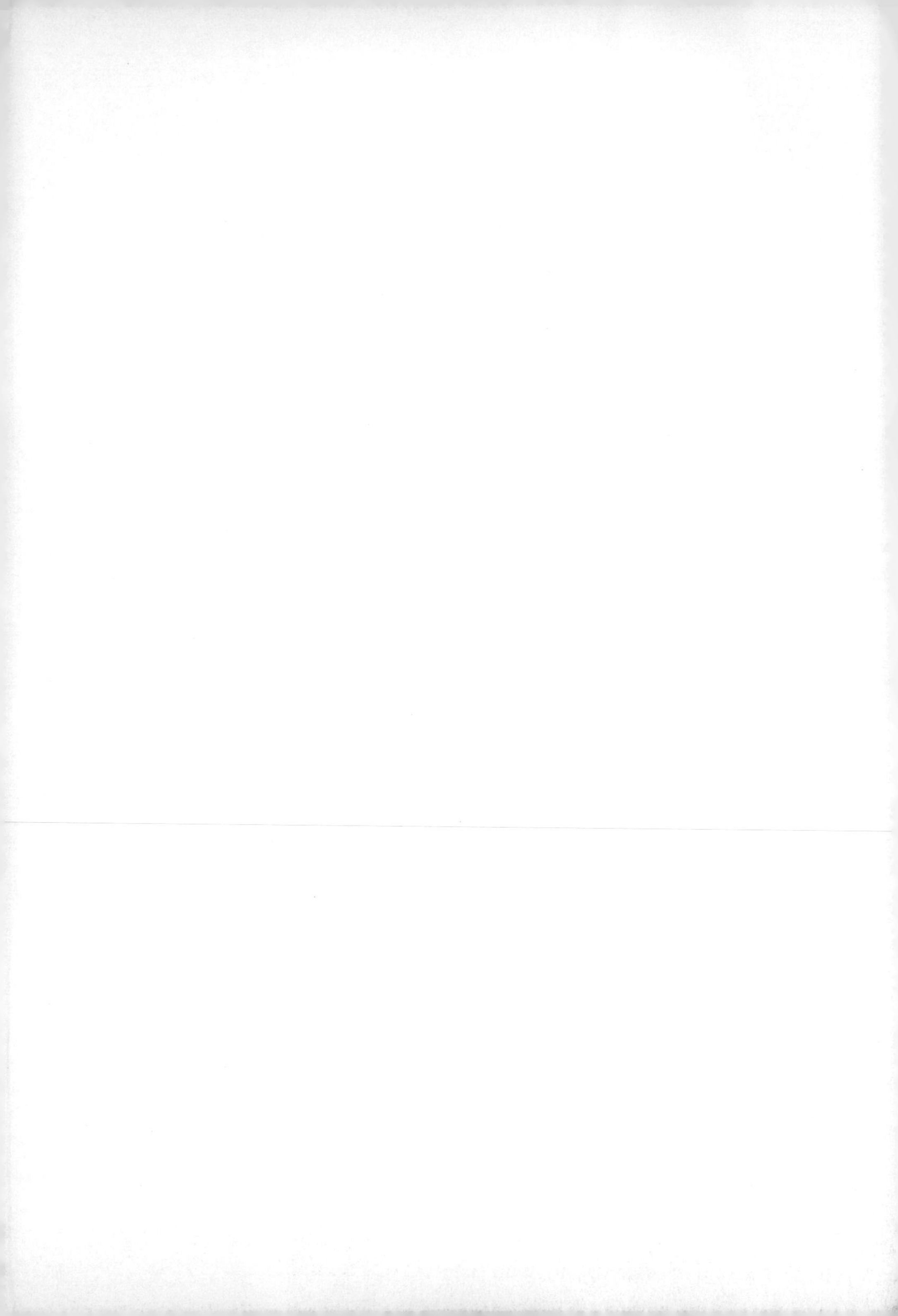

我們一起走，迪克

【新封珍藏版】

沈石溪——著

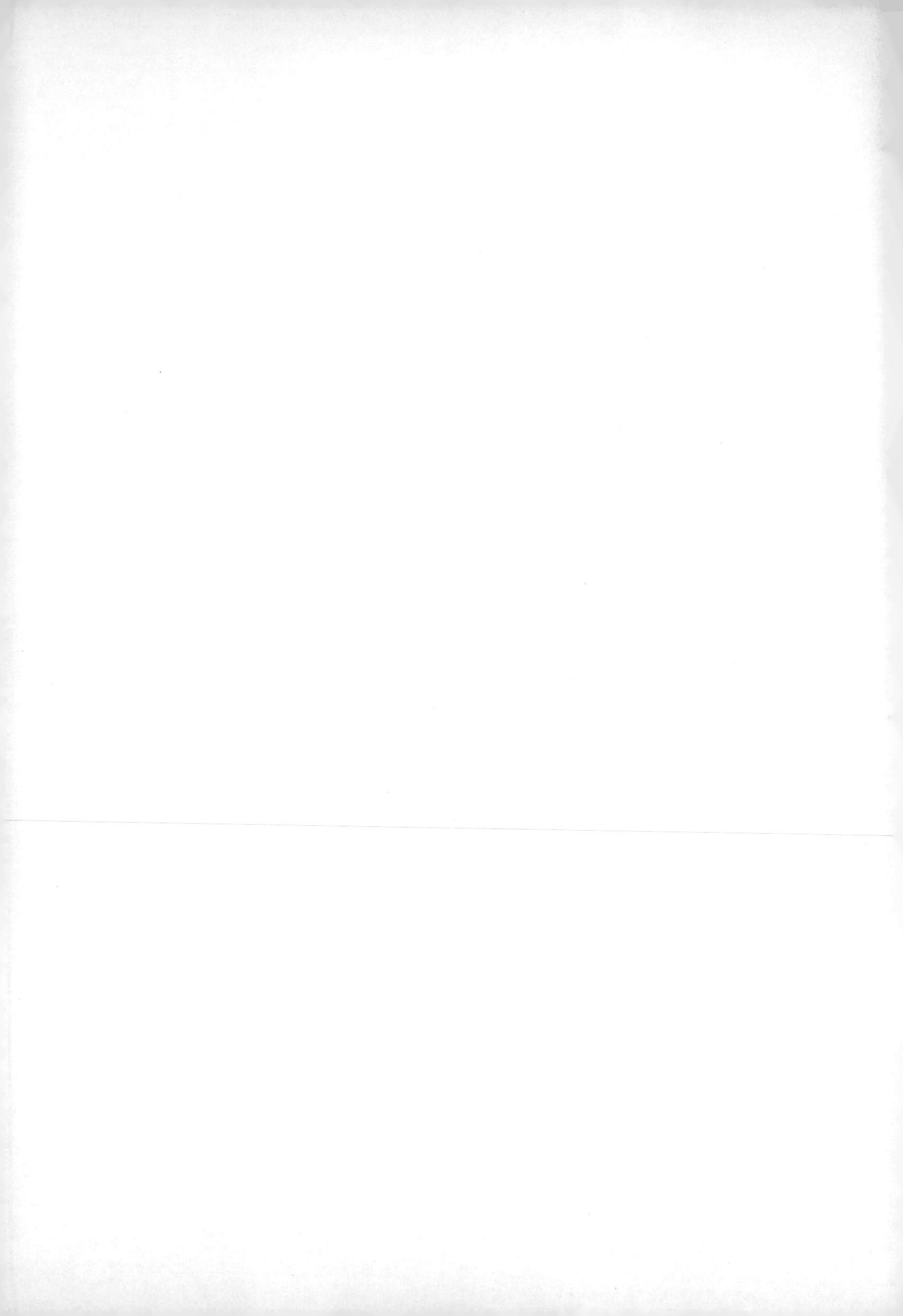

【編者序】

盲孩與忠狗：終生的信任與愛

朱墨菲

《我們一起走，迪克》，是動物文學大師沈石溪繼他所寫的眾多動物文集後，又一部令人動情飆淚的動物小說。故事敘述一隻血統純正的獵狗與一個雙目失明的盲童間所發生的種種感人情事。

故事中的獵狗迪克，原本出身高貴，並擁有優良的獵狗血統，卻因一生下來就面貌醜陋，注定了牠這輩子擺脫不了被嫌棄的命運；而故事中的小主人阿炯，則因母親的離去，使他傷心過度而喪失視力，最後只有靠一身琴藝，而淪爲在街頭賣藝求生。這兩個境遇相同悲慘的角色，在一次偶然的相遇之後，能迸發出什麼樣的火花呢？

因爲同是天涯淪落「人」，同在缺乏親情滋潤的情況下，他們的相遇，終於讓小孩枯竭的心得到了感情的滋潤，也讓獵狗找到了生存的動力與效忠的對象；他們不但找到了彼此，更付出了自己全部的愛，沒有任何目的、心機與功利的考量，只是單純的擁有、互相依賴，更爲對方付出一切。對盲童來說，這隻狗不僅是他的朋友，也是他的親人，更是他的唯一；而對忠狗來說，維護小主人的安危與幸福則是牠責無旁貸的使命，即使賠上性命也在所不惜。正因爲這種超越世俗的崇高至情，而構成了本書的可看性。

說來諷刺，作者刻意安排的小主人是一個雙目失明的瞎子，又安排了一隻面貌奇醜的癩皮狗來抒寫這段人狗奇遇；也許，只有瞎子才不會在乎這隻狗醜陋的外貌吧，當人的雙目失明後，他便只能用他的心去看世界，而心看見的世界，正是最真實無瑕的世界。

但在一個以貌取人（狗）的社會裏，誰能一眼看透外表皮相下的真心與赤誠呢？動物不會說話，只好用唯一的肢體語言來傳達情意，甚至用自己的身體掏心掏肺的替主人賣命，以博得主人相同的對待。相對於故事裡作者塑造的另一隻白色「迪克」，不但長相可愛、動作靈巧，更不時會做出一些撒嬌逗趣的動作來討主人的歡心，迪克的愚忠自然顯得笨拙粗魯又不合時宜。牠不會撒嬌作態，更不會百般諂媚，而只是用牠單純直接的想法替小主人解決困難，適時給予小主人親切的安慰；儘管如此，在世俗的眼光裡，這卻不過是不值一提的瑣屑小事，比起會耍馬戲的白狗來說，根本不足爲道。

沈石溪的動物小說一向充滿了哲理內涵，而且風格獨特，除了故事有感人的情節之外，其實更深藏著許多發人深省的意旨，包括人與人之間、人與動物之間甚或動物與動物之間的關

係，都有許多值得我們再深入思考的空間。在動物的世界裏，除了求生的本能之外，往往表現出感人的忠誠與愛，一旦牠們認定了自己的主人，必會付出全部的信任與忠誠；即使人類背叛或拋棄牠們，牠們亦始終相信人類對牠們的愛。但人類相對而言，是否亦是如此呢？

Contents

Contents

一　獵犬迪克

牠的母親安莎和父親大黃蜂都是血統純正、出身高貴、相貌美麗、性情勇猛的獵犬，和牠同窩出生的一隻狗弟和一隻狗妹都繼承了父母身上的優點，長得漂亮可愛，但不知爲什麼，牠卻一生下來就醜得出奇。一副斜巴眼，眼角擠滿著狗眵糊，鼻梁平塌，天生一張歪嘴，上嘴吻還有一個V形豁口，露出排列極不整齊的牙齒，無法閉嚴的嘴角時時淌著一股又黏又滑的口水。

牠長著一身亂糟糟的沒有光澤的狗毛，就像鍋底的黑印，彷彿從娘胎裏就患有疥瘡，好幾處體毛脫落，露出難看的青白色的狗皮；又細又短的尾巴光溜溜的不長一根狗毛，比老鼠尾巴好看不了多少。

俗話說，母不嫌兒醜。但牠實在太醜了，連母狗安莎都覺得扎眼，給牠餵奶時閉著眼睛不看牠，也不用舌頭舔牠，夜裏山風料峭，牠想跟著狗弟狗妹鑽進母親的懷裏取暖睡覺，也被她厭惡地用爪子踢蹬開去。

牠出生的第八天，所在的那家主人——碧羅雪山南麓石頭寨獵手力瓢老爹，來到搭建在屋檐下的狗棚前，想看看母狗安莎究竟爲他產下了啥模樣的小獵狗。他先抱起牠的狗弟，雙手捧月亮似的捧在掌心，瞇著眼端詳了一陣後讚歎道：

「哈，怪俊的小狗崽，蜂腰牛臀，狼耳虎頭，長大後準是越野打獵的好手。」

接著，他又捧起牠的狗妹，樂滋滋地說：

「唷，多漂亮的小母狗，簡直跟妳媽是一個模子裏燒出來的。妳長大了，公狗不爲妳打架打瘋了才怪呢。」

他說著，還戲謔地曲起食指在牠狗妹俏挺的鼻梁上刮了一下。

當時牠蜷縮在狗棚旮旯的稻草底下。牠雖然來到這個世界才幾天，但已從母狗安莎對待牠的態度中，朦朦朧朧懂得自己是條見不得人的醜狗。牠希望力瓢老爹沒發現牠。遺憾的是，力瓢老爹眼睛比鷹隼還尖，目光在狗棚裏溜了一圈，便把牠從稻草下搜索出來了。

「嘿嘿，你這個淘氣的小狗崽子，還想跟我力瓢玩捉迷藏嗎？」他詼諧地說道，一隻叉開五根指頭的手掌像魚網似地朝牠伸來。

牠身不由己地被送到力瓢老爹的鼻尖底下。

「哎呀！」力瓢老爹突然像撞著鬼似地驚叫起來，「這是狗崽子還是山老鼠？發酒瘟的，簡直是個怪胎嘛！」說著，他像無意間抓著一泡狗屎急於甩脫似地猛一撒手，牠被拋向空中，

一　獵犬迪克

重重地砸在地上。

幸虧牠是四肢先著地，要不然，準被跌成殘廢。就這樣，牠也被跌得腿骨劇痛，臥在地上嗚嗚哀叫。

力瓢老爹的尖叫聲驚動了左鄰右舍。不一會，狗棚前聚集了一大堆前來瞧稀罕的山民。

一位紮著水紅色頭巾的中年漢子蹲在地上，用一根樹枝在牠身上撥拉了幾下，譏笑著說：

「我說力瓢大哥，怕是你那條寶貝安莎找不到合適的公狗來踩背，饞急了找公山狸配對，才生出這麼個非狗非狐、非貓非鼠的玩意兒來的吧，嘻嘻。」

母狗安莎站在一旁羞澀而又委屈地吠叫了幾聲。

「呸，發酒瘟的，你妹子才找公山狸呢。」力瓢老爹惱怒地踢了紮水紅色頭巾的中年漢子一腳，回敬道。

一位臉被太陽曬成紫銅色的小夥子，用腳尖搓搓牠光溜溜的狗尾巴，咂咂嘴唇說：

「力瓢老爹，這般醜的狗崽子，你養著牠也是浪費狗食，乾脆賞給我得了，紅燒狗崽味道鮮美喲。」

「饞貓投胎的，送給你，我力瓢不會自己用青辣椒炒來下酒麼？」

「使不得呀。」這時，圍觀人群中走出一位鬍子雪白的老人，搖著頭說，「力瓢兄弟，我者者皮活了七十歲，見過的狗怕有一千條，還從來沒見過長得這麼醜的狗崽子，怕是惡鬼投的胎哩。吃了牠，會遭報應的。」

力瓢老爹搔搔後腦勺：「這麼說，要我力瓢把這隻醜狗崽子養起來不成？」

「也不成。」者者皮搖晃著那綹白色的山羊鬍鬚說，「養著牠怕是養著災星哩。」

「吃又吃不得，養也養不得，那該怎麼辦呢？」力瓢老爹憂心忡忡地問。

「我看，頂好是把牠扔到森林裏去。」者者皮慢悠悠地說，「一來是放生可以積點陰德，二來把討災鬼送得遠遠的，牠迷了路回不了家，也就沒法子再糾纏你了。」

「這主意不壞。」力瓢老爹點著頭說。

牠是狗，對牠來說，主人的話就是至高無上的法律。牠的不公正的命運就這樣被裁決了。

三個月後，牠剛剛斷奶，便在一個風雨如晦的夜晚，被一隻粗糙的大手揪住脖頸，提出溫暖的狗棚，強行裝進一隻背簍裏，送過三架山三條河，丟棄在一片古木參天、人跡杳然的原始森林裏。黑夜使牠辨不清方向，雨水沖刷掉了氣味，牠找不到回家的路，變成一條無家可歸的野狗。

那時，牠還沒學會獵食，牠的四肢還綿軟乏力，奔跑的速度還抵不上一隻羊羔。在牠剛被

遺棄時，牠只能撿拾山豹吃剩的殘骸剩渣。牠經常餓得半死。

饑餓是動物最優秀的教師。在饑餓的逼迫下，牠學會了覓食。開始，牠捉青蛙吃，比較起來，青蛙行動笨拙，容易捕捉。後來，牠又學會了逮山老鼠吃。牠在背陰潮濕的窪地裏先尋找到鼠穴，然後凝神屏息守在鼠穴旁側，當狡猾的山老鼠剛一探頭，牠就以迅雷不及掩耳之勢撲將過去，四隻狗爪在老鼠身上胡踩亂踏，或者踩斷了鼠腰，或者踩扁了鼠頭，就算大功告成了。

靠著狗的頑強的生命力，牠終於奇蹟般地活了下來。當牠滿周歲時，牠已經長成一條具有自我生存能力的早熟的小公狗了。牠攀山捕獵的本領遠遠超出了和牠同齡的那些獵狗。有一次，牠甚至闖進野豬窩，在母野豬的獠牙底下咬翻了一頭小豬崽子呢。

野狗的生活自由自在、無拘無束，牠不用替主人看家護院，也不用爲主人撵山狩獵，餓了就吃，吃飽了就酣睡，想玩就玩，想上哪兒就上哪兒，也不用向誰請假要誰批准。假如換成別的種類的動物，會很習慣、很欣賞牠這種沒有任何管束的生活的。但不知爲什麼，牠卻覺得日子過得太沈悶、太乏味、太枯燥、太單調，過得不順心、過得不舒暢、過得不痛快，整天悒鬱不歡，總覺得生活中似乎還缺少點什麼，但究竟缺少什麼東西，牠捉摸不透。

牠還只有一歲，還很年輕，還沒學會理智客觀地正視自己的處境，分析自己的心態。換句話說，牠還缺乏自知之明。

一個偶然的機會，才使牠明白過來，牠在生活中渴望的是什麼。

那是一個陽光明媚的早晨，牠同往常一樣，從棲身的小石洞裏走出來，帶著慵懶的睡意，在樹林裏閒逛。突然，寂靜的山谷裏傳來人的吆喝聲和狗的吠叫聲。牠正悶得慌，便小跑著登上一座山崗瞧熱鬧。

森林裏的空氣透明度極高，牠一眼就看清是一個身背火藥槍的獵人正在調度一條黃狗追攆一隻草兔。驚慌失措的草兔在樹林裏狂奔亂跳，繞著圈子。看來，黃狗是條訓練有素的獵狗，很有經驗，總能準確判斷草兔的躥逃路線，抄捷徑兜頭進行攔截。

漸漸地，草兔跑不動了，一頭鑽進草叢，再也不動彈，露出一隻雪白的屁股。黃狗撲過去俐落地叼起草兔的脖頸，踏著碎步跑回獵人身邊。獵人將半死不活的草兔塞進一隻麻袋裏。

這狩獵的情景牠過去也見過，並不特別新鮮。但隨後發生的事，牠卻看得驚心動魄，看得目不轉睛，看得心癢眼饞。

獵人拾掇了草兔後，伸出手掌在黃狗頭頂摩挲了一陣。獵人皺褶縱橫的臉笑得像朵花，動作輕柔，傳遞著寵愛。黃狗使勁搖動著尾巴，一次又一次直立起後肢，撒嬌似地撲向獵人的懷抱。獵人展開雙臂，把黃狗擁在懷裏，一臉鬍渣的下巴貼在黃狗的臉頰上，親暱地蹭動著。黃

一　獵犬迪克

狗伸出舌頭使勁舔著獵人的衣領。獵人一雙寬大的手掌在黃狗脊背上來回地撫摸著，捋順牠淩亂的狗毛。

牠不知不覺間狗嘴裏滴下了涎唾，狗心間癢絲絲的，好像剛吞下一隻毛茸茸的雞雛。牠覺得渾身的肌肉因緊張而痙攣，有一種難以忍受的饑餓感。這絕不是普通的饑渴感，這是一種心理上的饑渴感，比生理上的饑渴感更纏綿，更強烈，更折磨牠的身心。

突然間，牠對黃狗產生了一種莫名其妙的嫉恨，一種想衝過去把黃狗攆跑、自己去頂替牠的角色和衝動，但牠剛從山崗的樹叢裏探出頭去，敏感的黃狗便朝牠扔來一串威脅性的低嚎，牠不得不趕緊縮回身體。

牠想離開山崗，眼不見爲淨，也就不會有煩惱了，但似乎黃狗和那位獵人身上有一種強力磁場，使牠無法挪動身體。

牠是獵狗的後裔，身上流動的是正宗的家狗血統。雖然牠現在身爲野狗，但家狗的習性和心態遺傳在牠的靈魂深處。

狗本來是一種野生動物，後來才演變成家犬的。在所有食肉類走獸中，唯有狗才被人馴化，究其原因，第一，在嚴寒的冬天，狗難以覓到食物，就跑到人類祖先居住的山洞前去撿食人類吃剩丟棄的動物皮囊和殘骸，久而久之，這種帶有乞討性質的覓食行爲變成狗的固有生存方式。狗依附於人類生存，身體就牢牢地被人類束縛住了。

第二，狗在同類間缺乏愛撫，而狗的被撫摸的需求又特別強烈。在一個十分偶然的情況下，也許一條狗無意中發現一條眼鏡蛇正悄悄游向某位人類的祖先，爲了報答他曾恩賜過牠一塊肉骨頭，牠朝他發出汪汪報警的吠叫，他免遭了一場災難，也出於感激，伸出還剛剛由動物前肢進化成手的手，在牠脊背上撫摸了一下，就像一股熱電流傳遍了這條狗的全身，引發了一種前所未有的極大的快感。

動物都是按快樂原則生活的，於是牠搖動尾巴、扭動身體，一而再再而三地請求他重複撫摸的動作，久而久之，這種撫摸發展成人類和狗交流感情、傳遞資訊的一種儀式。狗在人類的撫摸中，心靈得到極大的滿足，靈魂也就被人類牢牢地束縛住了。

野狗就是這樣被馴化成家犬的。

牠雖然生下來從未接受過人類的撫摸，但這種被撫摸的狗的生理需求卻十分強烈。牠佇立在山崗的樹欉間，癡癡地望著那位剽悍的獵手和那條幸運的黃狗，一種孤獨感在牠心中油然而生。

這以後，野狗獨來獨往的日子似乎更難熬了。

是的，牠沒有饑寒之虞，但狗天生過不慣安逸舒適的日子，自由對狗來說是一種奢侈。

狗是勞碌命，生來就受人類支配，爲人類而活著。對狗而言，喪家犬是一種不幸，被主人遺棄是一種恥辱。在狗眼裏，能有一位欣賞和理解自己的主人，能有間遮風擋雨的狗棚，能有一日三餐溫熱的狗食，就是狗最大的幸福。自由的野狗生涯並沒有使牠覺得幸福，反而惶惶不可終日，甚至產生一種命運多舛、飄泊不定、找不到歸屬的痛苦。隨著年齡增大，這種痛苦的感覺也日益加劇。

牠渴望回到人類身邊去。要是能找到這樣一位主人該有多好哇，牠想，他不嫌牠模樣醜陋，他把牠視爲夥伴、當作朋友，牠將在他愁悶時搖尾巴替他解悶；在他危難時奮不顧身地替他解圍；在他登山狩獵時做他機智驍勇的助手；在他睡沈時做他看家護院的哨兵。牠唯一的願望，就是當牠立下汗馬功勞後，他能把牠攬進懷裏，毫不吝嗇地伸出手來撫摸牠的額頭、脖頸和脊背，能賜給牠兩根啃過的肉骨頭，頂好別啃得太乾淨，留著肉渣和軟骨……

牠開始尋找主人。

牠闖進一間茅寮，一位扛著犁鏵的農家漢子一見牠便大呼小叫起來：「該死的野狗，快拿棒子來！」幸虧牠逃得快，不然準被打斷了狗腿。

牠闖進一幢小洋房，一位打扮得珠光寶氣的女人一見牠，便像見了鬼魂似地驚叫一聲，躲進一位西裝革履的男人懷裏：「醜狗，野狗，不，是狼，是狐狸精……」牠只好轉身逃之夭夭。

牠冒冒失失闖進幾十戶人家，都被粗暴地攆了出來。失敗促使牠總結經驗教訓，牠覺得自己之所以一腔熱血報效無門，屢屢投靠屢屢遭拒絕，關鍵原因是牠長得像醜八怪。人類的眼睛沒有透視功能，不可能第一眼就透過牠醜陋的外貌望見牠忠貞的狗心，對牠產生誤會應當說是在情理之中的。

要避免這種遭遇，首先要消除這個誤會。狗和人無法用語言進行對話說清問題，對牠來說，唯一可行的就是用行動來證明自己的忠心，想方設法給未來的主人一份見面禮，也許他就能慈悲爲懷地容忍牠的醜貌。

這需要機會。機會總是有的。

那天，牠路過一道峽谷，看見一位腳穿登山鞋、頭戴紅色遮陽帽的年輕人正在追趕一隻狐狸。這位打扮時髦的獵手動作實在笨拙，盲目地跟在狐狸S形逃跑路線後面追，射擊技術也很難恭維，嶄新的雙筒槍連開了好幾槍，子彈都打到天上去了。

眼看狐狸就要逃進一片茂密的灌木林，牠驀地產生一個念頭，替那位紅帽子獵手捉住狐狸，他親眼看到牠的擒獵本領，興許就不再計較牠的相貌了；他身邊沒有獵狗，牠正好可以填

補空缺。牠把這頭珍貴的狐狸當作禮物送給他，他大概不好意思不收養牠的，牠想。

牠在那隻倒楣的狐狸即將逃進灌木林的一瞬間，迎面撲躍過去。牠勇猛地摟抱著狐狸的脖頸，和牠在草地上滾作一團。狐狸咬傷了牠的肩胛，牠咬斷了狐狸的喉管。牠費勁地叼著剛剛咽氣的狐狸喜孜孜奔向紅帽子獵人。

他先看到狐狸，歡快地叫嚷道：「啊哈，多好的一張狐皮啊！嘿，那兒來的獵狗，真幫了我的大忙了。」

但當他的視線從狐狸身上轉移到牠身上後，立刻像被狼咬住了腳桿似地跳了起來：「見鬼，原來是豺！看你往那裡跑！」說著，把雙筒獵槍烏黑的槍口朝牠瞄準過來。

牠感到無比委屈，假如是把牠說成狼，還有幾分相似之處，全世界的狼分黑黃兩色，牠是黑狗，毛色和狼相同，純種獵狗的體態和狼也相差無幾，是容易混淆的；但把牠說成豺，那也太缺乏常識了，全世界的豺都是棕紅或赤褐色的，誰見過黑豺？看來，這位紅帽子獵手的打獵水準是業餘的業餘。可惜牠沒時間替自己辯解了，他的食指已扣緊了扳機，牠只好急忙扔下狐狸逃進灌木林。白送了一頭狐狸，還挨了一頓臭罵，真晦氣。

幾個月後，牠又碰到了一次機會。

這天黃昏，牠路過一個小山村，正巧看到一位中年漢子在一雙芭蕉園裏搭建守夜的窩棚，幾百株芭蕉樹結滿了一串串青裏泛黃的芭蕉。牠曉得中年漢子搭窩棚是準備在芭蕉園裏守夜，防止有人摸進來偷盜或野獸闖進來糟蹋。守夜人孤獨寂寞，有條狗正好可以作伴。守更熬夜、發現可疑跡象和陌生的氣味是牠的拿手好戲。牠擅長於在黑暗中窺望，牠完全有把握做一條稱職的看家狗。只要有牠在，那位中年漢子儘可以放寬心，一覺睡到大天亮，保證不會丟失一串芭蕉。問題是要找一個能證實牠的存在價值的方式或契機，使那位中年漢子能從自身利益考慮而寬宏牠的醜陋，接受牠做他的看家狗。

牠圍著籬笆牆轉了一圈，無巧不成書，還真得找到了能發揮牠水準的舞臺和道具。舞臺就是一塊紮得稀疏的籬笆牆下一個一尺見方、可供小型走獸鑽進躥出的洞洞，道具就是一隻正在向籬笆牆洞爬去的刺蝟。

別看刺蝟笨拙，不會飛不會跳不會跑，卻是偷食芭蕉的超一流高手。牠憑藉著四隻長有尖利指甲的爪子，可以輕易地爬到芭蕉樹上，然後，身體趴在芭蕉葉柄上，用脊背的剛刺戳進垂掛在枝椏間的芭蕉果裏，悠悠晃蕩，像釣魚似地把整串芭蕉釣上樹椏，飽餐一頓後，牠便用身上的刺毛黏住寬大的芭蕉樹葉，捲成筒狀，身體蜷縮在裏面蒙頭大睡，像蓋了層綠色棉被，像構築了一層天然偽裝網，安全而又舒適，連最機警的獵狗也難發現牠。

此刻，這隻黑白斑雜的小刺蝟正興沖沖地想鑽進籬笆牆洞去。牠汪地吠叫一聲躥過去，先

牠一步用身體堵住籬笆洞。牠瞪起一雙綠豆眼吃驚地望著牠這個愛管閒事的不速之客，並不退縮，也不停步，仍筆直朝籬笆洞衝來。

這傢伙，仗著一身又尖又硬的刺毛，並沒把牠放在眼裏。牠要不是有特殊目的，是不會跟討厭的刺蝟糾纏不清的。牠雖然有犀利的狗牙和相比較而言碩大壯實的體魄，但卻對刺蝟這身刺毛一點辦法也沒有。還沒等牠有所動作，牠就會剎那間捲起脖頸和尾部變成球狀，密密的刺毛篷張倒豎，使牠咬咬不得，抓抓不得，只能生窩囊氣。

瞧，牠肆無忌憚地朝牠逼過來了。牠齜牙咧嘴狂吠怒吼，並作出一副躍躍撲食狀，牠這才就地滾個刺球。

汪汪汪……快來看啊，未來的主人，刺蝟要鑽進籬笆，我正在堵截牠；

汪汪汪……快來看啊，未來的主人，你的竹籬笆紮得再牢，也總難免會有漏洞和缺口，瞧瞧我吧，我就是活動的彈性的堅不可摧的籬笆牆；

汪汪汪……

牠聽見身後傳來人的腳步聲，牠叫得愈發賣力、愈發響亮、愈發氣勢洶洶。

突然，捲成球狀的刺蝟真的像隻球一樣朝牠滾過來。

假如在野外，碰到這種尷尬的情景，牠會本能地朝後退縮以避其鋒芒的；刺蝟身上的刺毛有毒，被刺著後，皮膚會紅腫潰爛。但此時此刻，未來的主人正在背後觀察牠，成敗在此一舉，緊要關頭牠豈肯退縮。既然是堅不可摧的籬笆，當然也包括能無所畏懼對付刺蝟身上的刺毛。

牠咬緊狗牙，抬起右前爪，猛地朝逼到牠鼻吻底下的可惡的刺球踢了一下。咕嚕咕嚕，刺球滾出一米多遠。牠算是開了眼界，碰到一條不怕刺的狗。

牠的右爪一陣鑽心疼痛，繼而又發癢發麻。這沒什麼，只要從此能結束無家可歸的屈辱的野狗生活，即使獻出一隻狗爪牠也不會皺眉頭的。

牠自己覺得牠已經把自我價值表現得盡善盡美了。人類具有比狗強得多的洞察力、判斷力和思維能力，牠聞到人的氣味就在牠的腦後，距離那麼近，牠未來的主人當然把剛才發生的一切都看在眼裏了。他起碼開始欣賞牠了，牠想。

牠滿懷信心地扭頭朝他望去，牠差點沒氣得當場暈倒，他正揚起手中鋒利的長刀惡狠狠地朝牠砍來：「醜野狗，趁我籬笆沒紮牢，就鑽進來搗亂，看我不砍下你的狗頭！」

牠只好夾著尾巴逃跑。

一連串的碰壁，使牠灰心喪氣。牠知道人們拋棄牠是因為牠長得太醜，牠也知道人們不肯接納牠並把牠誤認作野狗、瘋狗、豺狗和惡狼，也是因為牠醜得出奇的外貌。牠也不願意自己長得那麼醜，可是，牠無法選擇自己的出身，無法重新投胎，也無法改變遺傳基因。相貌是不可能重塑的，狗社會也沒有美容院和整容手術，牠這輩子只能做條醜狗了。

牠差不多要絕望了，牠想放棄尋找主人的念頭，這輩子就做條野狗算了。可是融化在牠血液裏的獵狗的本性是那麼纏綿而又強烈，使牠不甘心自己的失敗，仍執著地追求著。

牠相信世界上總有人會理解牠的。

一　獵犬迪克

佛海鎮東邊土地廟的斷垣殘壁旁，有一間破破爛爛的茅草房，房間裏有一張一動就會嘎吱嘎吱響的竹板床，床上躺著一位臉色蠟黃、嘴唇蒼白，正在從陽間通往陰間道上徬徨掙扎的瞎老頭。他兩隻眼窩皮肉收縮，眼珠濁黃，翹翻的眼皮還露出縷縷血絲，使他一張本來應該很英俊的國字臉顯得猙獰可怖。

他姓錢，佛海鎮沒人曉得他叫什麼名字，也不曉得他的來歷。上點年紀的人只記得二十年前一個陰雲沈沈的早晨，佛海鎮通往碧羅雪山死林的彎彎曲曲的小路上，走來一個彎腰傴背、衣衫襤褸的中年瞎子，操著一口在當地人聽來很彆扭的腔調，打躬作揖向人打聽鎮上有沒有茶館。

一位好心的放牛娃把他領到鎮上唯一的福鑫茶館門口，不一會，一向清靜的幾乎有點沈悶的福鑫茶館響起了悠揚的胡琴聲，幾曲終了，他便瞪起一雙沒有生氣、沒有神采的眼珠子，摘下頭上的破氈帽反轉過來捧在胸口。

那時候，小鎮還很窮，沒哪家有收音機，小鎮也太閉塞，連有線廣播也不通；那瞎子的琴聲聽起來還挺順耳，有點悲涼、有點心酸、也有點勾魂，小鎮人雖然不懂藝術，卻也聽得出點滋味來了。冷冷清清的茶館圍聚起一大攤人來，生意破天荒地興隆。

有幾位慷慨些的茶客向瞎子的氈帽內擲一兩枚鎳幣，他道了聲謝謝，又開始拉琴……終於拉累了，便坐在茶館門口的石階上休息。於是茶客中的好奇者便問他姓名。

「鄙姓錢，就叫我錢老瞎吧。」他客氣地說。

又有人問他的來歷和身世。

「殘疾人四海爲家。」他淡淡地說。

小鎮人很厚道，既然人家不願說，想必是有難言的隱衷，便不再打聽。

那年月，正是文化革命鬧騰得厲害的時候，要是換在別處，出現這麼一個不是本地口音的外鄉人，不被紅衛兵攆走，也會被造反派羈押審查的。但佛海鎮座落在碧羅雪山的褶皺深處，

一年中有半年大雪封山，是塊世外桃源。鎮民們一半出於對殘疾人的同情，一半出於迷戀他出神入化的琴聲，東家捐塊門板，西家湊根房樑，張家送來兩隻碗，李家抱來一口鍋，幫他在土地廟安置了個家。

從此，錢老瞎便在佛海鎮安頓下來，一年三百六十五天，風雨無阻，天天到福鑫茶館拉琴。

光陰荏苒，二十二年彈指一揮間。

他老了，頭上青絲變白髮。半個月前，他在茶館拉一曲《漁舟唱晚》，半闕剛完，便覺胸腔似有螞蟻在爬癢，重重咳了一聲，噴出一口腥味很濃的痰。他自己還不覺得怎麼樣，朝四周歉意地笑笑，想把中斷的曲子拉完，卻傳來茶館老闆驚駭的叫聲：「錢老瞎，你吐血了！」剎那間，他覺得渾身的筋骨都軟得像棉花做的，咕咚一聲從竹椅上栽倒在地。這以後，他躺在床上再也沒有起來過。

在錢老瞎躺的竹床邊支著一張長條凳，凳上坐著一個身穿靛藍色土布對襟衫的盲少年。他叫阿炯，是錢老瞎唯一的徒弟。暮色蒼茫，碧羅雪山最後一縷夕陽透過木格窗櫺，落在盲少年臉上。他的眼窩不像錢老瞎那麼醜陋猙獰，他沒破相，只是瞳仁上蒙著一層灰白的陰翳。他臉蛋橢圓，鼻梁挺直，嘴也長得端正，模樣很清秀。他跟著錢老瞎學二胡已有四年。自從錢老瞎病倒後，他就天天守在師傅床前，端水送湯。此刻，他坐在長條凳上凝神屏息地聽著竹床上的動靜，以便能從聲音中判斷出師傅是否從昏睡中醒來、是否有需要去做的事。

阿炯是個苦命的孩子。他並非一生下來就是瞎子，恰恰相反，他剛從娘肚子來到這個世界時，一雙眼睛又大又亮，像兩粒熟透的黑葡萄。他在鎮上小學上一年級時，視力測試左右都是一點五。他的爸爸是離佛海鎮二里遠的金竹寨的菜農，親媽媽是來金竹寨插隊落戶的昆明女知青。這是畸形時代結下的不幸婚姻，他是不幸婚姻孕生的一枚苦果。

在他讀一年級下學期時，媽媽鬧離婚成功，回到遙遠的家鄉昆明去了，像一隻逃出籠子的鳥，從此再沒有音訊。媽媽本來是要帶他一起回昆明的，但爸爸死活不讓，爸爸說他是謝家的骨肉，謝家的香火，就像扣押人質似地把他作爲在離婚協議書上簽字的交換條件。

從此，他失去了媽媽。

媽媽一走，家裏的日子過得就像苦竹筍。爸爸整天臉上沒一絲笑容，要麼在菜地裏悶頭幹活，要麼憨做在門口的石墩上，一袋接一袋抽老旱煙，後來又開始酗酒，一葫蘆一葫蘆往肚裏灌劣質包穀酒，喝得醉醺醺就找碴子揍他，摑耳光，踢屁股，要不就用抽馬的牛鞭子抽他的脊背，揍得他在地上打滾，抽得他身上紅一塊紫一條的，揍得他鬼哭狼嚎。

爸爸酒醒後，就會摸著他身上的傷痕哭一場。有時，爸爸醉得不省人事，飯也不煮，水也不燒，餓得他去地裏啃生南瓜吃。他過去被媽媽嬌慣了，寵慣了，受了這些委屈，就拚命哭，經常哭得兩隻眼睛又紅又腫。

有一次，他得了重感冒，額頭燒得滾燙，躺在床上昏睡，黃昏時醒來，想喝口水，喊了幾聲爸爸，回答他的是濃烈的酒味和高亢的鼾聲。他嗓子乾得要冒煙，頭痛得像要爆炸，渾身難受極了，一個勁哭。他想起媽媽在家的時候，日子雖然過得也不富裕，但有人煮飯洗衣，他生病時，媽媽總是端湯端水守在床邊。有沒有母愛的對比反差太強烈了，他越哭越傷心，哭了整整一夜。

第二天清早，他就覺得眼睛有點異樣，看白的牆、藍的天、綠的樹，似乎都有一塊暗紅色的斑點，他以為是眼屎，使勁揉眼睛，卻怎麼也揉不掉。爸爸還殘酒未醒。

到了中午，斑點由紅轉黑，並逐漸擴大。這時，爸爸終於酒醒了。他把眼睛異常的事跟爸爸一說，爸爸這才著了慌，帶他到鎮醫院去看，醫生說是青光眼，打針吃藥，往眼睛裏點藥水，看了好幾天，非但沒治好，看東西反而越來越模糊了。醫生說，得趕快把他送到省城昆明或北京、上海的大醫院去開刀，不然這對眼睛怕是沒有希望了。

爸爸早就喝酒把家裏的閒錢喝光了，也沒什麼值錢的家產可以典當變賣，連去昆明的盤纏都拿不出，更不用說住院開刀的錢了。沒辦法，只好拿命抗著。

半個月後，他的眼睛就什麼也看不見了。五彩繽紛的世界變得一片漆黑。

他沒法繼續讀書。邊地小鎮沒盲人學校。

一個老酒鬼，一個小瞎子，家裏的日子就更難熬了。後來經人撮合，爸爸從山外娶了位名叫胖菊的寡婦。胖菊的男人在一次爭水械鬥中死於非命，沒有孩子。

繼母剛進家時，還挺同情阿炯，逢人便說他命苦可憐，也從不打罵他。但一年後，她生下弟弟阿龍，便漸漸分出親疏，變著法兒欺負他。譬如在一張飯桌上吃飯，有一碗葷的好菜，阿炯幾乎夾不到一塊肉片，也不知繼母是怎麼做手腳的，他伸出筷子往菜碗裏一夾，夾起來的幾乎全是菜皮菜梗。有好幾次，他聞到廚房裏飄來一股乾炸牛肉丸子的香味，饞得只淌口水。摸進廚房去，繼母卻一本正經地說，那是藥老鼠的毒餌，吃不得。他已經十來歲了，那有這麼傻，會相信三天兩頭藥老鼠。

再後來，爸爸託人到縣上買回把二胡，把他領進土地廟旁錢老瞎的茅草房，讓他跪著給錢老瞎磕了三個響頭，算是正式拜師學藝。

讓阿炯去跟錢老瞎學藝，也是繼母出的主意。她的理由是，眼睛瞎了不能讀書做官，也不能盤田營生，總得想個法子找碗飯吃吧。

竹床嘎吱響了一下，傳來一串嘶啞的咳嗽，還飄來一股淡淡的腥味。對瞎子來說，聲音和氣味都是形象。阿炯馬上知道師傅已從昏睡中醒來，又咯了兩口血。他趕緊從長條凳上站起來，走到床邊輕輕給錢老瞎拍著背：

「師傅，我給你倒杯開水，你吃藥吧。」

「阿炯，扶……扶我一把，我想……想坐一會兒。」錢老瞎喘著氣說。

阿炯摟著錢老瞎的肩膀，用力把他抱坐起來，又從床上摸到一隻稻草枕頭，塞到他背後。

「師傅，要不我先給你熱碗粥喝吧。」

「不啦，我吃不下。阿炯，你坐下，我想跟你，聊聊天。」

阿炯答應一聲，坐在床沿。

「阿炯啊，這半個月，多虧你來伺候我。」

「應該的，師傅。你待我這麼好，教會我那麼多東西，我真不知道該怎樣報答你呢。」

阿炯說的都是實話。剛開始拜錢老瞎爲師時，他還覺得師傅脾氣古怪，說話不多，難得有笑聲，對誰都是冷冷的。但隨著接觸的時間長了，他越來越覺得師傅不是個平常人。師傅教他拉琴和普通盲藝人完全不一樣；普通的盲藝人傳授技藝，無非是教一點基本的指法和弓法，然後依樣畫葫蘆地默記背誦一支又一支曲子。師傅不是這樣，師傅抓住他一根指頭，教他在沙地上畫簡譜和五線譜，教他旋律、風格、變奏、調性、華彩樂段等許許多多樂理知識。每教一個新曲子，師傅就要跟他詳細講述曲子產生的時代背景，作者的姓名和經歷，提示節奏所編織的的情緒和旋律所暗示的形象，要他牢牢記住並背誦出來。例如在學拉陸修棠的《懷川行》時，師傅廣徵博引，給他講了「九一八」事變，講了南京大屠殺，講了作曲家在民族淪亡時憂國憂民的心懷和悲憤激昂的情緒。

師傅知識廣博，對古今中外大音樂家的奇聞軼事瞭如指掌，什麼巴哈從小就是孤兒、參加「乞童歌隊」走街串巷靠唱歌乞食，什麼貝多芬耳朵聾了還寫出《英雄交響曲》，什麼聶耳的音樂啓蒙老師是個老木匠等等，常常聽得阿炯入迷。

平時師傅對他要求極嚴，一個長曲子，只要結尾錯了半個音便要重新拉一遍。在師傅的精心傳授下，他學會了上百首名曲和現代二胡獨奏曲，還學會了不少五、六十年代的流行曲子。起碼，他可以問心無愧地到茶館混飯吃了，這碗飯是師傅錢老瞎給他的，他怎能不感激呢。

「阿炯啊，我死後，你打算怎麼生活呢？」錢老瞎有氣無力地問道。

「不，師傅，你永遠不會死的。」

「傻孩子，人吃五穀那有不死的。」錢老瞎苦笑一下說，「師傅知道自己患的是肺癌，治不好的。其實，這樣活著，還不如去死。」

「師傅，你不是常說，眼睛是人體多餘的器官，瞎了眼，照樣能用心把世界看得更清楚嗎？」

「唔，我……我不是怨我自己是個瞎子。假如人的生死真像佛教說的那樣有輪迴，下輩子，我照樣……做瞎子。」

「師傅，你……」

「好了，不說這些了。阿炯，你今後，還要在福鑫茶館，一直拉琴拉下去嗎？」

「我一個雙目失明的小瞎子，除此以外，還有什麼辦法呢？」

「阿炯，別說喪氣話。我不是常跟你說，江蘇無錫的瞎子華彥鈞一曲《二泉映月》留芳百世；浙江紹興的孫文明，幼年雙目失明，也寫出了《彈六》、《流波曲》一批曲子，在中國的音樂史上占了一席之地嗎？」

「師傅，我能跟他們比嗎？」

「阿炯，你用不著自卑。師傅今天，就想跟你，說，我教了你四年，你的二胡演奏技藝，已經，不是一般的，水準了。你還年輕，你會有機會，走出佛海鎮的。外面的世界，很大很大。假如你到昆明、上海、北京，你會用你的琴聲，贏得聽眾，登上舞臺的。」

「師傅，那你自己……」

「阿炯，你不要問。咳咳。我知道，你想問什麼。你在想，師傅真的那麼有本事，爲啥，爲啥自己不去闖世界，唔，別問。我只想讓你記住，假如真的有一天，你，走出了佛海鎮，把師傅忘掉，永遠也不要，提到師傅的名字。別人問你，是怎麼學會拉二胡的，你就說，是自學的，記住了嗎？」

「嗯，我記住了。」

「好了，我累了，說不動了。阿炯，拉一曲給師傅聽聽，用我的琴。」

他摸索著從牆上摘下師傅的胡琴。這琴比他爸爸從供銷社廉價買來的那把二胡要沈得多，摸上去，琴桿和扭柄光滑涼爽，音質柔和純淨，比他自己的琴不知要高檔多少倍。他坐在長條凳上，調了調弦，說：「師傅，我拉一曲黃海懷的《賽馬》吧。」

《賽馬》的音樂性格熱烈奔放，以堅定有力的強音和急促的音型疏密相間，描繪賽馬場上群馬飛奔的沸騰場景和人們在節日裏的歡樂之情，節奏輕快活潑，音樂富有彈性，尤其是後半部分，師傅教他巧妙地用手指撥動內弦，奏出跳躍的分解和弦，妙趣橫生。他覺得，師傅正在病中，心情不好，拉這首《賽馬》比較合適，能給師傅消愁解悶。

「不，阿炯，我想聽《雨夜》。」錢老瞎在竹床上翻了個身，說。

《雨夜》是師傅教他拉的所有曲子中，唯一一個沒有介紹時代背景、也沒介紹作者姓名的

曲子。說心裏話，阿炯不太喜歡，《雨夜》，光聽這名字就給人一種淒涼感。前半段還不錯，陽光明媚，春意闌珊，鳥語花香，節奏和旋律給人一種童話般的意境，後半段卻一改前衷，烏雲密布，閃電雷鳴，鬼哭狼嚎，節奏和旋律壓抑得使人喘不過氣來。頂糟糕的還是前半段與後半段之間的銜接樂段，完全沒有章法，無視調性變化應有的情緒過渡，說變就變，變得生硬而突然，彷彿春暖花開突然就進入了冰天雪地，拉起來十分費勁，但師傅既然說了要聽《雨夜》，他也不敢違拗師傅的意願。

小屋響起了裊裊琴音。

錢老瞎一動不動地躺在竹床上，彷彿入定似地，整個身心沈浸到音樂所構造的圖景中。

……音樂學院風度儒雅的王梅定教授激動得有點失態了，熱烈地拍著一位身穿白色西裝、相貌英俊的青年學生的肩膀，豎著大拇指……

……在綠草茵茵的公園裏，這位風流倜儻的學子在拉著琴，一位身穿猩紅羊毛衫、身材窈窕、笑起來白皙的臉龐綻出迷人酒窩的女孩在隨著琴聲翩翩起舞，周圍其他女孩子用火辣辣的眼光盯視著拉琴的少年郎，一些小夥子的眼光酸溜溜地帶著明顯的嫉妒……

……金碧輝煌的音樂廳門口貼著這位青年男子的巨幅海報，二胡獨奏《陽春三月》的曲名龍飛鳳舞，十分醒目……

……掌聲如雷，鮮花如雨，他站在舞臺上頻頻鞠躬謝幕，臉上漾起自負的笑……

……突然間，他所在的樂團大字報鋪天蓋地，他的名字被用紅筆打了X，他的名字前一律冠以「資產階級文藝路線培養出來的白專典型」這句定語……

……古今中外優秀的音樂書籍在院子裏堆成小山，被潑上汽油，付之一炬。他最崇敬的王梅定教授被兩位大漢挾持著，強迫跪倒在熊熊燃燒的火堆旁，他用手捂著眼睛，不想看……

……他捂著眼睛的手一鬆開，映入眼簾的是貝多芬的大型石膏像被從高高的基座上推倒在地，砸得粉碎，白髮蒼蒼的王梅定教授從六樓窗口像鳥一樣躍進天空作飛翔狀，他又恐懼地捂起眼睛……

……他抓起一把生石灰，灑進自己的眼睛裏。他疼得在地上打滾，但是，惡夢般的不忍卒看的現實世界終於從眼前消失了，沒有視力的眼睛重新看見了桃紅柳綠的陽春三月……

……他被關進牛棚，罪名是用自戕的方法對抗文化大革命。在一個風雨如晦的夜晚，他逃出牛棚，開始流浪乞討的生涯……

……他在一位好心的趕馬人的幫助下，爬上碧羅雪山，穿越死林，來到佛海鎮……

最後一個低沈的音符由強漸弱，餘音嫋繞，又融化進濃濃的夜色。曲子拉完了。錢老瞎枯井般的眼窩裏湧出兩顆又黏又冷的淚。

「阿炯，你確實，長進很快。我總算，給社會，留下了點東西。」

阿炯聽不懂錢老瞎說這話的意思。他收了琴，問：「師傅，我給你熱碗粥吧？」

「不必了。阿炯，什麼時辰了，天黑了吧？」

阿炯聳聳鼻子，聞到了一股夜的氣息，又伸出十根手指頭在空中摸了摸，空氣涼爽濕潤，便說：「師傅，時間不早了，天已黑透了。」

「阿炯，替師傅做件事。㕭，靠灶台的牆上有塊木板，上面有盞煤油燈，灶台上有盒火柴，替師傅把煤油燈點亮，放到師傅床邊來。」

「師傅，這……」這間茅草房裏只有一老一少兩個瞎子，對瞎子來說，白天黑夜有燈沒燈，世界同樣一團漆黑。這不應了一句俗話：瞎子點燈白費油麼？

「阿炯，瞎子點燈雖然眼睛，還是看不見，但心裏卻，會亮堂些。」

「好吧，師傅。」

一盞閃閃發亮的煤油燈毫無意義地擺到了竹床旁一張破舊的桌子上。

「阿炯，師傅再央求你，替師傅，做最後，一件事。」

「師傅有什麼事儘管吩咐。」

「阿炯，背著我那把二胡，從我的房門出去，筆直往前走，走七七四十九步，然後往左拐，再走一百零八步。你走慢些，一定要，數清楚。走完了，你就會摸到，一棵古樹，在向陽的樹幹下，你挖挖，我埋著，東西。」

這很神秘。少年對神秘的事情總是興趣盎然，瞎子少年也不例外。阿炯興奮地說：「師傅，你放心，我一定很快就把東西挖出來。師傅，你在樹下埋著什麼寶貝？」

「挖出來，你就曉得了。」

阿炯點著盲棍剛走到門口，錢老瞎又提醒道：「你……你沒帶我的，胡琴。」

「師傅，挖地要帶鋤頭，帶胡琴沒用。」

「叫你帶，你就帶。我忘了，告訴你，在樹下，你要，先拉支曲子，才挖得著，東西。」

「好吧。」阿炯把錢老瞎的二胡裝進絨布琴套背到身上。

「好像，要，變天了。」錢老瞎歎息般地說。

阿炯把手伸出門去，果然手掌上落到一兩粒雨珠。又是一個折磨人的雨夜。

他反手帶好房門，數著步子，按錢老瞎的吩咐走完了規定的路程，用手摸，沒摸到什麼古樹，又用手中的竹棍去掃去探，仍沒什麼古樹。有幾隻青蛙在呱呱叫，風吹稻浪竦竦響，自己似乎是站在一片農田前。

風也刮得緊了，雨也下得密了，師傅幹嘛要跟他開這種玩笑呢？阿炯正在納悶，突然，土

地廟方向傳來劈哩叭啦的異常的聲響，驚擾了夜的寧靜，蓋住了風聲雨聲。

「來人哪，著火啦。噹噹噹噹。快來人啊，快來救火啊！」鎮上有人敲起了臉盆，並高聲呼叫起來。霎時間，狗吠人叫，小鎮沸騰起來。

一種不祥的預感攫抓住阿炯的心。他面向師傅的茅草房，鼻尖果然吹到一股熱浪。

「師傅——師傅——」他舞著竹棍，伸開雙臂，跌跌撞撞朝前跑去。沒跑幾步，他就滑了一跤，爬起來又跑。師傅的茅草房，腳步聲、尖叫聲、潑水聲和水桶臉盆的叩碰聲響成一片。阿炯鼻尖上的熱浪變成灼燙的火浪。可以想像，孤零零座落在土地廟斷垣殘壁前的師傅的茅草房已被烈火吞噬。

阿炯這才明白師傅爲啥要讓他點上煤油燈，爲啥要他揹上那把貴重的胡琴，爲啥要他走七七四十九步又走一百零八步。師傅是要讓他走遠一點，再遠一點，遠遠離開這能把一切都燒成灰燼的火焰。師傅執意要他帶走他自己心愛的胡琴，其實是在向他贈送遺物。當他站在稻田邊尋找那棵根本不存在的古樹時，師傅從棉絮裏伸出枯槁的手，循著煤油燈散發出來的熱量，摸索過去，終於一把捏住油燈，把那片熾白的火焰連同滿盞的煤油，一起擁抱進自己的胸懷……

他跌倒了又爬起來跑。炙人的火浪烤得他頭髮吱吱響，臉一陣陣刺痛，濃煙熏得他已喊叫不出聲了。他仍然朝師傅的茅草房跑去。他要把師傅從竹床上攙扶起來，走出火海……

阿炯的身體猛然被人從後面抱住了，那人力氣很大，由不得他掙扎，便把他兩腳騰空抱起來，扭頭跑離火浪，跑進風聲雨聲的黑夜。

「放開我，放開我，我要救師傅。」

「小瞎子，別犯傻了，錢老瞎早就燒成灰了！」陌生男人粗聲粗氣地說。

嗶嗶剝剝，劈哩叭啦，火焰似乎在演奏一曲節奏緩慢的哀樂。

幾天後，通往碧羅雪山山麓那片死林的小路旁，出現了一座新墳。

又過了幾天，冷清了大半個月的福鑫茶館又響起悅耳的胡琴聲。所不同的是，少年瞎子代替了老年瞎子。

二　相遇

那天下午，牠踏著玫瑰色的夕陽，順著瀾滄江向佛海鎮走去，瀾滄江像條金色的巨蟒，在群山間蠕動蜿蜒。佛海鎮依山傍水，景色秀麗。牠漫無目的地在鎮外一條土路上蹓躂。拐過個彎，牠看見一位十三、四歲的少年握著一根細竹棍，一面點點戳戳，一面踽踽行走。少年那雙大眼睛裏缺乏神采，沒有光澤，蒙著一層灰白色的陰翳。是個小瞎子，牠想。

牠跳離路中央，給他讓道。他剛從牠身邊走過去，突然，從盲少年背後駛來一輛漆成紅色的大拖拉機。盲少年正走在路中央，擋住了拖拉機的道，司機皺著眉頭，拼命按喇叭，叭——叭叭叭，叭叭叭；快，讓開路，靠邊點！

盲少年興許是被喇叭催急了，興許是被轟鳴的引擎聲嚇壞了，腳步踉蹌地朝路邊疾走。土路坑坑窪窪，盲少年一腳高一腳低，沒走幾步就絆在一塊隆起的土堆上，身子一仄，跌倒在地。那根盲棍被拋到半空，落到路邊的小泥溝裏去了。

紅色大拖拉機捲起一團泥塵，擦著盲少年的身邊疾駛而過。

盲少年翻身起來，跪在地上。拖拉機的轟鳴聲把盲棍落地聲掩蓋得乾乾淨淨，他連盲棍掉在那個方向都搞不清。他的雙手在路面來回摸索著，尋找著。牠曉得，盲棍是盲人的第二雙眼睛，他在尋找自己的眼睛。牠看得清清楚楚，盲棍掉進路邊的小泥溝，而他卻朝相反的路中央去找。

南轅北轍，這當然是徒勞的。盲少年無神的眼窩裏蓄滿了淚水。

牠望望土路兩頭，連個人影都沒有。突然間，牠動了惻隱之心，產生了一種對孤立無援的弱者的同情。他需要牠的幫助，牠有能力幫助他。牠毫不費勁地跳下小泥溝，銜起盲棍，走到盲少年面前，將竹棍塞進他的手裏。

「誰？」盲少年鼻翼間漾起驚喜的表情，「是好心的叔叔，還是好心的阿姨在幫助我？是熱心的大哥哥還是大姐姐？是慈祥的爺爺還是奶奶？」

牠甩動尾巴，搖晃著腦袋。可惜，他看不見牠否定的表情。

汪，牠輕輕吠叫了一聲。

「是狗！」盲少年驚訝地叫起來，「原來是狗在幫助我。你一定是條又聰明又漂亮又可愛的狗！你幫我撿起了竹棍，我要謝謝你，也要謝謝你的主人，謝謝你養了這麼一條好狗。」

牠聽不懂人類的語言，但從盲少年的表情和語調中，牠領悟到了他這番話的大致意思。

汪嗚——汪嗚——牠委屈地叫了起來。

二　相遇

都說瞎子的耳朵特別靈敏，這話一點不假。盲少年聽了牠的叫聲，皺著眉頭想了想說：

「聽起來，你叫得好淒涼，就像我有時候半夜睡不著躺在床上歎氣一樣。你心裏一定有很多委屈，是不是?可惜，你是狗，不能說給我聽。讓我來猜猜看，唔，你的主人打你了，是嗎?」

汪汪汪。

「噢，不是的。那麼，是不是你肚子餓了，找不到東西吃?」

汪汪汪。

「也不是。唉，那我就猜不著了。好了，我要回家了。唔，再見了，謝謝你，好狗。」

他敲打著竹棍，繼續朝前走去。

牠出於一種說不清道不明的微妙心理，悄悄尾隨在他身後。

走了很長一段路。土路上出現一個被車輪輾軋出來的淺水坑，污泥齷齪，還泡有牛屎馬糞。盲少年徑直朝污泥坑走去。他的鞋子會弄髒的，也許更糟糕，會滑倒在污泥坑裏。牠快步趕到他面前，擋在他和污泥坑之間，汪汪叫了兩聲。

「嘿，你還在跟著我哪。」他說。他手中的竹棍點到了牠的身上，「怎麼，前面的路不好走麼?」

牠叼起他的褲腳，領他繞了個彎，避開了污泥坑。

盲少年將竹棍探進污泥坑，攪了攪，也許是感覺到了軟巴巴的牛屎馬糞和稀泥漿，他用舌尖舔著嘴唇，露出感動的表情。他蹲下身來，對牠說：

「喂，你過來。你爲什麼要跟著我，一次又一次幫我忙？興許，你是條沒有人要的狗吧？」

汪——叫出了幾多辛酸，幾多渴望。

「要是你沒有主人，你就跟我回家吧。」盲少年說，「你同意的話，來，走到我面前來，讓我摸摸你。」

牠溫順地靠上前去。

他伸出雙手捧住牠的腦袋摟進懷裏。牠聞到了一股土腥和汗酸混雜在一起的農家子弟的氣味。他的手在牠耳朵和腦門摩挲了一陣，手掌緩緩地順著牠的脖頸向脊背捋摸下去。

人類的手掌真是具有不可思議的魔力，發燙的掌心、痙攣的手指，淋漓盡致地傳遞著他愛的心曲。就像一股清泉流進了牠乾涸的心田，就像一團聖火照亮了牠陰晦的靈魂。牠禁不住全身顫抖起來。牠產生了一種在戈壁跋涉終於找到了綠洲，在苦海中沈浮終於踏上陸地的喜悅。

牠使勁伸出狗舌舔盲少年的鞋子，舔得無限虔誠。

「好了，我曉得了，你是條無家可歸的狗，你願意跟我回家去。」

夙願終於變成了現實，牠的狗眼滾出了淚。牠會報答他的收容之恩的，牠想；從此後，生生死死、風風雨雨，牠將永遠陪伴在他的身邊。

「哈，我有一條狗了。」他喜滋滋地說道，「我再也不怕別人來欺負我了。來，我們認識一下，我叫阿炯，你呢，你叫什麼名字？」

汪嗚——

「你沒名字。那好吧，我給你起個名字。叫什麼好呢？豆兒？不，太難聽了。阿虎，不，叫這名字的狗太多了，光我們金竹寨就有好幾條。迪……克……師傅曾說過他有過一條小狗叫迪克，對，就叫迪克吧。」

牠拚命甩動尾巴，表示贊同。

牠終於有了人類給牠起的狗名。對牠來說，名字不僅僅是一種符號，還是一種身分和地位，象徵著牠從此結束喪家犬的厄運，變成一條堂堂正正的家狗了。

牠高高興興地跟著小主人阿炯回家去。

阿烱剛把迪克帶進家門，繼母胖菊便大驚小怪地叫起來：「哎唷，哪裡跑來一條癩皮狗，快，用棒子趕出去！」

「不要趕。牠叫迪克，是我的朋友。」阿烱立刻解釋說。

「什麼朋友不朋友的，這條醜狗，光看就要嚇死人的。歪嘴暴牙，怕是沒人要的野狗瘋狗。滾！」

阿烱聽到繼母胖菊氣勢洶洶的腳步聲，聽到從門背後取打狗棍的聲響。迪克嗚嗚委屈地叫著縮到他的背後。他趕緊伸開雙臂，像老母雞保護雞雛似地攔在胖菊和迪克之間。

「我要養迪克。牠會給我帶路，給我找回丟失的竹棍，還會不讓別的狗咬著我的。我要迪克。」他大聲說。

「要養狗，也不能養這種丟人現眼的醜狗。」胖菊仍堅持她的頑固立場。

「算啦，阿龍他媽，」正在絲瓜棚架下削釘鈀木櫛的爸爸說話了，「我看，就讓阿烱把這條狗留下來養幾天吧。他不嫌醜就行啦。從金竹寨到福鑫茶館兩里多路，每天跑幾個來回，路曲裏拐彎不好走，有個伴，也省得我們擔心。」

二　相遇

「養人都難，養啥子狗喲。」胖菊說。

「有剩飯就餵牠兩口，沒剩飯就舀勺豬食給牠。餓不死就行。」爸爸說。

「好好，反正在這個家裏，我說話等於放屁。我強不過你們父子倆，隨你們怎麼辦吧。」

胖菊說著，叭地一聲把那根結實的打狗棍扔到門背後去了。

阿炯家的雞窩旁，用三塊竹籬笆和一塊爛石棉瓦搭了個窩，算是迪克的狗棚。

三　意外的打擊

對牠來說，這當然談不上是什麼理想的歸宿。狗棚搭得比雞窩還矮，要彎曲四肢匍伏著才能鑽進去。地勢比雞窩低了一大截，稀汁雞屎常常流進狗棚來，臭氣熏天。食物的質量極差，要麼洗鍋水裏泡幾塊鍋巴，要麼半瓢紅薯藤拌米糠，粗得卡脖子。偶而有一根肉骨頭，也是連軟骨肉渣都被啃乾淨了的，只吃得到一星半點肉的氣味。牠經常處於半饑半飽狀態，有時實在餓極了，就跑到野地裏捉老鼠吃。

每天所從事的工作也和牠高貴的獵犬血統極不相稱。一清早，牠就跟著小主人阿炯出門，為他開道，遇到水坑或土坎，就吠叫報警，或叼著他的褲角繞路而行。當小主人坐在茶館裏調弦試音並開始演奏時，牠就繞到茶館背後的垃圾場裏，從腐爛發臭的垃圾裏刨尋鎮上居民丟棄的骨頭、魚頭或饅頭什麼的。當太陽當頂時，喝早茶的人散了場，牠就得準時出現在茶館門口，輕輕吠叫兩聲，像報曉的公雞那樣向主人報告時辰已到，於是，小主人把胡琴收進布套，敲點著竹棍回家吃飯去，牠就又充當警衛的角色。

下午又重複一遍上午的過程。

這工作太輕鬆，太乏味了。

在牠還沒找到主人前，牠想像著自己會成爲職業獵手身邊的一條獵犬。跟隨著主人在險惡的山林間闖蕩，在熊掌、豹爪和狼牙下贏得輝煌，建立功績。牠也曾想像成爲邊防哨所的一條警犬，用閃電般的追擊將越境者擒捉，或用靈敏的嗅覺，將走私犯秘藏在馬蹄間的毒品或夾塞在家禽肚皮裏的文物搜索出來，建立卓越功勳。頂不濟，牠也要當條牧羊狗，守護著雪白的羊群在碧綠的草地上嬉戲覓食，無論是獨狼還是豺群，只要膽敢靠攏羊群，便會遭到牠無情的攻擊。牠從來也沒想到自己會做瞎子的領路狗，身分似乎比看家護院的狗還要低一等。

牠別無選擇。牠是一條被人類遺棄的醜狗。牠的小主人阿炯能收留牠，已經很不錯了。

牠沒想到，爲主人領領路，還會領出麻煩，領出刺激來。

那天黃昏，牠和往常一樣，領著瞎眼小主人走在鋪滿夕陽的鄉間土道上。突然，路邊一座淺灰色的水輪磨房裏躥出一條白狗，氣勢洶洶地朝小主人汪汪叫起來。

「討厭，」小主人說，「又是泥鰍想來出我洋相了。這條可惡的白狗。」

牠抬臉望去，磨房磚牆上果然有個黑不溜秋的小男孩，頑皮地朝小主人扮鬼臉，捂著嘴在竊笑。看得出來，小主人已經不是第一次碰到這種惡作劇了，那名叫泥鰍的男孩也許是要驚嚇得主人跌倒哭叫，也許是要唆使白狗搶走小主人阿炯的竹棍，讓他無法行走。

三　意外的打擊

白狗已很熟悉這套攔路恐嚇的把戲，很快就進入角色，吠叫聲又響又猛又野蠻，直朝小主人的耳膜飛來。小主人臉色變得蒼白，鼻尖沁出幾粒細汗，叫道：

「迪克，幫幫我；迪克，幫幫我。」

牠悶身不響地攔截到白狗面前。

這是一條白色的成年母狗，兩排乳房像饅頭似地吊在腹部。牠剛才大概太興奮了，沒注意到牠的存在，此時看見牠，微微一驚，收斂了腳步。但牠很快又恢復了趾高氣昂的神態，汪汪汪，朝牠發出一串居高臨下的叫聲，那乜斜的眼光，驕傲而又輕蔑，像是尊貴的王后在呵斥貧窮的乞丐。滾，你這條相貌奇醜的野狗！

牠的自尊心被刺傷了。被人類蔑視，牠無話可說，被同類蔑視，牠火冒三丈。牠不想直起脖子來吠叫，罵街不過是白白浪費精神。牠曲起前肢，冷不防跳躍起來，一下撲到白狗身上，不等白狗愣過神來，張嘴就在白狗肩胛上銜了一口。

要是此刻被牠壓在身下的不是母狗，而是和牠同樣性別的公狗，牠絕不會只是銜，早就狠狠一口咬下去了，不咬得牠皮開肉綻，也起碼咬掉牠一撮狗毛。但對方是一條母狗，在狗的行為機制裏，公狗對母狗有一種自然禁忌，不到危及自己生存的最後關頭，是不會認真進行攻擊的，即便雌雄兩性發生齟齬產生磨擦，雄狗至多是撩起一條前爪斜踢雌狗一腳，或者擺出一副兇神惡煞的樣子把對方嚇跑了事。牠是一條心智健全的公狗，儘管白狗欺負牠的小主人並侮辱牠的狗格（**人有人格，狗亦有狗格**），牠也不會打破這種頗具紳士風度的自然禁忌，去發狠咬她的。

白狗雖然沒被咬痛，卻也知道了牠的厲害，扭頭就逃。那根漂亮的白尾巴，剛才還豎得筆直，現在耷落下來，夾在屁股間。這是狗承認自己失敗的典型動作。

那個名叫泥鰍的小男孩也一溜煙似地跑掉了。

「迪克，你還真行。」小主人誇獎道。

排除了障礙，牠和小主人繼續趕路。

才走出一百多米，突然，寂靜的鄉間土道上響起一片雜沓的腳步聲，緊接著，傳來狗群的喧囂聲。牠扭頭一看，不好，二十多條各種毛色的狗正吠叫著朝牠和小主人追來。牠趕緊叼起小主人的褲角，來到路旁一棵老槐樹下，扁圓形的樹幹好歹可以發揮烘托和護衛的作用，使牠和小主人免受腹背夾擊。

一眨眼的功夫，狗群便攆到老槐樹下，成扇形向牠和小主人逼近。田野響起狗群憤怒的吠叫聲。

小主人嚇得手都發抖了，竹棍橐橐橐在硬泥地上亂敲亂點，顫著聲問：「迪克，這……這

怎麼辦？」

敵眾我寡，力量對比太懸殊了，牠也緊張得狗毛都一根根倒豎起來。俗話說，狗仗人勢，假如牠的主人是個膽魄超群的男子漢，牠會狗膽包天、英勇無畏衝上去廝殺一番的。遺憾的是，牠的主人年小體弱，還是個雙目失明的殘廢，此刻正嚇得像在篩糠。這不能不挫傷牠的勇氣。

假如牠是條普通的狗，早就夾著尾巴逃跑了。牠是品種優秀的獵狗的後裔，雖然也緊張，但獵狗天生的責任感使牠懂得，眼下這樣嚴峻的時刻不該扔下小主人自己逃跑。牠沒有漂亮的相貌和藝術型的狗尾來取悅主人，牠只有靠一顆赤膽忠心來報效主人。

牠沒有咆哮。會叫的狗不咬，會咬的狗不叫。牠冷靜地打量著對手，尋思著對付的辦法。

大凡哺乳動物都有這樣一個習性，聚合成群便會產生頭領。牠一眼就看清對方領頭的是一條淺灰色毛的大公狗。剛才被牠嚇得屁滾尿流的白母狗緊緊靠在灰公狗的身邊，看得出來，白母狗和灰公狗有著超越一般的關係。可以想像，白母狗被牠鬥敗後，飛快跑回鎮上去搬來了救兵。

牠估量著形勢。表面上看，狗群同仇敵愾，但牠從牠們不同的面部表情和不同的吠叫聲調中分辨出，牠們的憤怒是有差別的。灰公狗首當其衝，兩隻渾黃的狗眼珠瞪得溜圓，那架勢，恨不得活活把牠撕咬成兩半；白母狗滿臉委屈，似乎要申冤昭雪，兇狠得也很認真。但除此以外，其他狗雖然叫得很兇，齜牙咧嘴作撲躍衝鋒狀，但眼神卻漫不經心，對牠們來說，有的是來湊熱鬧的，有的是來幫閒的，有的是出於一種排外的本性來欺生的。牠看出這是一群烏合之眾，只要牠咬垮了領頭的灰公狗，其他狗便會自動潰散。

打蛇打七寸，擒賊先擒王，獨狗對付群狗也是這個道理。

是的，領頭的灰公狗比牠高出半個肩胛，胸部一塊塊銳角狀肌肉，顯得威風凜凜。但牠從牠身上散發出來的溫乎乎的炭火氣息和甜膩膩的稻草味中曉得，牠不過是一條肉體和靈魂都依戀人類的火塘和人類爲牠搭建的狗棚的普通狗。牠的祖先沒有闖蕩過山林，沒有和豺狼虎豹打過交道。瞧牠那身光潔得沒有一塊疤痕瘢點的皮毛，說明牠自己也沒經歷過血腥的廝殺和弱肉強食叢林法則的考驗。特定的身分和看家護院閒散的職業，養成這類狗外強中乾的德性。外貌高大壯實，盤骨卻綿軟虛弱。牠們最大的弱點是珍惜自己的生命，缺乏以死相拼的野勁和野性。

牠決定先發制狗。牠攢足勁，像條無聲的幻影突然躥到灰公狗跟前，張嘴就朝牠喉嚨噬咬下去。灰公狗大概沒料到牠敢主動出擊，還一來就玩真格的，躲閃不及，被牠叼住了脖頸上的狗皮。

灰公狗慘嚎一聲，朝牠後頸項和背脊胡啃亂咬。白母狗也撲上來咬牠的後肢和屁股。其他狗則在四周助威吶喊。

牠受到兩條成年大狗的攻擊。牠雖然是獵狗血統，還做過野狗，但畢竟只是條還沒完全發育成熟的半大的狗，漸漸力氣不支，被咬得一陣陣鑽心疼。牠只有死死咬住灰公狗的頸皮不放。牠在地上蹦踏跳躍，借著大地的力量，把已在山林裏磨礪得十分尖利的犬牙全嵌進厚韌的狗皮裏。

噗地一聲，灰公狗頸部一塊皮囊被牠撕咬開，吊在下巴頦，狗血湧出來。牠的頸項、脊背和屁股也被咬傷了好幾處，傷口滲流著血絲。

灰公狗一定是自出娘胎以來從沒打過這樣的惡架，牠抬起一隻前爪，摸摸懸吊在下巴頦上的那塊被牠撕咬下來的皮囊，怔怔地站在牠面前，望著牠。

牠獵狗的野性被傷痛和血漿刺激得幾乎癲狂。牠來不及喘息，就又狂叫一聲躥上去。善的怕惡的，惡的怕橫的。牠橫下一條狗心，要同灰公狗拼個你死我活。

灰公狗眼光裏充滿驚駭和恐懼，像在看一條狼。突然，牠扭動狗腰撒腿就跑。頭領一跑，狗群也都夾著尾巴跑掉了。

白母狗一面跑，一面扔下一串刻毒的詛咒。

在這一大群狗中，唯獨有一條小母狗沒跟著灰公狗一起逃跑。她的長相和毛色與眾不同，耳朵特別尖，形成三角形，不像其他母狗那樣耳廓渾圓，富有肉感。她腹部以下的毛色爲棕黃色，脊背棕紅色，頸圈醬紅，頭尾鮮紅如灼灼燃燒的火焰。牠從來沒見過毛色如此紅豔的狗。

她的膽量似乎比這群狗要大得多，見到灰公狗被牠咬破了頸皮，並沒有像其他狗那樣惶恐、那樣哀嚎。她顯得異常冷靜，臥在路旁的田埂上，聳動著耳朵舔著嘴唇，那表情與其說是在觀望，還不如說是在欣賞。

狗群亂紛紛朝鎮上撤退，紅毛小母狗反倒踏著碎步朝牠靠攏。她在離牠一米多遠的地方停住腳步，翕動鼻翼，作嗅聞狀，似乎牠身上有一種令她著迷的特殊的氣味。她探究的眼光把牠從唇吻到尾尖來回掃射了三遍。牠還從來沒有被異性如此打量嗅聞過。牠不好意思，扭頭就跑回小主人身邊。

後來牠才知道這條紅毛小母狗名叫紅娜，住在鎮子西頭瀾滄江邊那幢形狀古怪的吊腳樓裏，主人是個在山區跑運輸的趕馬人。當時牠做夢也沒想到，這條從形象到品性都十分別致的小母狗，將會把牠生活的帆吹向交織著愛和恨的茫茫苦海。

三　意外的打擊

時間過得真快，一轉眼，阿炯接替師傅錢老瞎的位置，在福鑫茶館拉胡琴已有一年了。

只要跨進福鑫茶館的門檻，不用竹棍敲點探路，阿炯就能準確地繞過擁擠的茶桌和椅子，繞過熱騰騰的灶台和擺著花生、瓜子、水果、糕點的櫃檯，走到店堂最末一根房柱旁去。那兒是他的固定座位，也是他人生的小小舞臺。

靠房柱擺著一張竹椅，這也許是整個茶館最破舊的一張竹椅，座面和靠背都用鐵絲修補綁紮了好幾層，人坐上去稍一晃動，便會吱吱作響，稍不小心，竹條和鐵絲便會咬著屁股。但阿炯並不計較這些，對他來說，能每天坐在這把破椅上拉琴，已是生活對他的最大恩賜了。

他是個殘廢，讀不成書，也幹不成活，能這樣混碗飯吃，他已經十分滿足了。他感覺到這把破竹椅給他帶來的巨大變化。當他待在家裏吃閒飯時，繼母說話的聲調總是陰陽怪氣，爸爸不在家時，衣服髒了也不叫脫下來洗。更令他氣惱的是，還常常指桑罵槐地羞辱他，譬如鍋漏了，她就會狠狠把鍋摜在地上數落：「嘖嘖，真是個廢物，什麼都不會幹，白占了塊地方。」譬如掃帚禿了，她就會用腳踩著掃帚高聲罵：「沒用的東西，才折騰了幾個月就廢了，白廢了老娘的錢！」

阿炯雖然才十三四歲，已聽得懂繼母的話中之話。每受到這種奚落，他都要氣得悄悄哭一場。但自從他接替錢老瞎的位置來到福鑫茶館拉琴，雖然繼母胖菊仍偷偷把牛肉丸子、炸豬排這樣的好菜藏起來給她親生兒子阿龍吃，但表面上對他客氣多了，至少不再對他指桑罵槐，還經常讓他換洗衣裳，說：「阿炯啊，來，快把外罩脫下來洗洗。到茶館去拉琴，別讓人說你是叫化子。」

雖說胖菊是爲了掙她自己的面子，但阿炯身上的衣裳比過去清爽整潔多了。他曉得，繼母胖菊之所以對他客氣了，完全是看在他拉琴所得的那份收入上。他去茶館，除了背架胡琴外，腰裏還繫隻白色搪瓷小碗，調弦試音後，便把瓷碗放在自己面前的地上。一曲終了，總會有好心的茶客往碗裏扔幾枚銅板。只要聽到銅板在碗裏滾動的叮噹聲，他就會站起來禮貌地鞠個躬道聲謝謝。

還有更慷慨些的茶客，會往碗裏扔鈔票。鈔票是紙幣，不像銅板丟進碗裏會發出清脆悅耳的聲響，但阿炯憑著瞎子異常靈敏的聽覺和嗅覺，總能準確地聽到有人走近瓷碗，總能聞到捏在茶客手心中那張鈔票的汗腥味，站起來鞠躬道謝，從來也沒疏忽遺漏怠慢過誰。辛苦一天，中等口徑的白色搪瓷碗差不多會被鈔票和銅板淹掉一半。

遇到趕街天，附近山寨的農民都湧到鎮上來買賣交易，茶館生意興隆，搪瓷碗還會被盛

滿。平均下來，一天也可賺個兩三塊出頭。這點錢，在闊綽的生意人眼裏當然像毛毛雨，但在佛海這樣的偏僻閉塞的邊地小鎮，還算得上是筆不可等閒視之的財富呢。

他爸爸在菜園子裏流著臭汗，從日出幹到日落，也不過掙兩三塊錢。怪不得有一次，他的同父異母的小弟阿龍在玩他的胡琴時，不小心把琴摔到地上了，繼母胖菊破天荒在阿龍後腦勺不輕不重拍了一巴掌，罵道：「小雜種，你要把你阿炯哥的飯碗敲掉呀！」

阿炯曉得福鑫茶館這把破竹椅在他生活中舉足輕重的地位，因此，每次坐上去，都會有一種親切溫暖的感覺。他從小失去媽媽，懂得生活的甘苦，在茶館拉琴十分識相，從來不亂走亂動，也不和茶客夥計談笑。有時茶館那位嗓音有點沙啞的駱老闆見生意興隆，一高興會叫夥計給他端盤糕點，他雖然很想嘗嘗沙琪瑪是什麼滋味，很想弄懂綠豆糕是甜是鹹，卻只是道謝，不敢動手去拿。他害怕什麼時候做了傻事蠢事，會失去這把破竹椅。

這天早晨，他像往常那樣在迪克的護送下來到福鑫茶館。一股他十分熟悉的銅茶壺裏冒出來的水蒸汽迎面拂來。櫃檯那兒碗盞叮噹。那位名叫小癩子的夥計用尾韻很濃的聲調吆喝：一壺高山大葉茶，——時候尚早，茶館才剛剛開張，他聽見大部分座位都空著，只有靠窗那張桌子有一對客人在壓低嗓門說話，大概是趕早市的客商做完了生意後，到這兒來歇腳的吧。

他腳步放得很輕，規規矩矩地走向店堂裏端那根被歲月和煙火熏得有股臘腸般香味的房柱。往後轉，一、二、三，再往左拐，一、二、三、四、五，到了。他像往常那樣伸出手去，奇怪，往常伸手就可以觸摸到的破竹椅，今天卻摸了半天也沒有摸到。他以爲自己走錯了地方，但摸摸房柱，齊眉高的那塊銅錢疤，稜角分明而又表面光滑，絕沒錯。只是他已坐了一年的那張破竹椅沒在了。興許是茶館夥計打掃衛生時，無意間把破竹椅挪動了位置，他想。他乾咳了一聲，想引起駱老闆或夥計的注意，幫幫忙，把破竹椅給他端來。

有個人在朝他走來，腳步沈甸甸的，節奏緩慢，還有一股茶垢的氣味，阿炯馬上用鼻子和耳朵認出那是茶館駱老闆。他又豎起耳朵聽了聽，想聽見駱老闆手中端著那把一動就會咿吱兒響的破竹椅，遺憾的是，他什麼也沒聽見，駱老闆似乎是空著手朝他走來。

也許是出於盲人豐富的第六感，阿炯突然間莫名其妙地產生了一種如臨深淵的恐怖感。

「駱老闆，我的椅子……」他怯怯地說。

「哦，阿炯，」駱老闆沙啞的聲音顯得有點刺耳，「對不起了，你不用來這兒拉琴了。」

「駱老闆，這……」

「是這樣的，阿炯，我們茶館買了架收音機。客人更喜歡聽流行歌曲，聽紅歌星唱的歌。」

三　意外的打擊

彷彿是爲了證實駱老闆並非在虛構，櫃檯那兒傳來小癩子撳動按鈕清脆的啪嗒聲。立刻，店堂裏響起一個女人夢囈般的歌聲和電子樂隊五彩繽紛的伴奏聲。聲音十分逼真，就像活生生的人在你面前演唱，連飄似游絲、若有若無的歎息聲都聽得清清楚楚。

……我不怕旅途孤單寂寞，

只要你也想念我……

阿炯呆呆地站著，腦子變得一片空白。收音機……女人……電子樂隊……每一個字眼都像一根鋼針，在戳他的心。他希望這是一場惡夢，他要快快從惡夢中醒來。他悄悄擰了一下自己的大腿，疼得慌，不是夢。

「嘿，駱老闆，這收音機多來勁！」門口傳來驢叫似的話聲，「我早就說過，什麼年代了，還瞎子拉琴，早該進古董博物館啦。」

旁邊一個公雞嗓音也跟著說道：「就是嘛，聽這女人的聲音，就像用香水擦過的。嘿，聽著真比吃了碗肥豬腸還舒坦。」

「駱老闆哪，有了這洋玩意兒，」驢叫聲又響起來了，「我保你生意翻一番。」

「咱哥們就得每天來泡兩壺。」

「各位多關照，請多關照。」駱老闆笑著說，「我還買了好幾捲香豔磁帶哩，有香港的葉倩文，還有臺灣的鄧麗君，都是小姐喲。」

「哈哈，就是要小姐喲小姐。」

阿炯不知該怎麼辦才好。

「阿炯，」一隻手掌輕輕拍在他的肩膀上，駱老闆十分客氣然而又十分堅決地說道，「你到別處去發財吧。」

他沒動彈，他很想賴在這裏不走。可是，駱老闆那隻手掌十分有力地將他朝茶館外推搡。

「阿炯小師傅，你請吧。要是你想來這兒喝壺茶，我們是歡迎的喲。龍井一塊錢一壺，碧羅春八角錢一壺，高山大葉子茶四角錢一壺。」駱老闆用調侃的口吻說道。

阿炯不由自主地朝茶館門口退去，兩條腿沈重得像灌了鉛。跨出門檻，背後傳來公雞嗓音響亮的奚落聲：「就憑他拉這幾段老掉牙的曲子，早該換換啦。」

他走到街上，一股涼風迎面拂來，他忍不住打了個寒噤。

他機械地朝前走著，不知道要到什麼地方去。福鑫茶館不要他了，他很清楚這將意味著什麼。就像一隻小船被浪掀翻了，就像一隻小鳥被折斷了翅膀，就像一條小魚被晾在了沙灘上，就像一隻小耗子被貓逮住了。佛海是個巴掌大的小鎮，只有這麼一家茶館，他沒有跳槽的可能。他被駱老闆炒了魷魚，只能回到家裏當廢人，吃閒飯。繼母胖菊的訾罵和爸爸的拳頭，想

起來就叫他不寒而慄。

叭，他的竹棍似乎敲在一塊柔軟的肉上，還沒等他反應過來是怎麼回事，手中的竹棍就被猛力搶奪了去，喀喇，傳來竹棍被折斷的聲音，隨即耳畔響起一個中年女人惡聲惡氣的叱罵：

「瞎了你的狗眼，你往老娘屁股上搗鼓啥呀！」

阿炯的臉燥熱得難受。是自己想著心事，亂敲點竹棍惹了禍。他邊忙說：「阿姨，對不起，我……看不見。」

「你眼瞎了，心也瞎了嗎？」那女人仍不依不饒。

「算了吧，大姐，他是個瞎子，您就多包涵著點。」一個男人前來勸架道。

「哼，爛瞎子！」那女人憤憤地走掉了。

被折斷了的竹棍不知被扔到哪兒去了。阿炯只好用手摸著沿街房子的牆，慢慢朝前走。咚，他的額頭結結實實被撞了一下，疼出一身汗來，左手朝前一摸，原來是撞在水泥窗臺上，右手朝額上摸摸，已撞出一塊鴿蛋大的包包。

……我將會珍惜這份愛的歡笑，

而不是眼淚……

不知不覺的，阿炯又回到福鑫茶館門口來了。似乎換了一位嗲聲嗲氣的女歌星在唱。收音機的音量開得很大，節奏強烈的迪斯可音樂震得房子都微微搖動。他側起耳朵聽聽，茶館店堂裏客人果然比平時多得多，門口還有不少人在圍觀。雖說收音機在中國大中城市早已普及，但在佛海這樣貧窮的山區小鎮，雙聲道立體音響的收音機還是很稀罕的。

他恨這台收音機，是它奪走了他的破桌椅，擠掉了他的生存位置，把他弄得無處可去，他真恨不得搬塊石頭來親手把它給砸了。可惜，他沒這個膽量，也沒這個能耐。

他又摸著牆朝前走，覺得自己孤單極了，「迪克——迪克——」他喊著自己的夥伴和朋友。

四　闖下大禍

當牠的小主人阿炯被福鑫茶館可惡的駱老闆趕出門時，牠正在垃圾堆旁和紅娜卿卿我我呢。

紅娜就是一年前牠剛被小主人收留不久，有一次在鄉間土道上遭到鎮上狗群包圍時，唯一沒跟灰公狗跑掉的那條紅毛小母狗。

牠在阿炯家待了大半年了。小主人對牠不薄，經常抱乾燥的稻草給牠鋪狗窩，有什麼好吃的總勻一份給牠，還一天幾遍用溫熱的手掌撫摸牠身上的狗毛。但人類的友誼和溫情能滿足狗的一切情感需要，卻無法代替動物的一種本能欲望。隨著牠的身體發育成熟，牠開始渴望異性，想得很苦，有時整夜整夜睡不著覺。令牠氣惱的是，佛海鎮和金竹寨所有的母狗都用厭惡的眼光看牠，對牠不屑一顧。

有一次，牠看見同寨那條名叫多倫的差不多可以做狗奶奶的老母狗，正在一叢野薔薇旁朝一條金環蛇狂吠亂叫。金環蛇高昂著三角形的腦袋，火紅的信子飛快吞吐著，滋滋有聲。多倫的狗嘴裏滴著唾液，瞧得出來，她很想吃一頓美味蛇肉，卻又害怕被毒蛇咬中。蛇和狗已經僵持了好一陣，蛇想逃又怕被多倫趁機咬住脖頸，所以把身體緊緊盤成一團。

老實說，牠雖然渴望異性，但還沒達到饑不擇食的地步。牠純粹是出於同類相助的考慮才趕過去幫多倫忙的。牠捫心自問，牠幫她絲毫也沒有向異性獻殷勤的成分。

牠悄悄繞到金環蛇背後，出其不意地躥過去，金環蛇還沒來得及扭頭噬咬，牠就叼住了牠的顎骨下端。牠當野狗時，在山林和蛇有過周旋，曉得這是蛇的致命處。

這條金環蛇是脫過七層蛇皮的老蛇，比牠想像的還要兇蠻，細長的蛇身子像條伸展自如的牛皮繩，緊緊纏繞住牠的身體，裹得牠喘不過氣來，彷彿全身的狗骨頭都要被勒斷了。牠絲毫也不敢鬆口，牠曉得，一旦鬆口，金環蛇便會把牠置於死地。

牠和金環蛇在草地上滾作一團，差不多快窒息了。喀嗒一聲，牠終於聽到蛇的頸椎骨被咬斷的聲響。剛才還緊湊得像牛皮繩似的蛇身體鬆垮成一團爛草繩。牠喘著氣，朝看得發呆的多倫汪汪叫了兩聲，示意她快快來咬食鮮美的蛇肉。牠沒想到，多倫老母狗這張褶皺縱橫的老臉上會浮顯出一種鄙夷的表情，朝後退了兩步，好像牠是個不潔的邪物，好像她高貴的身分被牠玷辱了。

汪汪汪，她發出一串委屈的吠叫，扭頭跑掉了。牠氣得差點沒暈倒。

在佛海鎮上，由於牠孤身迎戰狗群，並把頭領灰公狗下巴頦咬傷，鎮上的狗既憎惡牠，又

懼怕牠，同性把牠看成是強盜，異性把牠看成是流氓，都對牠恨而遠之。只有紅娜用一種欣賞的眼光瞧牠。

開始，牠對紅娜並不抱非分妄想。她長得太美了，狗毛細密光滑，毛色華麗醒目，尤其從額頭到尾尖那根紅條紋，像道紅霞，在陽光下熠熠閃亮。她體態勻稱，五官秀美，高貴得像位公主。牠親眼看見，灰公狗銜著一塊不知從那兒弄來的麂子肉乾送到紅娜面前，尾巴先是翹得筆直，隨後又甩成一團麻花，露骨地傳遞著愛的訊息。

灰公狗外貌英俊，又是鎮子狗群的頭領，平日裏很受母狗的青睞。麂子肉乾又是很難吃得到的美味山珍。可是，紅娜連正眼也不瞧灰公狗一眼，扭身走開了。

紅娜不僅對紳士般的求愛無動於衷，對強盜式的求愛還敢以牙還牙。那次，牠把小主人送進福鑫茶館後，跑到垃圾堆尋食，看見一條名叫健立寶的健壯的黑公狗黏黏乎乎貼近紅娜，伸出狗舌想要舔紅娜的脖子，紅娜一閃身跳開了。

狗遠遠沒進化到人類那種文明禮貌程度，在追逐異性中經常會出現暴力行爲。牠看見黑公狗眼睛裏欲火中燒，狂嗥一聲撲到紅娜身上，又抓又咬，試圖逼迫紅娜就範。一般的母狗早就全身戰慄臥躺下來了，但紅娜毫不示弱，又踢又蹬，朝黑公狗臉上亂咬。黑公狗沒占到便宜，反而被咬破了鼻子，氣咻咻敗下陣去。

紅娜給牠的感覺，就像一位冰清玉潔的皇后，凡夫俗子休想得到她的垂憐。多少次，牠和紅娜在垃圾堆裏邂逅相遇，牠都不敢造次，沒有膽量去試探。可是，牠又特別喜歡她嬌美的體態和她身上那股對狗來說芬芳的氣味。

時間是一把魔扇，把牠壓抑的情欲扇得越來越熾熱。那天下午，牠又看見紅娜獨自在鎮上那家熟食店窗下徘徊。熟食店裏那股烤肉的異香也太吸引狗了。牠佯裝著覓食的模樣，向她的倩影靠攏過去。

這時，發生了一件意外的事，有個紮紅蝴蝶結的小姑娘買了一包熏腸，走出熟食店，突然腳踩在一塊果皮上滑了一下，手一抖，一大坨粉紅色的熏腸顛出油膩膩的包裝紙掉到地下，滾了一層泥灰。小姑娘惋惜地哎呀一聲，就走掉了。

人類的衛生觀念很強，不吃掉在地上的不乾淨的食物。狗才不在乎衛不衛生呢，牠趕緊躥過去，叼起這坨熏腸，然後繞到熟食店的後窗下。紅娜還在那兒流連張望呢。牠想把熏腸送過去，但想起灰公狗曾對紅娜獻過類似的殷勤，結果碰了一鼻子灰，牠又心有餘悸。牠站在紅娜面前十來步遠的地方，想走上去又缺乏勇氣，想離開又捨不得放棄這麼一個好機會，顧慮重重，進退維谷，不知怎麼辦才好。

紅娜站在熟食店後窗下，含蓄地朝牠搖動起那條漂亮的紅尾巴，像朵盛開的紅罌粟。牠鼓足勇氣，往前走了五步，把熏腸放在地上，又退回到原先的位置。熏腸像供品似地擺在牠和她之間，當然是愛情的供品。

牠朝她柔聲吠叫了一通，表達自己微妙的心曲。她矜持地望望牠，發出兩聲短促的吠叫，聲音柔和圓潤，帶著異性的羞澀和嬌態，撩撥得牠心裏癢癢的，像千萬隻螞蟻在爬動。

過了一會兒，紅娜猶猶豫豫地朝前走來，對熏腸嗅嗅聞聞，用前爪刨刨扒扒，又叼著熏腸在空地上小跑起來——作出要尋找一個僻靜的角落獨自進食的動作——其實兜了個圈又回到原先牠擺放熏腸的老位置。完成了狗尋食進食的一整套規範行爲後，她就蹲在牠面前津津有味地開始嚼咬熏腸。牠希望她把維繫生命的蛋白質連同牠的渴望和愛意一起吞咽進肚。

很快，紅娜吃完了熏腸，她的眼光變得含情脈脈，像支質量上品的魚鉤。

好戲才開演，可惜，太陽落山了。小主人在茶館收了場子，要回家了。牠只好把岩漿似的熾熱衝動暫時收斂冷卻，去履行自己領路狗的職責。

當天夜晚，銀盤似的月亮升上樹梢，小主人安睡了，牠鑽出狗棚，翻過牆院，撒腿向鎮上跑去。月光把山野照得一片銀白。純潔的月色勾起牠無限思念，無限渴望。牠一口氣跑到鎮子西頭瀾滄江畔，吊腳樓在遠遠的月光下像古戲裏宰相戴的烏紗帽。紅娜的狗棚就搭在吊腳樓下。

牠站在高高的江隈，向著吊腳樓狂吠亂叫，渲洩著澎湃的激情，發洩著莫名的惆悵。突然，吊腳樓前一片朦朧的銀輝中閃出一團活潑的影子，隨即傳來紅娜嗚嗚的低嚎，羞澀變成艾怨，變成責備，如泣如訴，直率地吐露出愛的心曲，情的衷腸。

世界上一切東西都消失了，只剩下牠和紅娜，不，只剩下兩顆互相渴念的心。牠再也控制不住自己，長吠一聲，箭一般躥下沙灘。瀾滄江金色的沙灘殘留著太陽的餘溫，又彌漫著夜的溫馨，是理想的婚床。

情意濃濃的秋波，銀光粼粼的水波，紫氣淼淼的月波，大自然正處於消魂的好時刻。

牠和紅娜不約而同躍進瀾滄江，在飛濺的水花中，牠們摟抱在一起，翻滾，扭打，噬咬……以狗的特有的原始野蠻的方式，完成了異性之間的美好的結合。

從此，牠和紅娜成了形影相伴的情侶。清早，牠護送著小主人從金竹寨來到佛海鎮，紅娜總是站在鎮頭那棵杏樹下，搖著尾巴迎接牠，黃昏，當牠陪伴小主人回家時，紅娜總要相送到半道的水輪磨房，有時還會一直把牠送到金竹寨。

新婚燕爾，如膠似漆，生活無限美好。

有時冷靜下來，連牠自己都覺得不可思議，美麗非凡的紅娜怎麼會相中一條相貌奇醜無比的公狗的？是前世有緣、命中注定？不，狗是不相信所謂命運的。這裏頭也許有什麼奧妙，但牠一下子無法猜透。

三個月後，紅娜柔軟的凹成穹形的腹部漸漸鼓了起來，最後膨脹成大峰窩似的橢圓，墜在胯間。牠喜歡讓紅娜橫臥在草叢中，把耳朵貼在紅娜隆起的腹部，裏面有生命在跳動。牠也喜歡伸出長長的粉紅色的狗舌，一遍又一遍深情地舔著紅娜圓鼓鼓的腹部，舔得裏面的小生命愜意地蠕動。

牠和紅娜都很喜歡玩這種愛的遊戲，可說是百玩不厭。母愛和父愛並非人類的專利。繁衍生命的本性使一切高等動物都具備這種愛的本能。狗也不例外。

當牠的小主人阿炯額頭被水泥窗臺撞起個鴿蛋大小的包包時，牠和紅娜正躺臥在垃圾堆旁的草地上，一面曬著暖融融的太陽，一面輕吠旻叫，和紅娜肚皮裏的小生命進行心靈的對話。紅娜的臉上呈現出一種夢幻般的甜蜜的表情，於是，牠也墜入夢想，牠看到一群活潑可愛的狗崽在陽光下逮螞蚱，動作天真稚拙，毛色黑紅相間，五官長得和紅娜一樣端正，性格卻是牠的複製品，都有火焰般的激情……

「迪克——迪克——」突然，街上傳來小主人阿炯焦急的呼叫聲。牠立即拋下紅娜循聲奔去，小主人扶著牆站在街上，額頭撞起青包，竹棍也不翼而飛。日頭還未上中天，小主人就離開了茶館，這是從未有過的怪事。牠很納悶，便銜著小主人的褲角拽了拽。

「迪克，我的迪克！」小主人像碰到久別重逢的親人那樣，蹲在地上，一把把牠摟住，抱著牠的狗脖子，淚水潸然落下，嗚咽著說：「完了，迪克，茶館不要我了。我該怎麼辦，怎麼辦哪？」

小主人的淚水滴在牠的唇吻上，牠第一次嘗到人類的淚，鹹鹹的，還有一絲苦澀味。

牠雖然無法聽懂小主人的話，但牠與小主人朝夕相處了一年多，已熟悉了小主人的表情和語調。他落淚，說明他受到了莫大的委屈，他語調淒涼，說明他碰到了天大的倒楣事。

牠不知道該怎樣安慰小主人。牠甚至還弄不清事情的原委。牠只能做一條忠貞的狗在這種場合能做的事，用狗舌舔他的鞋，使勁朝他甩動尾巴，往他懷裏貼擠，用身體語言告訴他，不管遭遇到什麼災難和麻煩，牠迪克永遠和他在一起。

小主人一個勁地哭，傷心欲絕。

也許，他是因丟失竹棍摸不進福鑫茶館的門而哭泣的吧，牠自作聰明地想。牠叼起他的衣襟，把他拉起來，向茶館拖拽。到了茶館門口，他手扶著門框再也不走了。

汪汪，進去吧，小主人，茶客已經坐滿，該你進去拉琴了。

「不，迪克，駱老闆不要我拉琴了。他們有了……收音機。」

牠這才聽見茶館裏一片音樂聲，還有個嬌滴滴嗲溜溜的女人在哼唱：

……真情像流水愛像火苗，

一步一步好像羚羊奔跑……

牠的狗腦子一下子開了竅，原來是這麼回事，那片音樂和那個女人搶佔了小主人的位置，沒地方可去拉琴，所以哭了。

牠本質上是獵狗，牠已在奔流的血液裏積澱起這樣一個信念：主人的厄運就是自己的厄運，主人的需要就是自己的職責。

既然那位酸不拉嘰的女人排擠了小主人，那麼，只要攆走那女人，小主人就可以重新進茶館拉琴，牠想。牠是狗，牠不可能完全理解人際關係中曲裏拐彎的複雜性，牠的狗的思維只能進行二減一等於一這樣簡單的演算。

牠吠叫一聲，躥向茶館。門口有個穿黃色軍用大衣的瘦老頭，手裏捏著一根木棒，那張隔夜的臉嚴肅得有點死板，一看就知道，是茶館駱老闆雇來的看門人兼警衛，專門對付乞丐和狗。見到牠，瘦老頭舉起木棒，噓——朝牠發出色厲內荏的恫嚇。

牠連狗熊的巴掌和老虎的尾巴都見識過了，還會在乎一個風燭殘年的老頭和他手中的木棒嗎？牠齜牙咧嘴朝他瞪了一眼，汪，從喉嚨深處發出一聲陰森森的低嚎。瘦老頭本來還挺威嚴的臉，霎時間變得驚慌失措，本來揮舞木棒挺得板正的身軀，霎時間像蠟人遇到火一樣萎縮下去，很滑稽地扔下木棒，往門旁躲避，閃出道來。牠像貴客似地跑進店堂。

店堂有點灰暗，牠匆匆朝四面環視了一圈，奇怪，只有女人的歌聲，卻看不見女人的身影。牠以爲是自己站的位置太低，看不透徹。牠縱身一躍，跳上靠窗那張茶桌。叮鈴噹啷，滿桌子陶壺瓷盞被撞歪碰翻，從桌面舞蹈到水泥地下，跌得粉身碎骨。這時，守門的瘦老頭才從惡夢中驚醒，發出遲到的報警聲：「不好，瘋狗來了！」與此同時，靠窗茶桌邊圍坐的客人瞧著牠，就像瞧著扔進來的一顆炸彈似的，忽拉一聲散了場，朝門口、窗口和櫃檯裏鑽。

牠並不想傷害和嚇唬任何茶客，牠不過是想把小主人阿炯被褫奪的權利重新奪回來而已。

牠站在茶桌上，視線和人一般高了。牠重新搜尋了一遍店堂，今天生意不錯，店堂裏幾乎座無虛席，但牠看見的都是清一色的男人，沒有一個不長鬍鬚、不長喉結、腰肢細柔、胸脯高聳的女人。那要命的攝人心魂的甜美悅耳的歌聲卻仍然充斥空間。

牠急得幾乎要撞牆。牠只好憑聽覺來尋找了。牠很快辨清方向，聲源來自擺著水果糕點紙煙等雜貨的壁櫃上，那兒有一個比牠體形略小的黑色長方形匣子，中間有很多銀白色的鍵鈕。外形裝潢十分講究，左上角還有一排小紅燈在不停地閃爍。牠不懂這是身歷聲雙卡收音機，牠還以爲那位會唱歌的女人就躲在這個黑匣子裏。哪怕她躲藏在天涯海角牠都要找到她、教訓她，並攆走她！

牠把編排有序的茶桌當作跳臺，三張茶桌三級跳遠，蹼、蹼、蹼，朝那架對牠和小主人來說是不祥之物的黑匣子躥躍過去。身後響起一片茶具的呻吟聲和茶客的驚呼聲。整個茶館亂成一團。

這時，茶館那位長著鷹鉤鼻的駱老闆從驚愕中回過神來，撿起看門瘦老頭扔下的木棒，朝牠撲來。

「你這個狗雜種，老子活剝了你的皮！」他罵道，「打死你格瘋狗！」

牠剛跳到壁櫃前，還沒來得及去撲咬那只黑匣子，駱老闆已趕到牠背後。幸好櫃檯旁就是一扇窗子，照射進來的明麗的陽光把駱老闆舉棍欲砸的投影灑落在牠的面前。牠已來不及扭頭觀察，胡亂在地上打了個橫滾，那本來想砸斷牠脊樑骨或打斷牠狗腰的木棒落在牠狗臂上，雖然那兒是牠整個狗身體最無關緊要的部位，卻也火燒火燎般疼。

駱老闆剎那間又重新高舉起木棒。牠被他惹得野性勃發，牠忍無可忍，一個魚躍撲上去，就在他木棒再次要落到牠身上的瞬間，一口咬住他的手腕。

牠沒想到人類的皮膚比象皮、熊皮和狗皮都要脆嫩，牠才稍稍用了點力，牠尖利的犬牙就穿透人皮，嵌進肌肉。

「喔唷——」駱老闆殺豬般地嚎了起來，鷹鉤鼻扭歪了，扔了木棒；牠鬆開狗嘴，他朝後一仰，跌倒在地，大呼小叫道：「快，叫警察，叫警察！」

牠是狗，牠根本就不知道警察的厲害。

牠什麼也不怕，縱身一躍，跳上壁櫃，張嘴就朝會發聲的黑匣子咬了一口。

黑匣子比牠想像的要堅硬得多，喀嚓喀嚓響了兩下，硌得牠狗牙一陣酸疼，卻什麼也沒咬破。

「……一封情書，帶給我許多快樂……一切煩惱隨著風飄過……」那叫牠渾身狗毛倒豎的女歌星仍然在從容不迫地哼唱。牠怒不可遏，索性將身體撲上去，用利爪撕扯；壁櫃很淺，黑匣子搖晃了兩下，轟隆一聲翻落下來，砰地一聲砸在地上。那黑匣子被砸飛了一角外殼，錄音帶也騰空飛出機肚子，閃爍跳動的紅燈不亮了，藍色的液晶顯示器也熄滅了。

女人的歌聲戛然而止。

牠終於趕走了她，牠想，牠替小主人申了冤、報了仇。

茶館裏，老闆、夥計和所有的茶客都像木偶似地貼牆站著，目瞪口呆。

再也沒什麼事情值得牠繼續逗留在茶館裏了。牠雄糾糾跨出碗盞狼藉、桌椅仰翻的茶館。

小主人阿炯站在茶館門口。汪，汪，汪，牠朝他報告戰果和喜訊。奇怪的是，他非但沒含淚高興地笑起來，也沒像平時那樣牠做了討他喜歡的事，他就把牠攬進懷裏親暱地撫摸牠的腦門。恰恰相反，他臉色異樣蒼白，身體像秋風中的樹葉那樣劇烈顫抖。他說：

「迪克，你闖禍了。完蛋了，迪克，我們都要完蛋了。」

說完，他就像撞著了鬼似地轉身離開茶館。

他兩步一摸索，速度用盲人標準衡量簡直在飛逃。牠想，牠已經替他攆走了那唱歌的女人，他可以重新坐回那張破竹椅上拉琴了，怎麼卻反而要逃走呢？牠一點也不明白其中的奧妙。但牠已習慣於遵從主人的意志，牠趕緊銜著他的褲角，替他領路。

福鑫茶館裏，傳來駱老闆歇斯底里的叫聲：「快，到派出所去報案！」

四　闖下大禍

阿炯雖然眼睛看不見，耳朵卻異常敏感。他一聽見茶館裏碗盞叮噹，人聲鼎沸，就曉得迪克闖了大禍。人類社會的麻煩，豈是一條狗能解決的呀。

駱老闆嚎叫著要叫警察，他替迪克捏了把汗。他曉得警察是怎樣對付損害了人類利益的動物的。在他還只有五歲時，金竹寨就發生過這樣一件事。一位名叫戶鰲的農夫在給一頭脾性暴烈的牯子牛穿牛鼻繩時，不知是手腳重了些還是動作不夠嫻熟，把牯子牛弄得滿臉是血，牯子牛突然狂哞一聲，掙斷腳下的繩索，打了個響鼻，勾起倔強的牛頭，亮出琥珀色的尖尖的牛角在戶鰲肚皮上捅了一傢伙，把白花花的腸子都挑了出來。戶鰲當場死於非命。警察管這頭牯子牛叫作瘋牛，在牠腦門上開了一槍。

人類的法律是無情的。瘋人會被關進用鐵柵欄圍隔起來、戒備森嚴如同監獄的精神病院，發瘋的動物就享受不到這種人道主義的待遇了，立刻就會被處死。

他可以作證迪克不是瘋狗，但是，誰會相信一個孩子，而且是雙目失明的孩子的話呢？

迪克大鬧茶館後，阿炯第一個反應就是趕快領著迪克逃回家去。無論如何，家是孩子唯一的避難所。

他前腳剛跨進自家的院子，背後土道上便響起摩托車引擎的轟鳴聲。警察的動作實在神速。他想叫迪克逃走，但已經來不及了，摩托車已轉過竹林朝他家飛馳而來。

他判斷的聲音不會錯。他家只有一扇正門，院牆又高達兩米多，很難翻越；假如此刻從正門放迪克出去，毫無疑問，不是被摩托車輾死，就是被追擊的槍彈打翻。狗奔跑的速度再快，也跑不過摩托車和流彈呀！唯一的辦法，就是把迪克藏起來。

家裏靜悄悄，爸爸到菜園子幹活去了，繼母胖菊帶著阿龍上山割豬草去了，沒人會看見他把迪克藏在哪裡。重要的是要找一個不易被人察覺的好地方。

藏在狗棚裏顯然是不行的；讓迪克鑽進柴房的乾草垛去，稻草灰怕會癢著牠的狗鼻打起噴嚏而暴露目標；讓牠趴到他的床底下呢？也不保險，用電筒一照就搜出來了。

摩托車的引擎聲越轟越猛烈。阿炯急得頭上冒汗。突然，他靈機一動，想到了豬廄。豬廄背後有一條狹窄的排汙溝，是沖洗豬廄清掃豬糞用的，有一次，爸爸用皮帶抽他，他就摸索著躲到裏面去過，爸爸找半天也沒找到。即使迪克在汙溝裏伸伸懶腰動動身體，外面豬廄裏兩頭老母豬和一窩豬崽哼哼唧唧，也不易被人察覺。再說，豬廄和汙溝裏那股酸味和成群成團的綠頭蒼蠅，也很能讓城裏來的警察望而卻步。

他把迪克帶到豬廄背後和排汙溝，拍拍牠的腦門說：「乖，待在這兒別動。我不叫你，無論發生什麼事，你千萬別出來！」

迪克很通靈性，一聲不吭地趴在排汙溝裏。

阿炯剛摸回到院子中央石桌旁坐下，摩托車就駛進了院子。

「喲，還是帶斗的三輪摩托呢。」門口有個小男孩嚷嚷道。

「瞧！這不是福鑫茶館的駱老闆嗎，帶倆警察來幹嘛？嘿，還帶著電警棍哪！」門口另一位來瞧熱鬧的小女孩小聲嘀咕。

「姐，妳瞧駱老闆，手上纏著繃帶，黑著副臉，八成是打架打輸了。」

阿炯尖起耳朵聽了個透，於是，他腦子裏浮現出這樣一幅圖景：一輛三輪摩托車上，前後坐著兩位頭戴大蓋帽、佩掛著金星銀盾肩章或領花的警察，船形車斗裏坐著手臂用繃帶掛在脖頸上受了傷的駱老闆。三人怒氣沖沖地跳下車來。

果然，他耳畔響起一個陌生的聲音：

「喂，那條咬人的瘋狗呢？」

那肯定是警察在發問。阿炯緊抿著嘴，搖搖頭。

「你爸爸、媽媽呢？」

「幹活去了。」

「去，去把這小瞎子的爸爸、媽媽叫來！」警察轉身吩咐擠在門口看熱鬧的孩子們。

不一會兒，阿炯聽見院子青石板上響起爸爸咚咚咚節奏十分急躁的腳步聲，傳來繼母胖腳心煩意亂的喘息聲。

「你們的瞎兒子阿炯唆使他的醜八怪瘋狗砸了我的茶館，還咬傷了我的手。」福鑫茶館的駱老闆用沙啞的嗓音吵架似地訴說道。

「根據治安條例，」響起警察冷冰冰的聲音，「要進行處罰。」

「同志，該……該怎樣處罰啊？」繼母胖菊怯怯地問道。

「第一，交出瘋狗。第二，賠償損失。」

「得賠多少錢哪？」

「我的雙卡身歷聲收音機摔爛了，嶄新的，是花了七百八十八元剛剛託人從昆明買回來的。還摔爛了七只陶壺，二十四只蓋碗，半天的生意也泡湯嘍，零頭就莫算了，打個整數，八百塊。」駱老闆不愧做生意的，很快算出筆細帳。

「另外，違反治安管理有關條例，要罰兩百塊。」警察說。

「阿龍他爸，你快算算呀，這兩筆帳總共要多少錢哪？」胖菊問。

「一千塊！」爸爸甕聲甕氣地說。

「媽喲，一千塊哪，叫我們一個農民家，拿什麼來賠喲！」胖菊哭聲哭腔地說道。

「這還是態度好的數目。」警察的聲音又響起來了，「態度不好還要加倍罰款。」

「我們態度好，我們態度最好。」胖菊忙不迭地說道。

「光嘴上說態度好有個屁用。」

「你要我們怎個好法嘛？」胖菊問。

「把瘋狗交出來，我們要當場處死，爲民除害。」警察說，「瘋狗身上帶著狂犬病菌，對社會危害很大，一定要消滅。」

「對對，我們馬上交，馬上交。」

「阿炯，那條醜狗呢？跑到哪裡去了？」爸爸大聲喝問道。

阿炯靜靜地坐在石桌上，默不作聲。他死也不會交出迪克的。他雖然眼睛瞎了，但他心裏明鏡似的。迪克是為了他才去茶館搗亂的。迪克不是瘋狗，迪克是他最忠誠的朋友。他絕不會出賣朋友的。

一絲涼風掠過他的鬢髮，一個巴掌摑到他的左臉頰。沈悶的聲音震得他左耳嗡嗡響。他眼睛看不見，躲閃不掉，這一耳光打得很實在，臉上立刻熱辣辣的像沾著了辣椒水。

「說，你把該死的醜狗藏到那兒去了？」爸爸在他耳畔咆哮道。

他仍默不作聲。

「迪克——迪克——」繼母胖菊自作聰明地叫喚起來。

院子裏寂然無聲。警察、駱老闆和爸爸肯定都在凝神屏息緊張地等待著。阿炯心裏很篤定，他曉得迪克的秉性，胖菊即使叫破喉嚨，牠也不會出來的。

「迪克，吃飯嘍；迪克，吃飯嘍！」繼母胖菊用飯勺敲打著盛狗食的破瓦缽，發出槖槖槖一長串誘惑力極強的敲擊聲，用力吆喝道。

阿炯一點也不擔心迪克會像一般的饞癆鬼投胎的狗那樣被誘騙出來。

四　闖下大禍

繼母胖菊的腳步聲進了廚房又踅回院子。院子裏飄散彌漫起一股烤肉的香味，還響起菜刀在砧板上剁斬的聲音。

「迪克，吃肉嘍；迪克，吃肉嘍！」

白費勁。肉香倒引來了一群寨子裏的狗。

「這瘋狗會不會跑到山上去了？」警察問。

「不會的。」駱老闆很肯定地說，「我看見小瞎子把瘋狗帶回來的。」

「我還看見阿炯和狗一起進了這扇門。」住在對門的拖鼻涕阿旺揭發說。

「搜！」警察的聲音很威嚴。

阿炯聽到屋裏屋外雜沓的腳步聲，聽到柴房木門吱呀地開啓聲，還聽到豬廄裏老母豬護崽的哼哼聲。折騰了一陣，聲音復歸沈寂。

警察說：「準是你們家把那條瘋狗藏起來了。不交出來，加倍罰款！」

「哎呀，警察同志，」繼母胖菊的聲音裏充滿委屈，「我們吃了豹子膽也不敢把瘋狗藏起來呀。準是阿炯搞的名堂，別看他眼瞎，鬼精靈呢。那瘋狗也鬼眉鬼眼的，誰喊牠牠都不理睬，就聽小瞎子的，只要他一張口，五里外牠都聽得見會跑攏來。」

「媽的，這小瞎子難道吃了啞藥了？」駱老闆氣咻咻地說。

「阿炯，你快叫瘋狗出來！」爸爸口氣十分嚴厲，「你聽著，你已經給老子闖了大禍，你再不把瘋狗交出來，我活剝了你的皮！」

阿炯仍像根木頭一樣靜靜坐著。

他的左臉頰又被重重摑了一巴掌，一絲鹹浸浸的液體從緊抿的嘴唇間向外流溢。

「好，你倒給老子裝起啞來。看看是你的骨頭硬還是老子的馬鞭硬！」爸爸暴跳如雷。

一會兒，他面前響起鞭花的脆響。完整而又美妙的空氣被鋒利的鞭梢劈裂割碎。他感覺到一條蛇在纏繞噬咬自己的身體，火烙似的灼痛在手臂、大腿和脊背上來回游躥。

「喂，不要打了。」警察在一旁勸阻道，「我們可沒有讓你打孩子。打出問題來你自己負責。」

馬鞭仍在囂叫，仍在飄舞。

阿炯疼得佝成一團，淚水像炸了閘的洪水簌簌流。但他仍忍著不哭出聲來，他寧願自己被馬鞭抽死，也不願迪克被當作瘋狗處死。

汪——

平地響起一聲驚雷。迪克憤怒的吠叫聲把院子裏所有的一切聲音都蓋住了。馬鞭停止了囂叫，人們屏住了呼吸，阿炯也在一瞬間忘了疼痛。

四　闖下大禍

阿炯雖然眼睛看不見，但他那顆明鏡似的心，給他清晰真實地映照出院子裏的情景：迪克從豬廄背後的排汙溝裏跳出來了。牠是條聰明的狗，牠當然知道自己危險的處境。但牠獵犬的品性不允許牠看著他阿炯慘遭毒打而無動於衷。牠明明知道前面是刀山火海，是荊棘陷阱，牠仍然無所畏懼地跳了出來了！

院子裏的警察、駱老闆和爸爸、胖菊以及擠在門口看熱鬧的人，都被這意想不到的結局震驚了，泥塑木雕般地望著迪克。

又一汪滾燙的淚水湧出阿炯毫無生氣的眼窩。他高叫一聲：「迪克，快跑，快跑！」幾乎在同時，繼母胖菊像在夢魘中驚叫起來：「就是牠，醜狗，不，瘋狗！」

阿炯聽到迪克凌空躥躍，爸爸哎唷了一聲。一定是迪克把爸爸手中的那支馬鞭給叼走了。

「快，關門！」警察叫了起來。

院門咯咚關死了，應了一句關門打狗的俗話。

迪克的尾巴在阿炯胸前搖晃。他曉得，迪克此時擋在他和他們之間。

一個警察對另一個警察說：「老兄，把電警棍拿來，觸翻這條瘋狗。」

「迪克，你快走，快走啊！」阿炯大聲喊。

汪汪汪，迪克向散成扇形朝牠威逼過來的人們狂吠亂吼。

「小心，別讓瘋狗咬著。」

「老兄，你的電警棍是吃素的嗎？」

「你來試試。這條該死的瘋狗，簡直是狐狸和狼的雜交。」

阿炯豎起耳朵諦聽著，透過聲音判斷形勢。迪克雖說還未遭殃，但處境已十分困難，一條狗對付五個操著棍棒、馬鞭、電警棍的成年人，力量對比太懸殊，是堅持不了多久的。

他摸索著站起來，想趁人不備去把院門打開，剛走了兩步，突然被人揪住衣領猛地一搡，他站立不穩，撲通摔倒在地。

「雜種，你闖了禍還不夠，還想讓我們全家跟著你這個爛瞎子一起吃官司呀！」繼母胖菊惡狠狠地罵道。

汪——一股颶風挾帶著一聲憤慨的吠叫。

「媽呀。」胖菊驚嚇得仰面跌倒。

「狗敲鼻子蛇砸頭，快，用棒子敲牠的鼻梁！」爸爸氣喘吁吁地叫道。

牆根那兒傳來迪克聲嘶力竭的吠咬。阿炯聽得出來，迪克已被逼到牆角了，無路可逃。突然，他想起牆角左側堆著一垛柴禾，有一人多高，可以作跳板用的。他大叫一聲：

「迪克，快，跳到柴垛上去，跳出院牆去！快逃，不要管我！」

「快，堵住牠，不要讓牠躥上柴垛！」警察很聰明，立刻佈置力量堵塞漏洞。

但已經遲了。傳來柴塊從柴垛上滾落的嘩啦聲。傳來福鑫茶館駱老闆噎氣般的歎息聲。傳來院牆上空狗的嗚咽聲。阿炯聽得出來，這是迪克在向他告別。

迪克的吠叫聲在院牆外越傳越遠，很快消失在一片竹篁吟嘯聲中。

「媽的，幾個大男人還對付不了一條瘋狗，真窩囊。」那位警察說。

「都是瞎小子在搗鬼。」駱老闆說。

「狗是打死不離家，牠還會回來的。」警察很自信地說。

「牠是阿炯的影子。阿炯在，牠就跑不了。」繼母用一種告密者的諂媚口吻說道。

「好吧，限你們兩天之內把瘋狗交到派出所來。不然，就加倍處罰！我們走吧。」

警察很威風地啓動摩托車，一股刺鼻的汽油味噴到阿炯的臉上。

警察一走，繼母胖菊就開始哭訴起來：「瞧瞧，我前世作了什麼孽，好不容易求奶奶告爺爺替他找了個吃飯的地方，他不珍惜，還要放狗去咬人，去砸店堂子，以後怎麼辦，叫我們養活他一輩子呀?!」

「別煩人啦，」爸爸朝胖菊吼道，「先抓住瘋狗再說。」

繼母胖菊說他先放狗搗亂，所以茶館才辭了他的生意，這顯然違反邏輯，也不符合事實真相，但阿炯不想替自己爭辯。誰會相信真理在一個小瞎子和一條醜狗身上呢。

他沒想到，爸爸會用這種殘酷而又毒辣的辦法來誘捕迪克。爸爸把他反綁在外屋的一根房柱上，院門敞開著，屋門也敞開著。從院子外面一眼就可以看見他。然後，爸爸將一架不知從哪兒借來的捕獸鐵夾埋設在外屋的門檻下。這是一種獵人使用的十分厲害的捕獸工具，用彈簧、鐵桿和插銷組合成，只要稍稍碰到鐵桿，插銷便會從機關中自行脫落，沈重的鐵桿便會以迅雷不及掩耳的速度翻砸下來，夾住獵物。據說，即便是兇蠻無比的雪豹，被捕獸鐵夾夾住，也難逃厄運。

爸爸就守在裏屋的門簾背後。

天黑盡了，迪克還沒有回來。爸爸在外屋的小木桌上點起一盞煤油燈。給瞎子點燈，意圖很明顯，就是要給迪克照亮。

夜深了，傳來頭遍雞叫。爸爸大概是白天太累了，熬不得夜，一個接一個哈欠透過門簾飄逸出來。

「阿龍他爸，你實在睏，就打個盹吧，我看著哩，我聽著哩，瘋狗一進門我就叫醒你。」繼母胖菊說。

「好吧，」爸爸嘟囔著道，「妳眼睛睜大些，耳朵豎尖些，莫誤了事。」

不一會兒，門簾裏飄出爸爸濃重的鼾聲。

阿炯那顆懸吊著的心算是放下了一半。

公雞啼叫了兩遍，繼母胖菊大概也被瞌睡蟲叮咬得受不了了，也呼嚕呼嚕睡著了。門簾裏一個粗濁的鼾聲和一個高亢的鼾聲此起彼伏，抑揚頓挫，好一個男女生二重鼾。

阿炯也有點睏了，眼皮像塗了層強力膠，黏得撕不開。正迷迷糊糊，突然，院子裏傳來一串若有若無的腳步聲。

他本來就睡得很不踏實，一下就驚醒了。翕動鼻翼，果然聞到一股十分熟悉的略帶腥味的迪克的體味。他豎起耳朵諦聽，輕微的腳步聲正向屋子移來。

門檻裏有陰謀、有陷阱！捕獸鐵夾會砸斷狗腿、夾斷狗腰的！他想喊，又怕弄醒埋伏在門簾背後的爸爸，極有可能，爸爸大腿上擱著一支灌滿火藥的獵槍。他只好輕輕踩動腳尖，嗒嗒嗒嗒嗒，節奏急促，像在拍電報，報警、提醒、喝令迪克快快離開。

迪克那股體味飄到外屋門口便停止了。好聰明的狗。阿炯雖然看不見，但沒錯，迪克肯定站在門檻外，用靈敏的狗鼻狗耳和狗眼在悉心觀察。

他又用腳尖踩出一串很輕但節奏卻十分強烈的聲響。

若有若無的腳步聲從門檻外消失了。好機警的狗。牠一定由他的腳尖踩地聲引起警覺，從而發現了埋伏在門檻裏面的捕獸鐵夾。他心裏一塊石頭落了地。只要迪克不落圈套，他自己受點罪算不了什麼。他希望牠遠遠離開佛海鎮，離開那些有眼無珠把牠罵爲瘋狗的人們。

過了一會兒，他左邊那扇玻璃窗傳來喀嚓喇喀嚓喇的響動，不用猜他就明白，是狗爪在撕拉窗子。聲音雖然不重，但夜深人靜，還是有點刺耳。他的心又縮緊了，忐忑不安，生怕會吵醒恨不得活剝了迪克狗皮的爸爸。幸好爸爸和胖菊都睡得死沈，鼾聲沒中斷。

外屋的窗子插銷早就壞了，吱呀一聲，兩扇玻璃窗被狗爪撕拉開，吹進一股冷風。迪克一聲不吭跳進屋來，躥到房柱背後，咬斷了他手上的繩索。他把迪克攬進懷裏，人和狗默默地熱烈地擁抱在一起。

「……瘋狗……要賠……一千塊……」爸爸在夢簾裏面說著夢話。

阿炯抖得像片寒風中的落葉。他已失去了福鑫茶館那把破竹椅，爸爸和繼母胖菊白白損失了一千塊錢，不拿他當出氣筒才怪呢。家會變成名符其實的地獄。怎麼辦？怎麼辦？

迪克叼著他的褲角使勁往窗子那兒拖拽。

離開這個家，到昆明找媽媽去！一瞬間，他產生了逃亡的念頭。

他記得媽媽的名字叫繆菁。他雖未跟媽媽去過昆明，但經常聽媽媽說起，外婆家的門前有一棵梧桐樹，樹冠像把巨傘。媽媽管那地方叫豆腐營。只要找到豆腐營，就能找到媽媽。

媽媽可喜歡他了，有一次，他的腳趾頭被蠍子螫了一下，是媽媽用嘴一口一口從他傷口裏吮吸毒汁來。

媽媽常把他摟在懷裏喊心肝寶貝。他還小，搞不清楚成人世界裏的曲曲折折，不明白媽媽爲什麼要離開他。但有一點他是知道的，媽媽是捨不得離開他的。記得媽媽離開金竹寨的頭天晚上，媽媽替他洗了澡，剪了指甲，坐在他的床邊拍著他的背哄他入睡。

半夜他被尿憋醒，睜開眼來，媽媽仍坐在床邊呆呆地望著他，昏昏的燈光下，媽媽臉色蒼白，兩隻眼睛卻腫得像紅葡萄，他不明白發生了什麼事，很害怕，忍不住撲到媽媽的懷裏問：「媽，妳怎麼啦？」

媽媽緊緊抱著他說：「阿炯，你要記住，你永遠在媽媽心裏頭。」

媽媽說著，一串淚從她眼眶裏滾落下來，滴在他的嘴唇上，又鹹又澀，滾燙滾燙。

「媽，妳哭了，妳到底怎麼啦，我害怕。」

「寶貝，不怕。媽沒哭，是風把媽眼睛吹出淚來的。快睡吧，媽守著你。」媽媽把他重新塞回被窩。他那時根本不知道媽媽明天一早要離開家，他以爲真的沒什麼事，便又進入夢鄉。

第二天早上一覺醒來，媽媽已經走了，枕頭旁疊著一摞洗得乾乾淨淨的他的衣裳，桌子上放著一碗他頂愛吃的糯米年糕，還冒著熱氣……只要找到媽媽，媽媽一定會流著驚喜的淚緊緊把他抱在懷裏的，他想。

離開爸爸和胖菊這個家，走出佛海鎮，這是他和迪克的唯一的生路。眼下才是仲秋，碧羅雪山山麓雖然已開始飄灑小雪，但還沒封山，還能勉強走得通。他在福鑫茶館聽人說過，只要沿著鎮子背後那條彎彎曲曲的小路一直往上爬，越過丫口那片死林，就到了州府所在地麗江城，那兒有公路有汽車通往昆明。

他穿起一件皮襖，找到師傅傳給他的那把心愛的胡琴，摸索著爬上窗子。迪克先他翻出窗外，站在窗下當他的墊腳石。他踩著迪克的背，悄無聲息地離開了家。

他不知道等待他的是什麼樣的命運。

五　逃亡

牠本來並不打算帶紅娜一起逃亡的。照顧一位瞎眼小主人已經夠累了，還要攜帶一條臨近分娩的母狗，當然太麻煩了。牠領著小主人經過瀾滄江畔那幢形狀古怪的吊腳樓時，遠遠地朝紅娜的狗棚輕吠了兩聲，牠並不是想邀請她同牠一起逃亡，而是想跟她告個別。牠不曉得這次離開佛海鎮什麼時候才能回來，也許永遠也回不來了。

紅娜第二天看不見牠，一定會鎮裏鎮外到處找牠的，她會爲牠的不辭而別怨恨牠，責備牠，思念牠，詛咒牠的。

牠決不是那種只願交歡而不講責任和義務的二流子公狗。牠喜歡紅娜，更愛她肚子裏還未出世的小狗崽子。牠想最後見她一面，讓她明白牠不走不行的無可奈何的處境，讓她瞭解牠無限惆悵和依依惜別的心情。

彷彿有一種神秘的心靈感應似的，牠的吠叫聲還未在夜空消散盡，紅娜便踏著星光，箭一般地跑到牠面前。

牠先用不同頻律、不同音調、不同音色的吠叫聲——其實是狗的專用語言——訴說了自己和小主人阿炯所遭受的委屈，然後昂首揚腿，朝泛動著朦朧雪光的碧羅雪山作攀爬狀，告訴紅娜牠將跟小主人遠走高飛。

牠以為紅娜會搖頭擺尾作纏綿狀，牠以為紅娜會嗚嗚哀求挽留牠，會含淚十里相送，會為生離死別而痛苦得在地上打滾。牠完全想錯了。當牠剛把自己的逃亡意圖通過吠叫聲和身體語言傳達出來，紅娜那雙睡意猶存的狗眸子便放射出綠瑩瑩的光，興奮得躥跳起兩、三尺高，轉著牠像陀螺似地旋轉，然後用下巴緊緊地勾住牠的脖頸，身體像要合二為一似地貼在牠的身體上，傳神地表達了天涯海角與牠同行、生生死死永不分離的決心。

牠當然高興紅娜能與牠同行，雖然牠覺得她毫無顧忌地說走就走、離開豢養她的主人就像離開一根已啃乾淨了的骨頭那樣隨便的態度，實在有悖狗的傳統道德。牠把紅娜沒有任何猶豫就隨牠棄家出走的行為，理解為她是受愛情的蠱惑。上帝也會寬恕年輕人──包括年輕狗為愛情所犯下的錯誤。所有的錯誤中，愛情的錯誤最值得原諒。

當時牠壓根就沒想到，紅娜的行為背後還隱藏著一層很深的心理因素。

牠把紅娜領到小主人面前，紅娜雖說態度有點勉強，但還是朝小主人搖了搖尾巴。小主人伸手摸摸紅娜的額頭說：

「哦，迪克，牠是你的好朋友，是嗎？好啊，我又多了一個幫手。我們快走吧。」

五　逃亡

從佛海鎮通往外面世界要經過海拔四千五百米的一座死林，顧名思義，就是一段籠罩著死亡陰影的路。牠還在當野狗時，就經常在死林裏闖蕩。那是一片長約二十多里的寒帶針葉林，一年中有半年降雪，山勢險峻，而且很容易迷路。牠曾多次穿越死林，熟門熟路，沒什麼可怕的。按通常的速度，黎明前從佛海鎮出發，天黑以前走通死林是沒問題的。

牠犯了個經驗上的錯誤。雙目失明的小主人在平地上行走雖然比正常人緩慢，但總還能一步一步朝前移動；一走山路，就比在平地上行走艱難許多倍，幾乎是一步一個趔趄，三步一滑，五步一跤，比蝸牛爬還慢。好幾次遇到陡坎，還得由牠在上面銜著竹棍拼命拉，才把他拉上來。

小主人阿炯每次跌倒，紅娜不但不去攙扶，還面露鄙夷的神色，聳鼻撇嘴，或悻悻輕吠兩三聲，肆無忌憚地進行冷諷熱嘲。

對牠的小主人的不尊重，就是對牠的不尊重，牠心裏很不是滋味。

但牠又想，紅娜和阿炯才剛剛認識，沒有友誼和感情，看到他跌跤的狼狽相，訕笑一下，也在情理之中。牠不想同紅娜在這種枝節問題上太計較。

爬到太陽落山，才剛剛跨進死林。

鉛灰色的暮靄把死林襯托得更加陰森。樹蔭背後或低窪凹坑，佈滿一塊塊不規則的積雪圖案。沒有鳥鳴也沒有獸跡，偶爾能遇見趕馬人廢棄的窩棚或淘金者遺留的篝火灰燼。雪松和落葉松褐色的樹幹顯得蒼老凝重，針狀的葉子泛動著冰涼的光澤。一陣尖銳的山風吹來，捲起一團團細密的雪塵，把天空攪得一片混沌，彌漫著一股死亡的氣息。

「迪克，我冷，我好冷啊。」阿炯縮著脖子嚷道。小主人只穿了件薄薄的羊皮夾襖，當然抵禦不住這刺骨的寒冷。

牠很慚愧，牠無法把自己身上的那層狗皮剝下來給他穿上。

「迪克，我餓，我好餓啊。」阿炯捂著肚皮嚷道。小主人已整整一天沒吃東西了，自然是餓得肚皮咕咕叫了。

牠很內疚，無法去弄兩個剛出爐的奶油麵包來給他充饑。

說實話，牠也覺得饑寒交迫。牠已差不多一年半沒踏足山野了。佛海鎮平坦的青石板路使牠的狗爪變得嬌嫩，狗棚裏的暖乎乎的稻草又使牠的皮毛變得稀鬆，減弱了禦寒的能力。過去牠當野狗時，曾多次往返穿行於死林之間，平常得就像逛大街一樣。現在卻不同了，四隻狗爪踩在積雪上，冷得鑽心。尤其難以忍受的是，肚皮癟到了脊樑骨，真狠不得把剛剛升起的一輪月亮當作餡餅吞吃了。

五　逃亡

越冷越餓，越餓越冷。

紅娜的面部表情很古怪，雙眸賊亮賊亮，流動著一股藍瑩瑩的光。說不清是饑饉貪婪的光，還是回到夢縈魂繞的故鄉那種興奮的光。牠精神抖擻，踩在積雪上，就像踩在青石板路上一樣自然鎮定，似乎並沒覺得寒冷。但牠顯然也餓壞了，遠遠望見一棵大樹背後有一坨白色的東西，便倏地撲躍過去，又撕又咬，卻是積血覆蓋著的一塊石頭。牠想，紅娜一定是餓出幻覺來了，才會把石頭視作雪兔。

當地老百姓之所以把這一片位於雪線上的森林稱爲死林，除了變幻無常、惡劣透頂的氣候原因外，還因爲這兒沒有麂子、馬鹿、草兔、山羊等食草類動物，只有狼群、豺狗和雪豹偶然光顧。

牠和紅娜不可能找到食物。

「迪克，我聞到夜的氣味了。月亮升起來了吧。我走累了，實在走不動了。」小主人阿炯摸到一棵大樹下，扔了竹棍，一屁股坐到地上，喘著氣說，「我們就在這兒睡覺吧。」

牠銜起竹棍強行塞回阿炯手裏，牠咬著他的衣襟奮力把他從地上拖拽起來。在死林裏過夜，等於把自己送進墳墓去。高山缺氧會使昏睡者昏迷不醒，寒冷會使血液凝固、心臟麻痺。汪——牠朝彎彎曲曲的小路前方吠叫了一聲，躥跳出去。牠用身體語言告訴小主人，走吧，快走吧，切莫在死林裏耽擱。

小主人阿炯的動作更加笨拙遲緩，一步一滑，跌跌撞撞，全靠牠叼住他手中的竹棍引路，才沒被樹幹撞得頭破血流。

又走了整整一夜，天亮時，牠們來到雪雉坡。這兒是一片蕪雜的灌木林，景色荒涼。牠熟悉地形，有一種羽毛豔麗的雪雉就生活在這一帶。好了，總算開始走下山的路了，還有大約五分之一的路程，就能走出死林了。

這時，老天爺卻彷彿故意要和牠們作對，竟洋洋灑灑下起小雪。小主人靠在一塊突兀出地面的鷲形石頭上，哆嗦著說：

「迪克，我快要冷死了，快要餓死了。我再也走不動了。」

紅娜也臥伏在石頭上，似乎已餓得精疲力盡。

應該想點辦法去弄點食物來，不然的話，阿炯和紅娜興許都會被凍僵凍壞的。牠是成年公狗，牠有責任也有義務爲主人排憂解難，爲妻子奉獻食物。牠振作精神，鑽進灌木林，希冀能逮到一隻雪雉。小主人的牙齒雖然咬不動生肉，但可以喝口雪雉血熱騰身子，也可以咀嚼雉心雉肝來充饑。而肥肥的雪雉肉便能給紅娜裹腹，有剩餘的，牠也可以啃食些腸腸肚肚或骨渣軟肋什麼的。

五　逃亡

灌木林裏連隻昆蟲都見不到。牠仔細觀察被落雪焐濕的泥地，想找到花瓣形的雪雉爪印，遺憾的是，一點可疑的線索都沒能發現。牠想變化一下方位，繞到灌木林左側再去碰碰運氣，突然，靜謐的山野傳來小主人驚慌的呼叫：

「迪克……快……來……救……我！」

小主人的聲音有點變形，像被什麼東西卡住了喉嚨，瘖啞並斷斷續續，聽起來有點恐怖。牠急忙以最快的速度從原路退出灌木林，朝那塊鷲形石岩奔去。

遠遠牠就看見一匹紅毛豺正兇猛地撲向牠的小主人，阿炯眼睛看不見，抬起胳膊胡亂抵擋著，嘩啦，他的一隻衣袖被尖利的豺爪撕爛，小臂也被豺牙噬咬了一口，流出殷紅的血。他慘叫一聲，臉上露出痛苦而又絕望的表情。豺後退兩步，前腿蹬直，後腿微曲，準備又一次更兇殘的撲咬。

牠大吃一驚。牠氣得渾身顫抖。牠悄然無聲地往前猛躥，像道黑色的閃電。就在惡豺起跳的一瞬間，牠一個梯形撲擊，撞在豺的胯部，把豺撞得四足朝天，然後，牠兩隻前爪穩穩地踩住豺的胳肢窩。

憤怒的火焰煽起了牠原始的噬血的野性。牠的嘴麻利地伸向豺柔軟的頸部，牠已聽到豺靜脈血管裏澎湃的血流聲，牠的犬牙已觸碰到豺圓潤滑膩的喉管，只要用力一合嘴，牠就能嘗到溫熱鹹腥的豺血。

突然，牠無意間和被牠壓在身底下的豺四目相對，兩道艾怨的目光像電流猛擊牠的心房，那麼熟悉，那麼親切，牠的意志、牠的勇氣、牠的野性霎時間雪崩似地潰融了，渾身軟得像坨稀泥。

豺——不——是紅娜輕易地從牠爪下掙脫出來。

牠被急昏了頭、花了眼，又被憤懣堵塞了鼻孔，竟把紅娜誤認作紅毛豺了。

假如此刻侵犯牠小主人尊嚴的不是紅娜，而確實是匹遊蕩在死林間的豺，或者是別的一條什麼狗，牠早就把牠置於死地了。即使換成一匹狼，牠都會毫不猶豫地撲上去，用犬牙，用利爪，用整個生命去搏殺，替阿炯報仇血恥。

可對手偏偏是牠的愛妻紅娜。

汪汪——紅娜，妳是餓瘋了嗎？

汪汪——紅娜，難道妳忘了作為家犬的第一要義，就是在任何情況下都不傷害自己的主人嗎？

紅娜並不逃遁，她臉上也沒絲毫羞慚或內疚。臉不紅心不跳，彷彿她想背著牠咬死阿炯搞的不是陰謀而是陽謀。她高昂著頭顱，繃挺著胸脯，理直氣壯似乎做了件光明正大的事。牠憤

慨又驚訝。只有兩種解釋，要不她的臉皮特別厚，要不她內心深處覺得咬人吃人天經地義。

猛然間，秘藏在牠心底已有一年的疑問又翻湧上來，作爲狗，她的毛色實在紅得蹊蹺、紅得罕見、紅得不自然。她到底是血統純正的狗，還是……

彷彿是爲了替牠心頭的疑問作個詮釋，紅娜翹挺起那根火焰似的紅尾巴，呦……汪……嗚……發出一聲似狗非狗、似豺非豺的囂叫。

豺！紅娜是條豺狗！牠茅塞頓開，所有的疑問一秒鐘之內都找到了圓滿的答案。牠忍不住打了個寒噤。

確實，紅娜身上有一半血統是狗，有一半血統是豺。她的母親是條體格健壯的黃狗，她的父親是一條赤褐色的豺，在一個春暖花開的季節，她的母親在野墳地裏遇見了她的父親，說不清是強暴還是自願，母狗與公豺結合了，生下了紅娜。

豺和狗是同類，有很親近的血緣關係，人們至今還把豺喚作豺狗。從體型到生活形態，豺和狗都有相似之處，是同宗異族，是可以通婚的。紅娜秉承了母親的體型和父親的毛色，表面上像條溫順的母狗，內心卻激蕩著豺的兇猛的野性。因此，紅娜瞧不起佛海鎮那些早就蛻化變質、身上野性蕩然無存的狗。牠總覺得鎮上那些個外表瀟灑、風度翩翩、舉止像紳士般的公狗身上缺乏一種吸引她的魅力。

狗和豺都是哺乳類動物，牠們可以說是靠鼻子思想的。她從那些個漂亮的公狗身上嗅聞到的是一股火塘的炭薪味和熟食品店的腐酸味，還有土狗甜膩膩的諂媚的氣息。完全是出於一種本能和天性，她不喜歡這股氣味，她固執地認爲那是野性泯滅、力量衰微的氣味。因此，她粗暴地拒絕了包括鎮上狗群的頭領灰公狗在內的眾多追求者。

她之所以會看中相貌醜陋的迪克，是出於氣味相投。她第一次在水輪磨房遇見迪克，先爲迪克無所畏懼力戰群狗的膽魄和嫻熟的廝咬技藝所吸引，後來又在迪克身上聞到一股山野的雄沈的氣息，聞到一股揉和著力量、膽魄與被弱肉強食叢林法則所熏陶而成的渾厚的生命氣味。這是一種穿透她靈魂的氣味。她抵禦不住這種來自天性的誘惑，終於拋卻了世俗的美醜觀念，委身於迪克。

是的，她餓極了，但這還不是她要撲咬瞎子阿炯的全部理由。當迪克深更半夜把她叫醒，並用身體語言告訴她要穿越死林，她第一個反應就是激動和興奮，爲著從此擺脫人類的束縛和羈絆而激動，爲著能和迪克並肩闖蕩杳無人跡的荒原而興奮。她在暖融融的火塘邊和鋪著稻草

的狗棚裏已生活得膩了。

她本來就是豺和狗雜交的品種，精神世界更酷似豺。她天生缺乏狗的忠貞，她對依附於人類生存不僅覺得彆扭，還覺得委屈。她早就有返歸山野的衝動。她跟著迪克離家出走，不單純是爲愛情私奔，更重要的目的，就是想和迪克一起到森林裏過自由自在的野狗生活。

不知是遺傳基因使然，還是環境的誘發，跨進死林後，那淒迷的雪塵，那慘白冰涼的積雪，那荒無人煙的原始土地，突然給了紅娜一種靈感，那才是她夢寐以求的生活樂土和自由王國。死林裏陰森森的死亡的氣氛，和她潛伏在下意識中的豺的本性，產生了奇妙的共振現象，嚴酷的外部世界和冷酷的內心世界高度和諧統一。豺的本性就是渴望見到廝殺流血、渴望見到死亡。

對人類來說，這兒是一片死林，但對豺來說，卻是天堂仙境。

一路上紅娜早看出來了，迪克對瞎子忠貞不貳，有一種深深的依戀之情，可以說是戀主情結吧。對豺或野狗來說，這是一種十分有害的心理障礙。她站在半豺半狗的立場上，確實無法理解迪克這種獵狗的品性。她甚至還產生一種妒嫉，迪克對那小瞎子的愛明顯超過自己。一次在攀爬一道陡坎時，她腆著大肚子滑了一下，吊在一塊岩壁上，上不能上，下不能下，急得她嗷嗷直叫。與此同時，瞎子阿炯也被一棵小樹絆了一下，趴在陡坎上。她和阿炯一起向迪克呼救，迪克毫不猶豫地先叼住阿炯的後衣領把他拖拽上陡坡，然後才來幫她。儘管沒釀成災難性後果，但她心裏很不是滋味，嫉恨得連牙齦都流出了酸水。

紅娜很清楚，要想讓迪克按她的思路去生活，必須除掉阿炯。紅娜本質上是豺，本來就是人類不共戴天的仇敵，咬死小瞎子，對她來說，沒有半點道德上的顧慮。

咬死他！她很快打定了主意。這是一箭三雕的絕妙主意。一方面可消除迪克的戀主情結；二可以使迪克死心塌地地與自己遊蕩山林、生活荒野；三可以飽餐一頓，救斷食的燃眉之急。

紅娜很聰明，曉得假如當著迪克的面撲咬小瞎子阿炯，迪克決不會袖手旁觀，弄不好偷雞不成反蝕把米。當小瞎子叫嚷肚子餓，迪克鑽進灌木林去尋找雪雉時，紅娜靈機一動，覺得這是個老天爺想成全她而恩賜給她的好機會。她想乾淨俐落地解決問題，不要弄出聲響，等迪克尋食回來，小瞎子已命喪黃泉；木已成舟，迪克即使暴跳如雷也奈何不得了。

這主意實在高明，她都要為自己的聰明而陶醉了。

作為一條豺，要對付一個雙目失明、手無寸鐵又饑寒交迫的孩子，真比吃盤豆腐還容易。她設想好繞到阿炯背後，不要吠叫和囂叫，一切戰鬥宣言和最後通牒全部省略，突然襲擊，猛撲上去，在他還未反應過來是怎麼回事前，就一口咬斷他的喉管。動作要狠、穩、準，決不拖泥帶水。

她怎麼也料想不到，小瞎子的耳朵會那麼尖，簡直比雷達還靈敏。她剛躡手躡腳繞到他背後，他立刻就聽出異常來，本來坐在鷲形岩石上的身體一下縮到地上，頭和身體都緊緊貼靠在石頭上，臉上還露出警覺的神態。

很難說這是不是一種第六感。

紅娜沒有穿透岩石的特異功能，只好從他的背面繞回他的正面，改偷襲爲強攻。

按理講，她瞄準他的喉管，閃電般地從正面撲咬上去，也能咬他個措手不及，把他置於死地的，但小瞎子一面呼救，一面搖晃手臂，拳頭無意間擂中她的腹部。公平地講，這一拳頭力量微乎其微，要是換一匹豺狗，這一拳頭只能當是搔癢，但她腆著大肚子，臨近分娩，腹部變成致命的薄弱環節，輕輕一觸碰，便絞心地疼，直線躥躍的身體忍不住在空中扭曲了一下，目標歪了，沒咬著喉管而咬著了他的手臂。

真倒楣透頂。

還沒等她第二次撲咬，阿炯的呼叫聲就把迪克給召回來了。

六　豺狗紅娜

牠怔怔地站在小主人阿炯和愛妻紅娜之間，不知該如何動作才好。

阿炯聽到牠的叫聲，臉上雲破天開，由於牠及時趕回，他已由劣勢變爲優勢。他一隻手捂住小臂上被紅娜咬破的傷口，一隻手伸出一根食指一根中指，做出V型手勢，說：

「迪克，紅娜不是我們的朋友，牠是豺狼！牠想趁你不在咬死我。迪克，快，咬牠，咬牠！」

牠熟悉這種手勢，這是要牠勇猛撲擊的命令。牠天生就是一條正統獵犬，牠懂得對主人的命令是不能講任何代價的。要是前面是刀山，是火海，是龍潭，是虎穴，是熊窩，牠都會毫不猶豫地撲上去，但此刻，牠彷彿中了邪，傻瓜似地慢慢搖動尾巴。

牠什麼都能撲咬，就是不能撲咬紅娜；牠什麼都敢撲咬，就是不敢撲咬紅娜。紅娜腆著大肚子，肚子裏是牠迪克的種，是牠迪克的骨肉。牠不能咬死愛妻，不能讓自己的骨肉窒息在母腹。

紅娜定定地望了牠幾秒鐘，突然將高高豎起的紅尾巴耷軟下來，搖成朵紅薔薇。惡狠狠的圓睜著的狗眼彎成月芽形，鼻子皺起，嘴角微撇，換成嬌憨可愛的神情。牠非常熟悉也非常喜歡紅娜這樣撒嬌。記不清多少次了，牠要去鎮東的竹林幽會，紅娜要去西頭的草地歡樂；牠銜來兩根肉骨頭分給紅娜一根，自己留一根，紅娜卻想兩根都獨吞……每逢發生爭執時，紅娜便搖尾彎眼、皺鼻撇嘴，似嬌非嬌，似嗔非嗔，使點小性子，玩點鬼名堂，把異性的魅力發揮得淋漓盡致。於是，牠的火氣消了，心裏充滿了愛憐和柔情，立刻讓步，犧牲自己，滿足紅娜。

紅娜天生會撒嬌，牠就吃這一套，這已成爲牠們之間的生活情趣。此刻，紅娜顯然想故伎重演，用媚態軟化牠的意志，逼牠就範，逼牠讓出道來。

不，牠左右甩擺尾巴。紅娜，我可以放棄去鎮東竹林幽會的樂趣，跟妳到鎮西草地去撒野；我可以餓著肚皮把兩根肉骨頭全奉獻到妳嘴下；我甚至可以爲得到妳的嬌媚而犧牲自己的一切，就是不能讓妳去撲咬我的主人。

紅娜尾巴搖得愈加厲害，眼彎成一條線，鼻子皺得朝天，嘴角撇到脖頸，變成一副可憐巴巴相，變成羞怯忸怩、淒悽楚楚的哀求。這是超級撒嬌，極盡媚態，愛的特技表演。

牠仍然搖搖頭，生了根似地擋在紅娜面前。

紅娜委屈地吠了兩聲，突然兩眼圓睜，紅尾巴豎成魚鉤形，腦袋厭惡地半仄著，後爪使勁刨土，土屑和雪塵飛揚，一片迷濛。牠知道，紅娜使出了威嚇的絕招。軟的不行就來硬的啦。

在沒有懷孕前，紅娜做出這副神態，是威嚇不讓牠沾身：你急著想從我身上嘗到異性的溫馨嗎？別想！除非你屈服我的意志。懷孕後，紅娜威嚇的內容就變成要和牠分手，剝奪牠做父親的權利：你想要我生下你的親骨肉嗎？別想！除非你就範。

也許是相貌醜陋的關係吧，牠在紅娜面前總顯得有點自卑，生怕失去牠，更怕牠帶著牠迪克的骨肉遠走高飛，讓牠絕後。

人類怕絕後，一切動物都怕絕後，不然不會一俟生理條件成熟，就千方百計地去覓偶、求偶、擇偶。

在紅娜這種性質的威嚇下，牠曾經做出過喪失原則的事。那次，紅娜到牠的狗棚來玩，一眼瞧中主人家掛在房樑上的一串臘肉，就要牠去偷。主人家曾再三關照牠，夜裏守著這串臘肉，不讓饞嘴野貓來偷吃，但牠經不起紅娜的挾迫利誘，把那串臘肉偷了出來。自守自盜沒臉見主人啊，害得牠花了整整兩天時間鑽進山溝逮了一隻兔子，送進主人家廚房，悄悄彌補自己的罪過。

紅娜這絕招確實夠厲害的。

牠的心縮緊了。看來，要想讓紅娜回心轉意放棄逃亡荒野、做一條野狗或野豺的念頭恐怕是不可能了。但儘管理智判斷不可能的事，在感情上牠卻強烈地希望能實現，只要有萬分之一的希望，牠仍要用全副身心作最後的努力。

牠將尾巴搖掄出一個個柔軟的圓圈，袒露牠渴望大團圓結局的想法。牠伸出狗舌，先舔怒氣沖沖的紅娜的頸窩，又回身舔驚恐萬狀的小主人阿炯的腳桿；牠無休止地來回往返舔著，像織布機上的梭子；牠就是想在敵對的阿炯和紅娜之間，用牠的虔誠和執著織出一縷情絲，織出一條愛意，織出些許溫暖，織出幾多理解，化干戈為玉帛，化仇敵為朋友。

汪汪，牠朝紅娜哀叫著，看在我們夫妻一場的情分上，請收回要撲食人類、逃亡荒野罪惡而又愚蠢的企圖，向我的小主人阿炯認個錯、道個歉、賠個罪，一切仇恨就會煙消雲散，我們就能言歸於好。

汪汪，牠朝阿炯求饒著，看在我們主僕一場的緣分上，請收回要我撲咬紅娜的成命吧，我曉得你受到了委屈和驚嚇，紅娜年輕不懂事，你就寬恕她吧，冤家宜解不宜結，我們又是和和睦睦的一家子。

汪汪汪汪，要團結，不要分裂。

紅娜非但沒有悔過自新的表示，還趁牠穿梭似地兩頭跑兩頭舔的機會，嗥叫一聲，斜刺裡躥向阿炯，要不是牠及時扭身阻擋，精神上已解除了防衛的小主人後果不堪設想。

小主人則不斷翕動鼻翼，嗅聞著任何可疑的氣味，說：「迪克，你怎麼變得婆婆媽媽了，

你怎麼不去咬牠？牠還在，我聞到牠的豺狼氣味了。牠還在叫，叫得多兇，牠想吃掉我。迪克，我怕，幫幫我。」

牠氣餒了，牠絕望了。看來在生死存亡面前，沒有任何調和的餘地。紅娜是半豺半狗，牠無法改變牠仇恨人類的殘忍本性，牠也無法扭轉牠嚮往山野叢林的價值觀念。而牠自己，是無論如何也不會拋卻獵狗的職責，背叛主人跟紅娜走的，牠絕不可能爲愛情出賣自己的信仰。人各有志，狗也各有志。牠無法找到妥協的辦法，只能和紅娜分道揚鑣。雖然這樣做，牠很痛苦，牠畢竟是愛她的，更何況她肚子裏有牠的親骨肉；一旦分別，牠明白，那就是永訣，今生今世再也休想見到她和還未出世的可愛的小寶貝了。

但這樣做，總比發生殘殺和流血要好得多。

牠拿定了主意，飛快朝紅娜甩動光禿禿、細溜溜的尾巴，朝神秘的死林深處輕吠了幾聲。去吧，紅娜，但願妳能在險惡的荒野叢林裏生活得平安幸福。

小主人阿炯驚恐萬狀地趴在鷲形岩石上，顫著聲問：「迪克，你把豺狼趕走了嗎？迪克，你不會離開我吧？迪克，你過來，讓我摸摸你。」

阿炯手臂上還滲流著殷殷血絲，牠退後兩步，把尾巴塞進他的胸懷，擺甩著，讓他的手指撫摸揑弄，鎮定他的情緒。同時，牠的唇吻不斷地向死林深處呶翹，讓紅娜快快離去。

紅娜佇立著，粉紅色的舌頭一遍又一遍舔食著嘴唇和鬍鬚間殘留的血。這是牠的小主人阿炯傷口中流出來的血，是人血。

牠是正宗獵狗，牠根本想像不出一條扮演了許多年家犬的野豺，在品嘗到人血後巨大的心理突變。色澤鮮豔的人血溫熱鹹晶，有一股沁豺肺腑的奇異芳香，是生命的汁液，是天與地造化的瓊漿。猶如久旱的花蕾淋到了甘露，猶如饞嘴的狗熊嘗到了蜂蜜，一剎那，紅娜壓抑得極深的嗜血的本性被誘發出來了。對豺來說，人是食譜中最美味可口的珍饈佳肴。她才品嘗到了幾滴人血，這更吊起她貪婪的胃口。她不願就這樣輕易放棄阿炯。

牠迪克是條公狗，牠也想像不到二月懷胎已臨近分娩的母狗或母豺對異性伴侶的依戀與依賴心理。紅娜不願自己獨自流浪山林。她意識到自己快要分娩了，她知道單靠她一匹母豺是很難在弱肉強食的叢林裏立足生存的，是很難養活一窩小寶貝的。豺雖然是食肉類猛獸，但自己又是自然界食物鏈中的一個環節；豺吃孱弱的小動物，自己也被更兇猛的野獸所食。尤其是初生豺仔，毫無防衛和逃命的能力，是蟒蛇、金雕、狼、獴、猞猁、狗獾垂涎覬覦的對象，天敵無數，危機四伏，即使野生野長的豺，也要靠夫妻合力或生活在群體之中才能養活後代，更何況她紅娜長期和人類廝混在一起，缺乏捕食能力和在叢林裏生存的經驗，她必須有個幫手，她離不開牠迪克，她必須讓牠陪伴在她身邊。

無論是出於嗜血的本性還是出於母性的本能，紅娜都要咬死阿炯。

紅娜引誘威嚇都歸失敗，便齜牙咧嘴露出一副兇相，不顧一切地朝阿炯撲去。牠縱身一躍，用結實的胸脯把她頂翻在地。她怪叫一聲逃開了。牠並不去追咬，牠不想傷害她，牠只是想阻止她去撲咬牠的小主人。

汪汪汪，牠身體大幅度朝死林深處前傾，還舉起一隻前爪作驅趕狀，想把紅娜攆走。但紅娜根本不理會牠的一片苦心，全身的豺毛都憤怒地豎直起來，狂囂一通，惡狠狠地撲過來。牠仍然像上次那樣用結實的胸脯去阻擋，紅娜偏側豺嘴，在牠胸脯猛咬一口，叼走了一撮黑毛。

牠胸脯火辣辣地疼。咬吧，紅娜，妳心裏有氣就咬我兩口，解解恨吧。

牠不使用尖利的狗爪，也不使用犀利的犬牙，只用肉身和紅娜周旋。紅娜一定是把牠出自愛情的忍讓看成是軟弱可欺，一次又一次兇猛地撲到牠身上又抓又咬，黑毛飛旋，牠身上出現一道道血痕。

行了，紅娜，咬兩口出出氣就行了，難道妳真捨得咬死我嗎？

紅娜又一次撲到牠身上，牠躲閃得慢了些，喀嚓一聲，紅娜把牠右耳咬了下來。溫熱的血順著額角淌進牠的狗眼。牠有些火了，紅娜，我是妳的迪克呀，妳肚子裏懷的是我的骨肉，難道夫妻情分就像草葉上的露水，說消失就消失？

紅娜跳到一邊，殘忍地把牠的右耳嚼爛了咽進肚去。

幹嘛要真咬？幹嘛要往死裏咬?!

紅娜可不管這一套，連連撲擊，狗牙對著牠的頸窩，眼睛裏閃動著渴望見到死亡的光芒。牠不寒而慄，牠憤慨了，在扭打時，出其不意地在她後腿張嘴咬了一口，牠不敢咬得太重，怕真的咬殘紅娜，傷了胎氣，牠只是咬破點皮，流幾滴血，讓紅娜清醒清醒，要不是看在夫妻情分和腹中骨肉上，牠輕而易舉就可以把她咬碎的。

真的，別說紅娜因懷孕而身體臃腫，行動笨拙，即使來匹身強力壯的公豺，也不是牠迪克的對手。牠迪克本來就是生性勇猛的獵狗，又在荒野叢林像獨狼一樣生活了很長一段時間，格鬥擒拿，撲擊追蹤，早已練得樣樣精通。

可惜的是，腿上的血非但沒使紅娜清醒，反而刺激得她更癲狂了，連喘息的間隙都不留，一次緊接著一次朝牠撲咬，大有把牠置於死地而後快的勁頭。

牠欲咬不忍，欲逃不能，只能且戰且退，一直退到鷲形岩石邊，不敢再退了。再退，就把小主人阿炯暴露出來了。紅娜貪婪的眼光已瞄向阿炯半個棗核似的喉結。

小主人阿炯雖然眼睛看不見，卻把一切都聽在耳朵裏了。

「迪克，你怎麼變得不中用了?」他用衰弱而又絕望的聲音哀歎道，「你對付不了這匹豺

狼，你不敢衝上去咬牠，是嗎？難道說，我養了條怕死的狗！」

獵狗的最高道德就是對豢養牠的主人忠貞赤誠，無論何時何地面對何種敵人，背棄主人是狗類中的敗類。牠迪克是條頂天立地的雄狗，就像天上的雄鷹，人間的男子漢。牠無法忍受怕死的恥辱。小主人阿炯的每一聲哀歎都像箭簇鑽進牠的心窩。牠心裏升騰起一股雪恥的狂熱。男子漢把名譽看得比愛情更重；牠就是狗類中的男子漢。

紅娜眼裏佈滿血絲，朝牠發出一串囂叫。這是一種發自胸腔的瘋狂而又惡毒的叫聲，黏澀瘖啞，低沈短促，跟虛張聲勢的恫嚇完全是兩碼事，牠一聽就明白，這是拚命的前奏，復仇的口號，凡是這樣囂叫的豺或狗，是一定要和對方拚個你死我活的。

她完全瘋了。她的前爪撲到牠肩上，悶著頭來咬牠的喉管，牠一扭脖子，紅娜咬在牠的側頸，叼走一小塊頸肉。好險，只要牠再偏半寸，牠迪克就喉管裂斷、魂歸西天了。

牠被深深激怒了，就在紅娜叼著牠側頸上的肉，準備從牠身上跳開的一瞬間，牠閃電般地將嘴伸向她柔軟的頸窩。只聽見喀嚓一聲輕微的脆響，紅娜頸窩噴出一汪熱血。天上烏雲密布，在鉛灰色的雪光裏，紅娜的血奇怪地變成深藍色。

牠怔怔地站在那兒，不明白自己做了什麼，不清楚眼前發生了什麼事。

紅娜奇怪地望了牠一眼，蹣跚地朝前走了兩步，訇然一聲倒在地上，四足朝天，渾身抽搐，眼球鼓得彷彿要跳出眼眶。

牠這才從渾沌中清醒過來，嗚咽著跳過去，叼住紅娜的肩頭，想讓紅娜重新站起來，但紅娜永遠也站不起來了。牠用舌頭抵住紅娜裂開的喉管，想止住流血，但深藍色的液體仍然洶湧無情地從傷口流淌出來。

牠傻呆呆地跑到紅娜身邊。紅娜漸漸停止了掙扎，面目重新變得安詳美麗。突然，牠看到紅娜隆起的腹部一陣陣蠕動。牠伸出舌頭，在紅娜隆起的腹部一遍又一遍瘋狂地舔著，舔著，舔著，……

阿炯無從瞭解迪克和紅娜之間複雜微妙、超越一般同類的那層關係，他是個瞎子，也看不見迪克在盛怒下失口咬死紅娜後悲痛欲絕的痛悔表情。他蜷縮在鷲形岩石底下，只是感到有點奇怪，迪克在咬死了那條名叫紅娜的豺狼後，並沒像往常那樣發出驕傲自信、高亢嘹亮的吠叫，也沒像以前那樣搖著尾巴鑽進他懷裏邀功請賞。他聽見迪克站在呼呼吐著血沫的紅娜跟前嗚咽。這是迪克在爲紅娜憑弔。

他爬過去，摟住迪克，他感覺到迪克的身體在劇烈地顫抖；他用手摸摸迪克的臉頰，摸到了兩行熱淚。迪克從來沒有哭過，迪克也從來沒有叫得這樣淒涼過，他似乎有點明白了，那匹叫紅娜的豺狗，和迪克有著一種不同尋常的關係。迪克不願咬死牠，迪克爲牠的死悲痛欲絕。

他又朝前爬去，摸到了紅娜漸漸冷卻的身體，他費勁地把紅娜抱起來，讓牠四條腿直立在地上，可他一鬆手，咕咚，牠又像木頭似地栽倒在地。

噢——迪克發出一聲尖銳的撕心裂肺的哀鳴。

「迪克，你恨我了，是嗎？是我讓你咬紅娜的，你一定恨我了。」

迪克溫熱的狗舌舔著他的手背。

他動情地把迪克攬進懷來：「迪克，你是我最好最好的朋友。紅娜已經死了，我們把牠埋了吧。」

迪克叼著紅娜的後頸，阿炯抬著紅娜的後腿，離開小路，鑽進一片茂密的樹林，找到一個採藥人留下的淺土坑，小心翼翼地讓紅娜躺了進去，然後，迪克用狗爪、他用雙手刨了一層落葉和腐草，將土坑填平蓋嚴。

迪克銜著他的竹棍在前面帶路，很快就走到死林邊緣。突然，前面傳來人的說話聲，不一會，一小群人來到他和迪克面前。

「我說聽到狗叫的聲音了吧。」

「想不到在死林裏還能遇見人。」

「瞧這狗，壯得像小牛犢，準能幫上我們的忙。」

「這麼醜的狗，真噁心。」

「我們又不要牠去拍電影，管牠醜不醜，只要能替我們把東西找回來就行。」

「你們快看，這小孩的眼睛……」

「盲孩子穿越死林，真不可思議。」

「陳工，你跟他說說吧。」

阿炯聽出來，他面前是三男兩女，好像碰到了什麼麻煩事想求他幫忙。果然，一個汗味很重的男人拍拍他的肩膀，和藹地說：

「小朋友，見到你很高興。我們是昆明來的地質探勘隊，剛才，我們一位同伴不小心，將一小袋礦樣掉進懸崖下去了。坡太陡，人不好爬，再說懸崖下是片灌木林，東西也小，也不知掉在那個草旯旮裏了，人就是下去了也很難找到。我們想請你幫個忙，讓你的狗替我們下去把礦樣找回來。」

「我們會好好謝謝你的。」一個女人說。

「我餓。」阿炯說。他已一天多沒吃東西，早餓壞了。

「這好辦，來，小芹，給他一包壓縮餅乾。」

「迪克也餓。」阿炯又說。

「迪克？噢，是狗的名字吧。這也好辦，小芹，再開一罐午餐肉罐頭。」陳工慷慨地說，

阿炯和迪克狼吞虎咽地把一包壓縮餅乾和一筒午餐肉吃得精光。

吃飽後，那位名叫陳工的男人攙扶著他登上一座山包。

「到了，小朋友，前面就是懸崖。」陳工說，「你快叫迪克下去吧。唔，給他聞聞礦樣袋的氣味。」

阿炯摸摸蹲在身邊的迪克的額頭，剛要下達讓迪克下到深箐去的指令，驀地，他腦子裏閃出一個念頭：這支地質探勘隊來自昆明，要是此刻他提出讓他們帶他和迪克到昆明去，他們或許會滿足他的要求的。他們正爲丟失了珍貴的東西而焦急得像熱鍋上的螞蟻哩。當然，這樣做不太好，有點像趁人之危進行要挾。他阿炯從來沒幹過這種無賴才幹得出來的事。可是，他實在是沒有辦法了呀。穿越死林，他算是嘗到了路途的艱辛。饑餓寒冷不說，還差點送了命。聽說麗江到昆明有好幾百公里，他沒錢買車票，走路的話，不知要猴年馬月才能見到親愛的媽

媽。唉，他只好做一次小無賴了；唉，真對不起這些好心的叔叔阿姨了。他把手從迪克的額上移開，閉著嘴不吭聲。沒他的指令，迪克是不會擅自行動的。

「怎麼啦，小朋友，你還有什麼要求嗎？」

「這樣好了，你叫迪克下去把我們的礦樣袋找回來，我們付你錢。」名叫小芹的女人說。

「我不要錢。」

「那你要什麼，快說呀，真急死人了。」

「我……我要去昆明。」

山崖上變得一片靜寂。阿炯雖然眼睛看不見，卻能感覺出驚詫、憎惡、憤慨的眼光在盯視著自己。他臉羞得通紅。

「嘿，我還以為山裏的孩子忠厚老實，沒想到比城裏的娃娃還要鬼精明，倒挺會做生意的。」一個男人用嘲諷的口氣說道。

「小朋友，你提的條件太高了。」陳工摸摸阿炯的頭髮說，「我們付你十塊錢的報酬，總該可以了吧。」

「我要去昆明。」阿炯固執地說。

「豈有此理！」一個男人忿忿地說。

「小朋友，你要到昆明去幹啥呀？」小芹問。

「我找媽媽。」話一出口，他的淚水就止不住地往外流，想忍也忍不住。他也不明白自己爲什麼要哭，似乎是在爲自己的無賴行徑流著羞愧的淚，又似乎是在爲自己苦難的遭遇流著心酸的淚。

「別哭，小朋友，別哭了。有什麼事，你好好說嘛。」小芹柔聲勸慰道。

阿炯抽抽噎噎把自己的身世和遭遇訴說了一遍，末尾又重複了一句：「我要去昆明。」

「陳工，這孩子真可憐，我們就幫幫他吧。」那位名叫小芹的女人在向陳工央求。

「那袋礦樣是我們花了半個月心血才採集到的，要真找不回來，損失可慘了。」另一個女人幫小芹敲著邊鼓。

「送他去昆明倒不難，明天隊上正好有一輛卡車要到昆明去，捎上他就行了。可是，他到了昆明後，是否一定能找到媽媽呢？」

「我找得到的，媽媽就住在豆腐營。」

「就算你很幸運能找到你媽媽，以後的事也很難說啊。」

「我只要找到媽媽，媽媽就再也不會讓我離開她了。」

「要真能這樣，那就太好了。唉，事情恐怕不會那麼簡單。」陳工憂心忡忡地說。

「陳工，你何必想得那麼遠。我們只要把他送到昆明，就算盡到了我們的責任，以後的事就看他的運氣了。」一個男人說。

「那好吧，小朋友，我答應你，明早就託駕駛員把你帶到昆明去。」

「謝謝叔叔，謝謝阿姨！」阿炯說著，深深鞠了個躬，然後，拍了一下迪克的脖頸，大聲說：「去，迪克，到深箐去把礦樣袋找回來，要快！」

攀爬陡崖，氣味尋物，是迪克的拿手好戲。別說找一袋礦樣，就是找一根繡花針，迪克也不會讓他失望的。

七　開始流浪

自從母狗安莎把牠生下來後，牠還是第一次坐汽車。對狗來說，坐汽車絕不是一種享受。雖然牠很佩服這怪模怪樣的傢伙奔跑起來速度比獵豹還快，耐力比犛牛還強，但牠聞不慣它身上那股汽油味，說臭不臭，說香不香，熏得牠頭暈腦脹差點嘔吐。要不是爲了陪伴在小主人身邊，就是倒貼牠兩根肉骨頭，牠還不願受這份洋罪呢。

汽車在巨蟒似的彎彎曲曲的公路上顛簸了一天一夜，終於到了小主人日夜想念的昆明城。戴鴨舌帽的司機把車停在一座小石橋邊，說了句：「下來吧，前頭就是豆腐營。」

牠和小主人跳下車廂，還沒站穩，汽車便吐出一股青煙又開走了。

天還濛濛亮，街上冷冷清清，城市還沒醒來。小主人摸摸橋上的石欄杆，興奮地說：「迪克，我們已經到了昆明豆腐營了，我很快就要見到媽媽了。媽媽一定會喜歡你的，她會煮噴香噴香的排骨湯給你吃的。」

牠使勁咽了一口唾沫。排骨湯萬歲。但願小主人的理想很快能變成現實。

「迪克，你沒見過我媽媽，告訴你，我媽媽長得可好看了，眉毛彎彎像月芽，有一雙會說話的大眼睛，臉紅紅的像在太陽下成熟的蘋果，說話的聲音像百靈鳥在叫。媽媽愛在衣襟上戴兩朵潔白的茉莉花，她身上有一股十分好聞的茉莉花香。噢，對了，迪克，你的狗鼻子不是很靈嗎，我是媽媽生的，我身上有媽媽的氣味，你就聞著氣味帶我去找媽媽好了，幹嘛還要向人打聽媽媽的地址呢。走吧，迪克。」

牠是條通靈性的狗，很快猜出小主人的意思。牠聳動鼻子，糟糕，小石橋有一股氣油味，連天空一彎殘月似乎也被汽油浸泡過了。坐了一天一夜汽車，濃重的汽油味熏得牠鼻子都失靈了。牠趕緊躍下石橋，淌進冰涼的小河，想用冷水浴洗去身上那股黏在狗毛上的難聞的汽油味，恢復靈敏的嗅覺。

牠沒想到，城裏的河水那麼髒，烏黑污濁，有一股人的排泄物和工業廢水混合而成的腥臭味。老實說，牠撒的狗尿都比這河水還乾淨些呢。碧羅雪山上的泉水多清啊，亮得像流動的玻璃，沒有一點雜質，還帶著一股野花的芬芳。對狗來說，做城市狗遠不如做山寨狗來得安逸呢。牠本能地從河裏退回岸上，不想讓這髒水污染牠的身體。可是，不用冷水沖沖腦殼，牠一時半刻就恢復不了嗅覺，而小主人正焦急地等著用牠的嗅覺去尋找媽媽呢。

汪，牠朝污濁的河水惡狠狠地咒罵了一聲，搖著尾巴，又淌進河去，將腦袋探進水裏浸了浸。啾，啾，牠冷得打了兩個狗噴嚏，神智倒是清爽了，汽油味似乎也被漂洗得差不多了，卻

又沾染上了一股污水的臭味。牠沿著河岸跑出老遠，才找到一叢半死不活的青草，草葉上有幾滴可憐巴巴的露水，牠使勁將唇吻在草葉上擦了又擦，才算勉強恢復了正常的嗅覺。

牠跑回小石橋，小主人已等得有點不耐煩了，說：「迪克，你磨磨蹭蹭幹啥去了？快幫我找到媽媽的氣味！」

牠趕緊將唇吻貼在瀝青路面上，認真嗅聞起來。清晨的冷空氣把所有的氣味都壓在地面了，因此，牠只能將鼻尖貼著路面，才能嗅聞分辨出牠所需要的氣味。當太陽升起來後，氣味又會順著熱空氣漂浮起來，那時若要尋找氣味，就要昂起狗頭來嗅聞了。

城市真是氣味的萬花筒，又像是氣味的八卦陣。糞臭味、尿酸味、腳汗味、牛皮鞋味、羊皮鞋味、花露水味、汽車輪胎味、醃蘿蔔味……成千上萬種氣味交織在一起，亂得像蜘蛛網。牠在橋上聞了足足有半個多小時，也沒聞到和小主人身上那股氣味相同的氣味，連有點相似的氣味也找不到。

牠不知道，阿炯給牠描述的是他記憶中的媽媽的氣味。他和媽媽分別已六七年了，春夏秋冬霜雨雪，舊氣味早已換成新氣味，別說牠從未見過和聞到過小主人的媽媽，即使處得很熟的人，分別兩千多天，也極難用氣味尋找到。說到底，狗的鼻子也不是萬能的。

「怎麼樣，迪克，找到了嗎？」

汪汪，牠發出兩聲困惑慚愧的叫聲。

「別灰心，再找找，你能找到的。」

牠理解小主人的心情。牠又聚精會神趴在地上嗅聞了好一陣，氣味太多太雜，還會互相干擾，聞到最後，所的的氣味都變得模糊，變成一股亦香亦臭、亦苦亦甜、亦腥亦辣、亦酸亦鹹的混濁的城市味。

所有在大城市生活的狗都患有慢性鼻炎，都患有嗅覺遲鈍症。

牠絕望地狺狺狂吠。

「唉，算了吧，迪克。天亮了，路上已經開始有行人了。迪克，你領我去找人打聽打聽。」

這倒好辦，前面十字路口就有一夥人圍著一輛裝滿白菜的馬車在計價還價。牠叼起小主人的褲腿，朝他們走去。

阿炯還以為豆腐營就像佛海鎮郊的金竹寨，是個村莊，住在村裏的人彼此相熟，只要一說

媽媽繆菁的名字，立刻會有人領他去見媽媽的。他壓根兒就沒想到，豆腐營其實是昆明北城一個規模頗大的生活區的統稱，不算工廠、商店、企業、學校，光居民就五六萬人，比二十個佛海鎮還大。

他一連問了十幾個人，都說不知道繆菁。他還不死心，由迪克領著，大街小巷亂轉，逢人就問，還是沒有結果。城裏人似乎也沒有山村人那麼熱情好奇，見有生人來打聽什麼事，會圍上來幫你七嘴八舌出主意；城裏人性情淡得很，往往阿炯問出去一長串話，對方只回答三個字：不知道，便不再理睬他。

從清晨問到太陽當頂，連點線索還沒問到，肚子倒已餓得咕咕叫。滿街都是香噴噴的油餅和烤鴨，到處都是叫賣的吆喝聲和食物被牙齒咀嚼的嘰嘎聲，但他除了迪克和師傅錢老瞎傳給他的那把二胡，身無分文。找不到媽媽，該怎麼辦？他急得想哭。可是哭有什麼用？眼淚不能當飯吃，他總得設法活下去。

對阿炯來說，找不到媽媽，生活的路就同腳下的路，要靠盲棍去敲點摸索。

他首先想到的是重操佛海鎮的舊業，到茶館去拉琴，好歹可以養活自己。他一條街一條街像過濾網似地摸索了一遍，憑著對茶館那股特有的聲響和氣味的熟悉，很快摸清豆腐營一帶共有兩家茶館，新海埂路上的茶館還是兩層樓的。遺憾的是，每家茶館裏都響著震耳欲聾的熱門音樂和纏綿悱惻的愛情歌曲，音色比佛海鎮福鑫茶館裏的更華美、更悅耳。他不曉得，這是比收音機更高檔的音響。

阿炯很知趣，曉得自己背著的這把師傅錢老瞎傳給他的胡琴，絕不是現代化音響設備和通俗歌星的對手，因此，走到茶館門口就沒有勇氣跨進門檻去。

但肚子並不因爲他找不到媽媽、找不到掙錢的活計而肯原諒他，餓得一陣陣冒虛汗。

唉，要是肚子也像電燈開關那樣可以控制就好了，他天真地想，有錢有食物了，就打開開關接通饑餓的電源，沒錢沒食物了，就關掉開關，關閉饑餓的電源。

迪克似乎也餓壞了，不時朝飄香的食物發出怨恨委屈的吠叫。他曉得，比起自己來，迪克還多了一層食物色彩和形狀的刺激誘惑。

實在沒辦法，阿炯只好摸到十字街人行道上席地而坐，把繫在腰際的白色搪瓷碗解下來擺在面前，拉起胡琴。熙熙攘攘的街道上人來人往，車水馬龍，常常把胡琴聲壓皺變形。他仍不停地拉著，他總不能讓自己餓死呀。

終於，琴聲衝破了喧囂的聲浪，悠揚在街道上空。一曲《空山鳥語》，一曲《光明行》，又一曲《懷鄉行》，阿炯聽到在他面前經過的腳步聲，再也不像剛才那樣沒有踟躕地一晃而過，似乎他面前那塊馬路上塗上了什麼超級潤滑油似的；此刻的腳步聲走到他面前，有的放慢

了節奏，有的遲遲疑疑像被強力膠黏住了鞋底，有的戛然而止駐足觀望。終於，有一枚銅板叮鈴鈴掉進搪瓷碗裏。接著又有一枚，像吟唱著生命之歌，帶著同情與憐憫，掉進碗裏。

「這孩子，真可憐。唉，阿彌陀佛。」一個聽起來聲音挺慈祥的老婆婆喃喃地說道。

一小張質地堅韌的鈔票也被扔進碗裏，響起紙的邊角與碗口邊沿磨擦的聲響。這是鈔票，阿炯很快判斷出。

「媽媽，我給了瞎子哥哥兩角錢，給他買巧克力吃。」響起一個小女孩甜晶晶的聲音。

「好孩子，從小就富有同情心，長大了會有好運氣的。」那位母親在讚許她的孩子。

慷慨解囊的人們歎息著匆匆離去了。

阿炯不停歇地拉著琴，一股苦澀味從心底翻冒出來。如果說過去在佛海鎮的福鑫茶館拉琴還可以勉強算得上是一種混飯吃的職業的話，現在在街上拉琴無疑是一種乞討，或者說是一種變相乞討。那些朝碗裏扔錢的好心的人們，幾乎沒有一個在他面前作長時間的逗留，都是收斂了腳步，或者說一句善心的話，或者發一聲同情的歎息，扔卜錢幣後即匆忙離去。沒有人傾聽他的琴聲，也沒有人需要他的音樂，拉琴變成一種行乞的手段。

曲與曲的間歇，阿炯摸摸自己的手臂，被名叫紅娜的豺狼噬咬的傷口雖已結痂，但袖子卻破爛了，加上他已兩天沒洗臉，蓬頭垢面，衣衫襤褸，看起來一定像個貨真價實的小叫化子了。要是媽媽看見他現在這副模樣，肯定會難過的，他想。

他一直拉到落在額頭的溫柔的陽光幻化成冰涼的暮靄，這才歇手。摸索小碗，竟也有兩張鈔票和十幾枚銅板，他默默地數了一遍，有六角七分。瞎子數錢並不比明眼人遜色，手指尖似乎有一種特異功能，銅板不用說了，一捏一個準，即使是鈔票，無論新鈔舊鈔，只要仔細摸上一遍，絕不會有什麼誤差。

錢維繫著生命，這是被生活逼出來的絕技。

這第一次拉琴，只有小半天時間，收穫還是蠻大的。雖說錢不多，至少可以把肚子哄騙住了。循著一股誘人的香味，他走到一個煎油餅的攤子前，用這點錢買了四塊油餅，他和迪克二一添作五，肚皮問題算是暫時解決了。睡覺問題又冒了出來。他沒錢住旅館，更沒地方可去投宿，只好讓迪克領路，回到早晨下車的那座小石橋，鑽進橋洞，好歹也算個窩。

好在天氣不算涼，他枕著迪克，很快就睡著了。半夜，他做了個好夢，夢見許多好心的阿姨叔叔、奶奶爺爺在他胡琴的感召下，大發慈悲，往他的白色搪瓷小碗裏扔錢。花花綠綠的紙幣漫出了碗沿，尖得像座小山。他住上了有床有褥子有被子的旅館，還給迪克買了只銀項圈，有七隻亮閃閃的小鈴鐺，一走動，便叮鈴鈴叮鈴鈴唱起一曲優美的歌。那十字街頭的人行道像被點了魔法，變成金碧輝煌的舞臺。媽媽路過十字街頭，一眼就認出他來，叫著他的名字又哭

七　開始流浪

又笑地撲上來抱著他，媽媽抱得太緊了，緊得他喘不過氣來……

橋洞下堅硬的砂礫硌得他背脊發痛，可他還是在睡夢中笑出了聲。

八　賣藝

小主人阿炯坐在牠從一戶人家後窗下撿來的小板凳上，一刻不停地拉著二胡。牠伸長狗舌，焦躁地等待著。街上人來車往，川流不息。牠渴望著有人能在小主人面前駐足觀望，並從口袋裏掏出錢幣來，扔進那只破爛不堪的白色搪瓷小碗。

牠原先對人類使用的錢並沒有任何價值觀念，後來牠發現，每當有人往碗裏扔硬幣，響起叮噹聲後，小主人陰鬱淒苦的臉便會綻起一絲欣慰的笑容。牠還親眼目睹當牠餓得肚子咕咕叫時，小主人用花花綠綠的紙幣和銀閃閃的硬幣馬上就可以換來可口的食物，填飽肚皮。慢慢地，牠就悟出了一個顛撲不破的真理：錢在人類社會中具有無限的魔力。

剛到豆腐營開頭幾天，景況似乎很不錯，只要小主人在十字街頭一坐，拉響胡琴，便會或多或少圍起一圈人來，大部分都是女人，用同情憐憫的眼光望著小主人布滿白翳的雙眼，嘖嘖悲歎著，然後就會響起錢幣掉進碗中的叮鈴鈴的聲響。有時辛苦一天，可得半碗零碎錢，除了能換麵條米粉吃飽肚皮外，小主人羊皮襖口袋裏還有富餘呢。

那天傍晚，一位打扮得珠光寶氣的中年婦女還從一個精緻的鱷魚皮手提包裏抽出一張壹元票面的紙幣，扔進碗裡。小主人一高興，就到清真小吃店叫了兩碗羊肉餃子，那肉餡鮮美無比，香味撲鼻，第二天牠狗嘴裏還有甜絲絲的回味呢。

可惜，好景不長，這種日子才維持了一個星期，便每況愈下。圍觀的人越來越稀少，扔錢的人更是寥若晨星了。昨天小主人的琴聲從清晨一刻不歇地響到傍晚，牠數過，只有五個人往搪瓷碗裏扔錢，而且沒有鈔票，全都是一分兩分的硬幣，總共才兩角零點，剛夠買一碗不帶肉的清湯米粉。阿炯羊皮襖口袋裏好不容易積攢起來的一塊多點富餘錢，到昨天已消耗得精光。假如今天再不設法改變境遇，牠和小主人都免不了要餓肚子了。

說到底，豆腐營不是人口流動很大的車站碼頭，而是人口相對穩定的生活區。牠的小主人剛開始拉琴乞討時，大家覺得新鮮，便來圍觀，便來施捨。但時間一長，人們聽膩了也看膩了，新鮮變得陳舊，圍觀和施捨的人也就越來越少。牠和牠的小主人都不懂，人具有一種喜新厭舊的本性，什麼東西都要圖個新鮮，即使乞討也不例外。

人們匆匆從小主人身邊走過，很少有人願意溜牠一眼。有幾位眉慈目善的老太太順著馬路往這裏走來，遠遠望見坐在牆跟的小主人，就悄悄拐個彎，繞到馬路對面去了，佯裝著什麼也沒看見、什麼也沒聽見。這要多走好幾十步路，也不嫌累。

白色搪瓷小碗空寂無聲。

太陽當頂，街上一片明豔豔，房屋、汽車、樹木和行人都籠罩著一層光的亮殼。小主人的臉色卻越來越陰沈，眉尖急蹙，凝聚著苦惱和絕望。牠恨不得撲到行人身上把他們口袋裏的錢都搜出來。但牠曉得這是不可能的，假如牠這樣去做，立刻會被視作瘋狗，受到法規的嚴厲制裁。

小主人情緒壞透了，拉一首《山丹丹開花紅豔豔》，好幾個地方都拉錯了，馬尾弓一歪一扭，發出嘎吱嘎吱難聽的噪音。牠曉得，煩躁和絕望嚴重影響了小主人發揮水準。好幾位行人大概受不了噪音的折磨，經過小主人面前時加快了腳步。一個手上紮著紅蝴蝶結的小女孩用手掌捂住耳朵，說：「喲，難聽死了！」

牠瞭解主人，他雖然年紀尚小，但拉二胡很有靈性，有板有眼，並不比收音機播出來的遜色。他是因為聽不到硬幣掉入碗裏的叮鈴聲才心煩意亂拉錯拉糟糕的，越這樣就越沒人肯駐足觀望欣賞，也就越沒人往碗裏扔錢；越沒人往碗裏扔錢，也就使主人越煩躁，琴聲越乾澀難聽。這成了惡性循環，情況越來越糟。

記得剛到昆明那幾天，錢幣掉進碗裏的聲音響得越多，小主人臉上就越神采飛揚，馬尾弓一聳一動也就越富有生氣，琴聲也就越清麗暢快。可以這麼理解，牠想，白色搪瓷小碗發出的叮鈴聲是一種難得可貴的精神動力，是一種興奮劑，是一種潤滑油，使琴聲變得柔潤優美。牠一定要扭轉這種惡性循環。

指望有人往碗裏扔硬幣似乎已經成爲泡影。牠突然靈機一動，跑到馬路上銜來一粒小石子，瞄準小碗扔下去。

叮鈴鈴，小石子在碗中滴溜溜轉動，發出一串清脆悅耳的聲響。就像是響起了一串魔音，小主人阿炯臉色霍然開朗，琴聲也變得流暢清亮。

牠希望小主人永遠快樂；牠不忍心看著他苦惱。於是，牠每隔十來分鐘就銜粒小石子扔進碗裏去，讓這神奇的魔音一次又一次響起來。小主人越拉越來勁，琴聲像淙淙的小溪。

太陽偏西時，白色瓷搪小碗已積起半缸小石子。魔音持續響了五十次。小主人將琴弓收掛在弦把上，喜孜孜地說：「迪克，我累了，拉不動了。今天運氣真好，有那麼多好心的人往碗裏扔錢。」

他伸出手抓起面前的小碗掂了掂，驚喜地叫起來，「喲，這麼沈，少說也有兩三元了吧。迪克，我餓了，你也肯定餓了。我們收攤，今晚吃牛肉餡餅，怎麼樣？」

小主人越高興，牠心裏越是難過。牠那顆狗心縮緊了。唉，小石頭永遠也變不了錢。

小主人將胡琴塞進布套裏，將小碗傾斜。嘩，半碗小石子倒在他手掌上。霎時間，小主人剛才還紅撲撲的驚喜交加的臉變得慘白，像刷了一層石灰，嘴唇顫抖著，說：

「誰這麼壞良心，騙一個小瞎子！是石頭，一把石頭。這不是在惡作劇嗎？迪克，你也瞎了眼嗎，扔那麼多小石子，你什麼也沒看見嗎？」

牠被主人責問得啞口無言。

「迪克，你一直守在我身邊，哪個淘氣鬼敢這樣當著你的面來作弄我呢？」小主人皺著眉頭自言自語道。

牠汪汪叫了兩聲，叫得忸怩局促，叫得心虛膽怯，叫得像從來不會撒謊的孩子在撒謊。

「我明白了，是你，迪克，是你往碗裏扔小石子，是你在作弄我！」

他說著，將一把小石子狠狠朝牠擲來。他還嫌不解恨，兩隻拳頭像擂鼓似地在牠狗臉和脖頸上敲打，一面打還一面罵：

「打死你這條壞狗，你戲弄我，你……你把我害得好苦哇。」

牠只要輕輕一跳，就可以避開小主人的拳頭。他眼睛看不見，捉迷藏牠絕對贏他。但牠蹲在原地紋絲不動。小主人正在氣頭上，牠願意自己變成一隻出氣筒。他這麼傷心，大概是金色的希望變成了黑色的絕望。看來，牠確實做了件荒唐事，儘管牠是出於一片好心。

小主人在牠身上擂著拳頭，鼻翼翕動著，眼眶溢出一串串晶瑩的淚。他打了一陣，突然把把牠攬進懷去，嗚咽著說：

「迪克，我知道，你往碗裏扔小石子，是爲了讓我高興。可是，小石子換不來餡餅，我們……怎麼活呀！」

牠倒容易對付，實在窮困潦倒餓極了，可以鑽到小街小巷的垃圾筒去翻騰搗鼓，總撿得到半個饅頭一坨鍋巴，運氣好的話，還能撿到一根還沒完全啃乾淨的肉骨頭哩。雖然這些被人類當作廢棄物扔掉的食品有一股子黴臭腐餿的氣味，但總比餓肚子強多了。小主人就不行了，沒有錢，就什麼吃的東西也得不到。

牠也難過得淌下了狗淚。

一股清雅的茉莉花香隨風飄來，節奏分明富有韻味的腳步聲由遠而近。是她來了，阿炯想，便停下了手裏的馬尾弓。

悠揚的琴聲戛然而止，他不知道她是誰，不知道她叫什麼名字，也看不見她的容貌形體，但他知道，她是位好心的阿姨，已經連續五天了，每當太陽快落山時，她就來到他身邊，一直陪到他天黑收攤，她自己解釋說，她喜歡聽他拉琴。

也許是這樣的。她每次來，都要給他一張兩元的紙幣，這對他阿炯來說，已經是個天文數字了。她給錢的方式也與眾不同，別人都是把錢重重往白瓷碗裏扔，唯恐不弄出些響聲，他這個小瞎子就不知道有人在施捨，她呢，總是輕輕地把錢塞進他的羊皮褂口袋裏，他習慣地向她道謝，她卻說不不不，聲音誠惶誠恐，彷彿不是她在向他施捨，而是她在接受他施捨似的。

「阿炯，你還在拉琴哪。」一個溫和柔軟的聲音響在他耳畔，隨著話聲，一股甜甜的氣息鑽進他的鼻孔。他悄悄做了個深呼吸。恍然間，他又想起兒時依偎在媽媽懷裏的情景。媽媽身上也有這樣一股溫馨的氣味，讓他陶醉。他知道，面前這位好心的阿姨不是媽媽，但不知爲什麼，待在這位阿姨身邊，他腦子裏就會出現媽媽的倩影，就會產生一種溫暖親近的感覺。

記得這位好心的阿姨第一次來到他身邊時，他還差點鬧了場誤會。那天他在拉琴，拉著拉著就依稀聞到一股茉莉花香，這香味來得好蹊蹺，時而濃時而淡、時而遠時而近、時而左時而右，好像有一個戴著茉莉花的女人在他身邊徘徊，瞧稀罕也用不著瞧得那麼認真仔細呀。或許是……他不敢往下想。

在他拉琴乞討期間，也有很多次身上散發出茉莉花香的女人走近他身旁，他便會反射動作地想到或許是……心就激動得卜卜亂跳，手也不聽使喚地抖索起來，但結果什麼奇蹟也沒發生。在昆明，戴茉莉花的女人何止成千上萬。希望幻滅後的的滋味真不好受，沮喪迷惘、疲倦憂傷，就像大病了一場。他不敢再抱希望了。

這時，她突然問他：「小朋友，你……叫什麼名字？」嗓音雖然有點低沈，但委婉的音調、優美的語氣卻是那麼熟悉，和記憶中的媽媽的說話聲音那麼相似，猛然間，他心裏再度燃起希望之火，扔了胡琴，倏地站起來，跨前一步作出被摟抱狀，囁嚅著說：「妳……妳是……」他多麼渴望她能把他一把摟進懷去啊，母子淚就會漫流融合在一道。

可她不是他的媽媽，她沒等他說出媽媽兩個字，便用兩根指頭輕輕壓住他的嘴唇說：「小朋友，別……激動。你就叫我阿姨好了。來，坐下，我們談談。」說著，她攙扶著他坐回小板凳，又是一場空歡喜。

真不好意思，差點就叫她媽媽了。

阿姨並不計較認錯了人這樣一個會令人難堪的錯誤，不僅沒責怪他，還送一罐桔子飲料給他喝。這位好心的阿姨似乎對他過去的事情很感興趣，問他眼睛是怎麼瞎的，問他爲什麼要離開家，問他怎麼從佛海鎮穿越死林到麗江的，問他從麗江到昆明坐什麼車。

當他說到他生病躺在床上想喝口水、而爸爸卻酩酊大醉怎麼也叫不醒時，他聽見她掏出手絹在抹眼淚。當他說到迪克爲救他，在死林裏咬死了紅娜時，她說：「迪克真是一條好狗，來，迪克，給你吃包牛肉乾。」

八　賣藝

迪克吃得津津有味，高興得直搖尾巴。這真是一個好心腸的阿姨。

「阿姨，妳怎麼不說話，妳在想什麼哪？」

「阿姨我……沒想什麼。」

他聽見她翻動了一下白瓷碗。

「唉，碗又是空的。」

「……」

「阿炯，阿姨昨天跟你說的事，你想好了沒有？」

昨天，這位好心的阿姨提出一個建議，說是要買車票送他回麗江去。她還說，她可以託熟人陪他，路途的全部開支由她負責。他有點納悶，就說，阿姨，我怎麼能讓妳花這麼多錢送我回去呢。她說，沒關係的，誰都會有困難需要別人幫助的時候。他搖搖頭說，不！我不想回麗江。她堅持讓他再想想，說今天聽他的回音，他好不容易才到昆明，還沒找到媽媽，怎能回去呢？

「阿姨，謝謝妳的好心，我想過了，我不能回去。」

「阿炯，很快就要到冬天了，雖說昆明是春城，冬天還是挺冷的，你這樣在街上流浪，怎麼得了哇。」

「我不怕。再說，我會找到媽媽的。」

「找不到的，你找不到她的。」

「找得到的。我媽媽就住在豆腐營，我天天坐在這裏，總有一天媽媽會看見我的。」

「也許，她早搬家了。」

「我不信。」

「阿烔，阿姨不騙你，這幾年豆腐營變化很大，城市擴建，搬遷了很多老住戶，十有八九你媽媽搬到別的地方去住了。」

「我想媽媽，媽媽也想我，媽媽說過，兩個人你想我我想你，就會碰到一起。」

「是的，你媽媽也想你的，可是……」

「阿姨，我這幾天做夢，老夢見自己變成一隻紅蜻蜓，太陽笑瞇瞇地朝我招手，我就飛呀飛飛到太陽裏去了。太陽就是媽媽。我相信夢是真的，我就要找到媽媽了。」

「真是傻孩子。唉——」

「阿姨，我媽媽和妳一樣，身上也有一股茉莉花香，說話的聲音也像百靈鳥在唱歌。」

「阿烔，你不要瞎說。」

「我沒瞎說，是這樣的。」

八　賣藝

「阿炯，你真愛你媽媽嗎？」

「那還用說。」

「你不會惹媽媽生氣，叫媽媽傷心的，是嗎？」

「那當然囉。」

「阿炯，你聽阿姨說，要是你媽媽看到你……不不，要是你媽媽知道你瞎了雙眼，在街頭拉琴乞討，饑一頓飽一頓的，她會傷心死的。」

「不，阿姨，妳說錯了。要是我媽媽知道我在這裏，早就領我回家了。」

「唉。阿炯，要是你媽媽知道你能回麗江爸爸的家，卻偏偏不肯回，寧可做乞……做小流浪漢，她會生氣的。」

「我媽媽要是知道爸爸怎樣用鞭子抽我，要是知道胖菊怎樣欺負我，她永遠也不肯再讓我回到佛海鎮去的。」

「……」

「阿姨，妳哭了？」他似乎聽到有唏噓聲。

「沙子吹進阿姨的眼睛了，阿炯，要是你永遠找不到你媽媽呢？」

「我……我不信就找不到。」

「阿炯，聽阿姨的話，阿姨送你回麗江。」

「不，我寧可餓死也決不回去。」

「唉——天不早了，阿姨要回去了。阿姨明天要到成都去出差，很遠的地方，坐火車才能到，要十天才能回來。阿姨回來後再來看你。」

「謝謝阿姨。」

「阿姨給你帶了一套絨衣褲，天冷了就穿起來。」

厚實柔軟的絨衣褲落在他的膝蓋上。他說，「阿姨，妳待我太好了。」

「不不不。」又是誠惶誠恐的聲音，就像欠債人遇著討債鬼似的。

這真是一個奇怪的阿姨。

她走了。他這才想起她沒像前幾天那樣，臨走時往他羊皮褂口袋裏塞錢。當然，那套絨衣褲比兩塊錢貴重多了，但絨衣褲不能填飽肚皮。也許是她忘了，他想。他張嘴要叫，又覺得不妥當。說到底，她不欠他的，沒有義務非給他錢不可。

清雅的茉莉花香飄遠了，消失了。

在阿炯的耳朵裏，昆明是座美麗的大城市，有很多很多大街，街上車馬喧鬧，柏油馬路平整得摸不到坑坑窪窪。站在街上，聽得到兩旁樹葉沙沙響，還不時有鳥兒在枝椏間啁啾。風飄

八　賣藝

送著菊花的馨香。但空著肚子，美麗也就變形了。白瓷碗空空如也，怎麼辦？

天很快黑了，路燈的光芒如同太陽的光芒一樣，在他布滿白斑陰翳的眼瞼上投進一片若有若無的白毫般的光簾。

他的眼睛看不見物體，但在強烈的太陽光或強烈的燈光下還有些微光感。

他摸摸肚皮，背起二胡，拿起白瓷碗，示意迪克叼起那只小板凳，慢吞吞離開十字街口，朝小石橋走去。但願一躺下去就能睡著，睡著就不會覺得餓了。

從十字街口到小石橋的路線是固定的，正正穿過街，右拐朝前走，再左拐一百步。對瞎子來說，固定的路線才有安全感。

「吃米線喲，正宗蒙自米線，香菜蔥花油辣子，蝦米醬肉戴帽子，熱騰騰香噴噴辣篷篷的米線喲——」穿過馬路，就是一家小吃店，老板正用蒼老瘖啞的嗓門在大聲吆喝。

這家小吃店的米線確實不賴，湯濃料足，鮮美無比，阿炯經常光顧。路過小吃店門口，他咂咂嘴唇，把一口唾沫空空咽了下去。現在饑腸轆轆，老實說，來碗米線大概等不到吞進胃裏就會被消化掉的，一口氣吃它個五碗六碗也不會脹得肚子疼的。唉，沒錢的人最好缺乏想像力，不然會更難受。

一股濃香撲來，他轉身就走，害怕肚子裏的蛔蟲受不了這肉香的引誘，會從他嘴巴裏躥出來。

剛轉身走出兩步，突然背後傳來小吃店老闆的喊叫：

「小兄弟，你別走哇。」

阿炯不確定老闆是不是在叫自己，想踅轉去又怕鬧個笑話，正在猶豫，那老闆又叫開了：

「我就叫你哪，拉琴的小瞎子，過來呀！」

阿炯回到小吃店門口。

「進來，這裏有座位。唔，別把醜狗帶進來。呶，兩碗米線，吃吧。」

「大爺，我……我今天……沒錢。」

「錢你就不用操心了。」老闆大咧咧地說。

阿炯心裏暖呼呼的。都說生意人眼裏，一枚硬幣都比磨盤大，想不到生意場中也有樂善好施的人，他乖巧地朝老闆鞠了個躬：

「謝謝大爺！」

「嘿，謝我幹啥。我可不是菩薩投胎會可憐小叫化子。我老頭小本經營，我要是這樣做，用不了多久，我也會像你一樣到街上去乞討。」

「那這米線……」

「哦，是剛才跟你在街對面聊天的那個穿綠呢大衣的女人替你付的帳。還不只是今晚這兩碗米線喲，她還替你預付了以後十天的錢，早上一碗，中午兩碗，晚上兩碗。你來吃就是了。」

「她？」

「她是你什麼人？親戚？」老闆問。

「不不，我不認識她。」

「你這個小瞎子好福氣，遇上好人啦。」

阿炯感動得鼻子酸酸的，多好的阿姨呀，要出差去，怕天氣會涼，給他送絨衣絨褲，又給他預付了十天的飯錢，想得太周到了。要是他以後找到了媽媽，他一定要央求媽媽好好報答這位好心的阿姨的，他想。

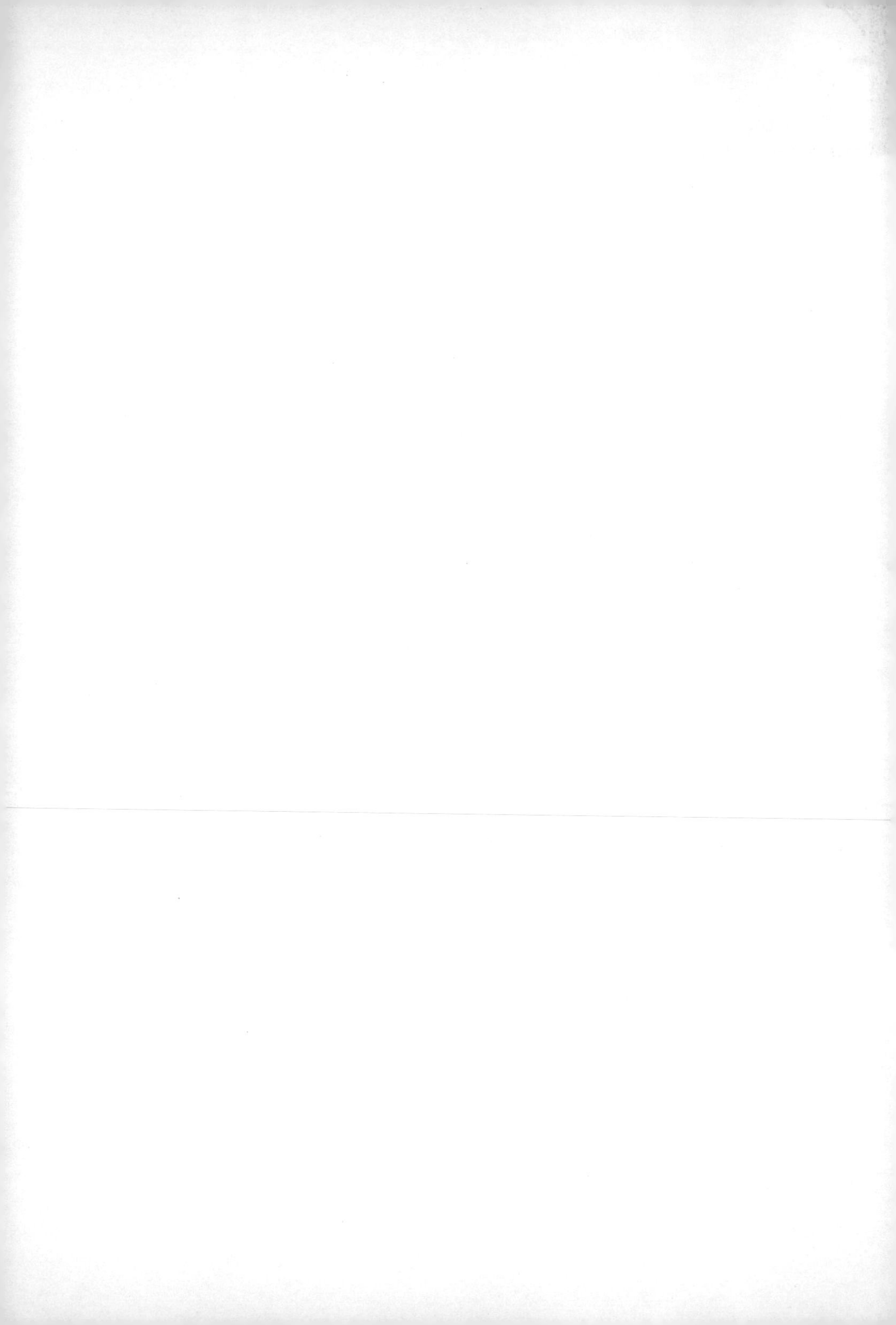

九　紅蕾劇場

十天一眨眼就過去了。

從昨天開始，小主人就顯得心神不寧，拉著琴，鼻子和耳朵四面亂轉。偶爾路過一個胸襟或髮髻上佩帶著茉莉花的女人，小主人正在拉著的曲子便會跑音走調。牠曉得，小主人是在等那位穿綠呢大衣的女人光臨。

今天已經是第十一天了，她還沒有露面。

十天來，小主人的景況並未改善，白瓷碗還是很少響起能讓他歡欣鼓舞的叮鈴聲。全靠那位穿綠呢大衣的女人預付給小吃店的那筆錢，牠和小主人才倖免餓肚子，牠想讓小主人挪挪窩，別死守在豆腐營十字街口了，昆明的街道縱橫交錯像蜘蛛網，換個地段去拉琴說不定會遇到好運呢，起碼要多得幾文錢。

早晨，牠陪著小主人從小石橋又來到豆腐營十字街口時，他要停下來，牠不幹，咬著他的褲角繼續往前拽。小主人奇怪地問：「不是到位置了嗎，迪克，你怎麼還要拉我往前走？」

汪汪汪，挪挪窩；汪汪汪，挪挪窩。

「不行，我要守在這裡拉琴。」小主人說，「迪克，我媽媽就在豆腐營，我到別處去拉琴，她就看不見我了。」

汪汪汪，挪挪窩；汪汪汪，挪挪窩。

「去！」小主人惱了，狠狠踢了牠一腳。「說什麼我也不到別處去，那位好心的阿姨還要到這裏來找我呢。」

牠無可奈何，只好夾起尾巴順從小主人的意志。

小主人的媽媽沒有來，那位穿綠呢大衣的的女人也沒有來。

今天早晨，牠領著小主人來到專賣蒙自米線的小吃店門前，那位衣服上油漬麻花、腦袋禿得像雞蛋的老闆很不客氣地說：

「瞎眼小兄弟，對不起囉，你十天的米線錢已經吃光囉。你再要吃，就請先交錢！」

小主人手伸進口袋掏了掏，大概錢不夠，又把空手抽了出來，默默地站著。

「喂，我說小瞎子，你有沒有錢買哪?沒錢就趁早靠一邊去，別老站在我店門前擋我的生意。去去。」滿臉油光光的老闆揮手作驅趕狀。牠恨得狗牙發癢，卻也沒有辦法。

幸好前幾天拉琴剩得幾角錢，買得兩塊冷燒餅充饑，小主人才沒空著肚皮拉琴。

今天並不是黃道吉日，小主人的琴聲依呀依呀從早上響到下午，還是沒有人願意停下腳步

來觀望欣賞這如悲如泣的音樂。

寂寞黃昏，愁煞人也愁煞狗。穿綠呢大衣的女人還沒出現，小主人口袋裏已經一個子兒也不剩了，牠無法想像他空著肚子怎麼挨過這漫漫長夜。

這時，一位腦後梳著圓髻髮型的青年婦女走過來，走到小主人面前，似乎動了惻隱之心，放慢了腳步，但僅僅才猶豫了兩秒鐘，就又匆匆地往前趕路。也許，她是有急事纏身，捨不得這點掏錢的功夫；也許她每天都路過這一地段，熟視無睹，已引不起什麼新鮮感來。

牠自己也說不清是從那裏來的靈感，突然上前用兩條前腿捧起瓷碗，用後肢直立著，蹣跚走到那位婦女面前，用一種充滿哀怨淒愁的聲調汪汪吠叫了兩聲。

牠看見那位婦女白皙的臉倏地浮顯出兩片興奮的紅暈，兩條彎彎細細的眉毛陡地飛挺起來，那雙沒有什麼特色的眼睛瞪得溜圓，露出驚奇的表情，隨後又啓唇露齒粲然一笑，笑得很含蓄很甜蜜，似乎被牠這幽默的舉動逗樂了。

牠可絲毫也沒想到幽默，餓著肚皮是很難有閒情逸趣來開玩笑的。牠將小碗儘量遞升上去。牠不習慣後肢直立，狗腰一顫一顛，使牠看上去像是在作鞠躬拜揖狀。

牠自己也不知道牠無意中做出的鞠躬拜揖狀的姿勢在人類社會中，有其特殊的含義和特殊的功能，很容易打動人心。

那位婦女又一次挺和藹地笑了笑，就從口袋裏掏出五、六枚硬幣，數也不數，全灌進碗裏去。叮鈴鈴，叮鈴鈴，小碗唱起快樂的小夜曲。

汪汪，謝謝。

「咦，快來看，這條獨耳朵醜狗在耍把戲哩。」有個頭髮燙得比女人還蜷曲的小夥子，像哥倫布發現了新大陸似地叫起來。

「啵，這條癩皮狗，好滑稽喲。瞧，會打拱作揖，在討錢呢。」一個年輕女孩嚷嚷道。

很快，以牠和小主人阿炯為中心，圍起一圈人來，密匝匝的，就像圍了一堵牆。在悠揚的琴聲伴奏下，牠逐個對站在面前的男女老少作鞠躬拜揖狀，把瓷碗遞升過去。不知道昆明城從來沒有過馬戲團，還是牠這個乞討動作特別具有娛樂性，凡牠小碗所遞之處，幾乎無一例外地就有錢幣扔進瓷碗去。

才從黃昏到落黑，就討滿了半碗零碎錢。小主人很高興，請牠吃了一頓熱騰騰、香噴噴的豬雜碎。

九　紅蕾劇場

阿炯今天收攤收得早了些，和迪克一塊吃過晚餐，覺得還沒睡意，不願早早回到陰暗的橋洞去，便領著迪克逛大街。

瞎子是用耳朵逛大街的。「吃碗豆粉嘍，香菜蔥花蒜泥辣子小磨香麻油拌的豌豆粉喲——」哦，前面是一條食品街，於是，阿炯腦子裏就出現提籃小賣、擺攤吆喝、有點寒酸也有點狡詐的商販與穿著五顏六色服裝的顧客討價還價的情景。順著街沿拐個彎，有木棍猛擊撞球的槖槖聲，有實心撞球在絨布上滾動的軋軋聲，哦，是一家生意還挺興旺的撞球室，也許是豪華型的哩——這還是他進得昆明城才曉得的一件新鮮事。

怪他耳朵太尖，也怪他鼻子太靈，在街上拐來拐去，突然，他聽見馬路右側傳來胡琴、提琴、揚琴、鋼琴還有小號、圓號、薩克斯管的吹拉彈唱聲。雖然是各拉各的調，各吹各的號，顯得雜亂無章，倒也十分熱鬧，不能比喻成音樂的海洋，也起碼是音樂的池塘。他用竹棍順著牆點過去，點出空空的門洞來，音樂就是從門洞往外噴的。

他站在門口聳了聳鼻子，有一股花草的馨香，似乎在花草間還雜拌著一種他過去從未嗅聞過的氣味，如蘭似麝，溫軟纏綿。師傅錢老瞎曾跟他說過，藝術之神名叫繆斯，也許這是繆斯女神胴體散發出來的芬芳，他想。

說不清是出於一種少年的好奇，還是出於一種內心隱秘的渴望，他覺得自己的靈魂被門洞裏的氣味吸引住了，心嚮神往，雙腳不由自主地邁進門去。

他不曉得，他其實是跨進了離豆腐營不遠的紅蕾劇場的大門。蟠龍歌舞團的樂隊、歌隊和舞隊正在臺上走台排練一場新節目。鬼使神差，劇場守門的魯老倌因今晚不對外營業而清閒得無聊，便跑到鍋爐房和燒鍋爐的倪老頭對弈去了，漢河楚界正戰得來勁，早把守門的職責丟到了爪哇國。

阿炯如入無人之境，點著竹棍循聲而去，一直登上燈火通明的舞臺。

樂隊近在咫尺，正排練民族樂器合奏《花好月圓》。阿炯站在幕後凝神諦聽著。柔和輕盈的竹笛以明亮的音色把人牽引進純淨美麗的夜，高胡、揚琴、秦琴描繪出皓月當空、輕歌曼舞的畫面。但他最感興趣的，還是從樂音的聲浪中捕捉二胡悠揚的旋律。

臺上有兩把二胡，拉著同一個調子。二胡在民族樂器合奏中具有舉足輕重的地位，類似西洋管弦樂中的小提琴。師傅錢老瞎子生前經常說，小提琴是西洋樂器中的王子，二胡是中國民族樂器中的王子。

阿烔對這首《花好月圓》很熟悉。俗話說，外行看熱鬧，內行看門道，對瞎子來說，當然應改為外行聽熱鬧，內行聽門道。他聽著聽著，漸漸覺得不過癮。初聽起來，臺上這兩位二胡手曲調稔熟，指法軟硬恰當，也能滿弓收拉，技巧很熟練，沒拉錯半個音，似乎無可挑剔。但師傅錢老瞎子生前曾說過，對一個音樂家來說，無可挑剔就是沒有風格的代名詞；普通的琴匠也可以把一首樂曲拉得不錯，半個音不走半絲調，就像熟練的畫匠能畫出工筆人像來，但只有音樂家才能捕捉住樂曲深邃的靈魂，就像只有畫家才能抓住一個人的特徵，維妙維肖地畫出他的神韻來一樣。

在《花好月圓》中，二胡應當用沈鬱但不悲哀、歡樂但不失態的恰到好處的旋律，傾訴離人祈求平安、渴望團圓的美好心願。在中間樂段，琴手尤其應用整個身心去體味蘊藏在月明花香的表象背後花殘月缺的苦澀與艱辛，那似乎被竹笛、高胡、揚琴、秦琴淹沒了的似有似無的二胡聲，其實是整首樂曲的畫龍點睛之處，以它獨特的音質給這首快樂輕鬆的《花好月圓》以東方式的深沈的底蘊把穩住，不讓旋律淪為輕佻油滑浪蕩公子、紈袴子弟紙醉金迷的格調。

遺憾的是，阿烔聽出來，臺上這兩位二胡手拉得工整而刻板，二胡的旋律聽起來不像莊嚴的王子，倒像諂媚而無主見的奴僕，致使整首樂曲聽起來散亂無神。他們是標準琴匠，他想。

他突然間又想起師傅錢老瞎臨終前的預言，他阿烔只要走出佛海鎮，便會登上燈火輝煌的舞臺。他太迷信師傅的話了。他不懂從街頭拉琴行乞的盲人過渡到繆斯女神寵愛的舞臺演員，中間還有許多餓極了的攔路虎；真是初生之犢不怕虎——攔路虎。他太天真了，以爲只要自己走出去一請求，就會被允許拉琴比試，他有把握把臺上那兩位二胡手比下去。

於是，一曲終了，他繞出幕後走到台前，用緊張得有點顫抖的聲音說：

「叔叔阿姨們，我叫阿炯，我剛才聽你們演奏了。我……我也會拉琴，我想……拉一曲，試試。」

突然間，亂紛紛的舞臺像掉進了深潭，靜得沒一點聲音。阿炯感覺到，多少雙詫異的眼睛正盯視著他這位不速之客。眼光像麥芒、像針尖扎得他渾身難受。

靜聲持續了大約有十來秒鐘，又突然哈哈哈、嘻嘻嘻、呵呵呵、咯咯咯爆發起一場哄笑。有男笑女笑、老笑少笑，還有不容易分辨出年齡的混合型笑。聽最精彩的相聲也不過如此笑法。從笑聲中，阿炯判斷出有人前仰後合，有人彎腰捧腹，有人笑眯了眼，有人咧歪了嘴。他開始還以爲是迪克淘氣的鞠躬作揖把大夥逗樂了，伸手摸摸，迪克乖乖地蹲在他的腳邊。他這才明白，笑聲是衝著他來的。

這當然不會是友好的歡迎式的笑。霎時間，他的自信心土崩瓦解。他剛才是憑著一股盲目的衝動走出幕後的，他的全部自信來源於對方能友好平等地對待他；這就像建築在流沙上的樓

房，想像基礎很牢固，沙卻無情地流動起來，樓房那有不倒塌的道理。

他還是個孩子，而且是個雙目失明的乞兒，本來就有根深蒂固的自卑心理，被當眾一哄笑，便覺得自己又矮了一截，做錯了事，闖了大禍，但又有一種溺水者急著要抓件漂浮物的心理，脫口說了句更不應該說的話：

「叔叔阿姨，你們剛才那兩把二胡，拉……拉得很普通。」

又一個短暫的靜場。

「哈哈哈哈哈。」舞臺上炸響一個男人響亮的笑聲。這笑聲聽著很怪，不是縱情歡笑，也不是戲謔調侃，也不完全是狂笑譏笑、嘲笑訕笑，而是一種想用笑聲掩蓋點什麼的裝飾性笑，就像大麻子想用化妝品塗抹掉臉上的不光彩一樣。

那男人笑一段落後說：「小叫化子吹大牛。你也有資格說我們二胡拉得普通嗎？哈哈哈，你說這話時，應該先請好牙科醫生，免得人家笑掉大牙你賠不起。瞎了你的眼——諸位，我不是罵人，我是實事求是地指出——你也不聽聽這是什麼地方，輪得著你來指手劃腳嗎？」

阿炯猜想，發出裝飾性笑聲的男人一定是位二胡手，自己不小心得罪了他，該賠不是。他說：「叔叔，對不起。我不是說你琴拉得不好。我是說……說你還缺少……缺少風格。」

「嘻嘻嘻嘻嘻，」舞臺上又響起一串不走口腔而從鼻腔裏出來的笑聲，「小瞎子，你也不撒泡尿照照鏡子，什麼模樣也配來講風格問題。喲，我犯了語病了，他撒十泡尿也瞧不見尿鏡子裏自己的模樣呀。算我白說，算我白說。」

他的尖刻的俏皮話引來了幾聲輕薄的浪笑，就像腐肉必然會生蛆一樣。

「不相信，我……我可以當場表……表演。」阿炯絕望地掙扎著，話越說越結巴。

「我見過這個小瞎子，」一個說話嗲聲嗲氣，嗓音成色一般、偏要故作嬌美的女人，像報告重大新聞似地說道，「他天天在豆腐營十字路口拉二胡，面前擺個白瓷碗，我還往碗裏丟過五分錢呢。」

「哈哈哈，這個小瞎子是想把搪瓷碗端到我們舞臺上來呢。」

「他也要到舞臺上來表演，嘻嘻，表演怎樣乞討吧！」

「你們還真別說呢，」一個男人故作深沈地說，「這瞎眼小叫化子的行爲，無意中倒揭示了一個真理：他在街頭行乞和我們在舞臺上表演有某種相通之處。藝術是什麼？說到底，就是讓人掏腰包的一種技巧，高級行乞。」

「行了，黃大哲學家，別趁機賣弄你的破哲學。」那位拉二胡的男人說。

「黃大哲學家，你別指著和尙罵禿驢。我聲明，我可不是來要飯的。」剛才那位諷刺阿炯撒十泡尿都照不出自己影子的男人說。

阿炯猜想，這人大概也是拉二胡的。

「我也抗議，」那位自稱曾經往他白瓷碗裏扔過五分錢的女士說：「誰想和小叫化子劃等號請便，我亞萍可不想沾光。要不是爲了聲樂藝術，我早做生意去了，好幾個闊得流油的港商都拉我去入夥呢。」

「做生意要資本，妳亞萍拿得出來嗎？」

「嘿嘿，我們的名歌星亞萍小姐那張臉和身上的那幾條曲線，就是最大的資本。」

……

舞臺上亂哄哄鬧嚷嚷，排演早自動停止了。

一串跫然足音順著上下舞臺的木樓梯移上來，一個黃鐘大呂般的嗓門朝一片濁亂的樂隊吼道：

「一個小叫化子也值得你們這樣稀罕嗎？誰有興趣，明天到豆腐營十字街口去瞧他個飽嘛。我們團的情況你們不是不知道，早就財政赤字了，都指望這場新節目出籠後能扭轉局面，你們倒好，我在面前你們還假模假樣練幾下，我一轉身，你們就像鬧新房鬧騰開，存心唬弄我哪？我告訴你們，演砸了台，拉不來觀眾，我們都得喝西北風去。」

「宋經理，這怎麼能怨我們呢。」那位名叫亞萍的女歌星嬌聲嬌氣地說，「我們正練得入迷呢，誰曉得從哪兒鑽出個小瞎子來，說要代替老楊、老章拉二胡。我們又不是木偶做的，還能不回敬他幾句哪。」

那位宋經理鼻子裏哼了一聲，轉過身來，朝阿炯喝道：「你是哪裡來的？你是怎麼進來的？你來這裏搗什麼亂？出去！」

「我……」阿炯嚇得後退一步，囁嚅著說不出話來。

「你還囉嗦什麼，去去，出去，快出去！」宋副團長大概是過於氣憤了，在阿炯肩上推了一下。

阿炯一個趔趄，趕緊把手裏的盲棍臨時往身後的地上一撐，這才勉強沒摔倒。

汪——舞臺上響起一聲嘹亮的狗叫。迪克狗眼裏射出一股凶光，竄到宋經理面前。

「瞧這條狗，像個醜八怪。」

「瞎子配醜狗，倒是天生的一對。」

「喲，小叫化子還有走狗當打手呢。」

「宋經理，這惡狗欺到你頭上來了，你總不能向狗屈服吧。」拉二胡的老章說。

「踢死這條癩皮狗！」拉二胡的老楊殺氣騰騰地當啦啦隊，「宋經理，踢呀！武松還赤手空拳打老虎呢。」

「你敢咬，你敢咬，看我不活剝了你的狗皮！」宋經理口氣還挺硬，聲音卻逐漸在朝後退去。

「噯，算了吧，宋經理，」女歌星勸架道，「怎麼說他也是個瞎子，犯不著落個欺負小殘廢的惡名聲。我說，他的目的就是來乞討的，給他兩角錢，打發他走算了。」

「還是亞萍的話有道理。」宋經理將一張小小的鈔票塞進阿炯手裏，「行了吧，小孩，到別處去發財吧，我們這兒正忙著呢。」

「迪克，我們走……走吧。」阿炯噙著淚招呼了一聲。

宋經理和幾位樂隊的演員像押解俘虜、又像歡送貴賓似地，簇擁著阿炯和迪克走出劇場大門。哐啷，鐵門被結結實實地鎖了起來。

「魯老倌──魯老倌──」阿炯聽到宋經理在劇場鐵門裏頭又挺神氣地吆喝起來。

「來了！」一個迷迷沌沌的聲音答道。

「魯老倌，你守門守到哪裡去了？」

「宋經理，我剛離開一會兒，上個廁所。」

「誰不曉得你魯老倌愛象棋勝過愛老婆。你讓小叫化子和癩皮狗都跑到舞臺上來了，你還說沒離開門口。你差點犯了瀆職罪了，減輕點，也是嚴重失職。好了，你別再為自己的錯誤辯解了，扣你半個月獎金。」

「這該死的小叫化子，看我老倌不把他耳朵擰下來！」魯老倌像受了天大冤枉似地在跺腳咒罵。

「算了吧，小瞎子身邊有條比狼還兇的醜狗。」拉二胡的老章說。

「呸，算我倒了八輩子楣。」魯老倌悻悻地說。

阿炯在鐵門外聽得清清楚楚。他後悔自己不該冒冒失失闖進紅蕾劇場去，落得個自討沒趣。看來，師傅錢老瞎臨終前是在胡說八道，他想，根本沒人會有耐心來聽瞎子拉琴的。茶館不要他，大城市大舞臺更不會要他。他大概一輩子只配在街頭流浪乞討了。

他傷感地流淚了，又覺得頗不服氣。天地良心，老楊和老章拉的二胡真不怎麼樣，要是能讓他在這些內行的人面前拉上一曲，只要不是心存偏見，一定會聽出他比他們藝高一籌。可是，誰會賜給一個衣衫襤褸像個地道小叫化子的小瞎子一個公平競爭的機會呢？

他手掌裏還攥著宋經理強塞給他的兩角錢，這無疑是對他的蔑視和侮辱。他想把錢撕成碎片，擲進菱狀花格鐵門裏去，以洩心頭之恨，可又捨不得。怎麼說錢也是無罪的，不能如此糟蹋。再說，要在街頭得到兩角錢，得拉琴拉得胳膊酸疼呢。他把錢恨恨地捏成一團，擲在地上。

九　紅蕾劇場

「撿起來，迪克！」他低聲吩咐道。這錢只配銜在狗嘴裏，他想。

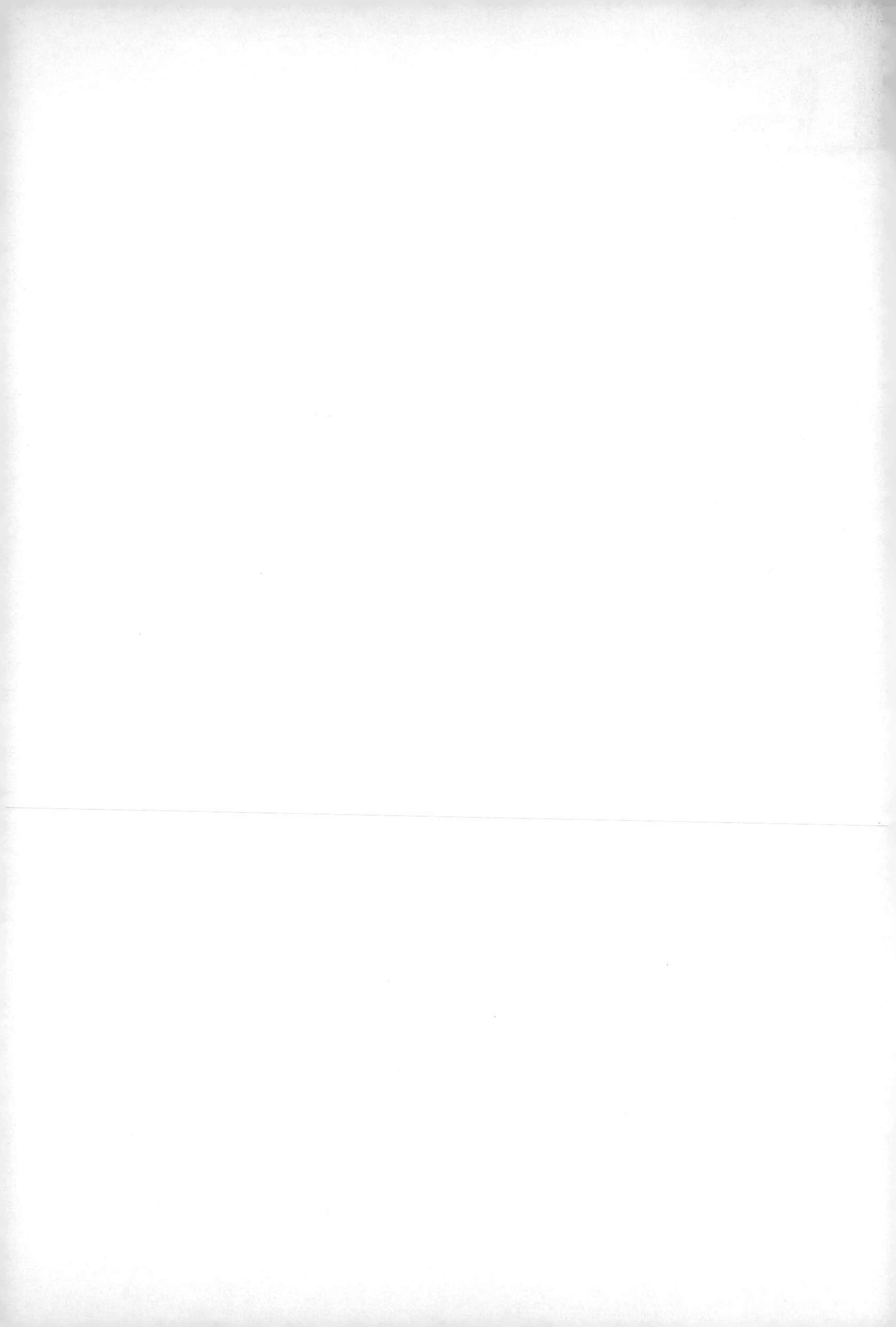

十　神秘女子

這場秋雨下得好突然，天黑時還皓月當空，萬里無雲，半夜突然刮起西北風，從西伯利亞襲來的寒流在昆明呼嘯肆虐。春城一下子變成了冬城。

牠被寒風吹醒，小主人雖然套著厚厚的絨衣絨褲，也被從睡夢中凍醒。橋洞天然是風的過道和走廊。穿堂風比曠野的風更要厲害得多，吹得牠狗毛凌亂睜不開眼。

風勢剛剛弱了些，又下起雨夾雪。細密的雨雪隨風紛揚，從牠和小主人棲身的橋洞掃蕩過去。本來在橋墩下用兩塊木板和幾根木條攔起擋風的牆，被一陣狂風捲得無影無蹤。鋪在地下的草席被雨雪打得精濕。

牠和小主人貼在橋墩後面。花崗岩壘砌起來的橋墩雖然擋住了狂風和雪雨，但頭頂沒有遮蔽物，冰涼的水珠無情地滴落到牠和小主人的身上，把牠和小主人淋得像落湯雞。

「迪克，我冷，我好冷哇。」阿炯抱肩縮脖，牙齒咯咯打著顫說。

牠也冷，可牠畢竟有一層耐寒的狗皮，還能堅持住。

「迪克，我……我要冷……冷死了。」小主人哀聲歎氣地呻吟道。

牠真希望自己能變成太陽，驅散雨雪狂風，趕走沈沈黑夜，給小主人光明和溫暖。可惜，這只能是一種不切實際的幻想。牠狠狠抖動身體，把飄落到身上的雨雪儘量抖乾淨，然後靠到阿炯身上去。小主人迫不及待地把牠摟進懷裏，緊緊和牠抱在一起。

他們胸膛貼胸膛，一顆童心和一顆狗心黏在了一塊。他把牠抱得那麼緊，似乎是要把牠身上的暖氣一點不漏地汲渡過去。牠索性趴在他的肩頭，讓他的腦袋鑽在牠柔軟的頸窩下，牠既當烤爐又當傘。

小主人身體不再顫抖。

下半夜，風勢逐漸減弱，雨雪也慢慢停了。小主人竟抱著牠睡熟了。牠仍貼在他身上給他取暖。牠害怕他會著涼。

命運似乎在故意和牠作對，牠越是害怕的事越要發生。黎明時分，小主人用瘖啞的嗓子說起了夢話：「……我要……找……親媽……我……水……水……」

牠叼起小碗，到小河裏舀來半缸涼水，可等牠趕回橋洞，他又昏昏沈沈睡著了。

太陽出來了，天空被半夜雨雪涮洗得無比潔淨，空氣清新，太陽像只鹹鴨蛋黃，鮮豔奪目。小主人靠坐在橋墩上，臉色萎黃，嘴唇燎起好幾個水泡，哼哼唧唧，好像很不舒服。

牠用狗嘴叼住小主人的肩膀，想把他拉起來。天亮了，該吃早點了，來碗熱騰騰的手拉

麵，也好暖暖身體啊。

小主人掙扎著剛站起來，腦袋一搖晃，又跌坐在地上，喘著氣說：「迪克，我骨頭像是用棉花做的，一點力氣也沒有。我……吭吭。」他突然咳嗽起來，咳得脖子上青筋暴露，雙頰泛起不祥的紅暈。

牠將唇吻觸摸小主人的額角，燙得像塊火炭。牠嚇了一跳，小主人本來就體質虛弱，病得那麼重，這可怎麼辦呢？

牠煩躁地汪汪吠叫起來。橋面上行人雜沓，但沒人注意橋底下的災禍。

看來只有向醫院求救了，牠想。

牠是不久前才在狗的大腦皮層皺褶間鐫刻下醫院和醫生的概念的。大概是五天前吧，牠和小主人路過醫院門口，正巧看到一個擔架從一輛漆成白色頂篷、閃著藍燈的救護車上抬下來，幾個身穿白大褂的醫生護士圍著擔架忙碌。這些身穿白大褂的人身上有股酒精和消毒水的特殊味道。

當時小主人翕動鼻翼說了句：「噢，這是醫院，誰生了病都要到這裏來。」

現在，小主人生病了，要設法把他送到醫院去，牠想。

醫院並不遠，離他們棲身的橋洞才隔了兩條橫街。可小主人走不動路，牠也沒這麼大力氣把他叼到醫院去，唯一的辦法就是要找個醫生到橋洞來替小主人治病。

牠一口氣飛奔到醫院門口，剛要貿然闖進去，門口那間掛著傳達室小木牌的房間裏氣沖沖走出一位頭髮花白的老頭，惡聲惡氣地朝牠揮拳蹬腳嚷道：「滾開，那來的野狗，滾遠點！」

牠並不把這手臂上箍著紅袖章的看門老頭放在眼裏。假如牠想硬闖的話，十個老頭也甭想攔得住牠。可牠身上拴著小主人的性命，牠不願在醫院門口鬧將起來，把事情弄砸。牠不想幹以小失大的蠢事。牠裝著害怕的樣子，把耗子似的尾巴夾在兩胯之間跑開了。

那老頭雙手叉腰，還在牠背後使勁噓著，模樣神氣得就像一位凱旋的將軍。

牠溜到醫院大門兩側，想從圍牆上跳進去。遺憾的是圍牆太高，上面還紮著鐵絲網，牠根本跳不過去。

牠想了想，繞到醫院大門左側那排冬青樹後面，注視著門口來來往往的人流，等待機會。

過了約十幾分鐘，一位戴著金絲眼鏡的瘦高個男人，穿著白大褂，脖子上套著聽診器，從醫院大門走出來，向石橋旁一爿煙酒雜貨店走去，大概是想去買包香煙。

機會難得，牠躥出去，趁人少的機會，猛地從背後咬住白大褂下襬，往石橋方向拖拽。

牠的動作十分輕柔，唯恐嚇著醫生。

那位男醫生回頭看了牠一眼。或許他開始以爲是同事在拉扯他，漫不經心。當他的眼光落

十　神秘女子

到牠身上時，突然像被眼鏡蛇纏住了似地狂叫起來：「媽呀……」眼珠子往上一瞪，就像驕陽下的雪人似的癱軟下去。

牠沒料到一個大男人竟這樣膽小窩囊，見到一條狗都會嚇成稀泥。這實在有失男人的尊嚴和體面。

隨著這位男醫生驚叫癱倒，煙酒雜貨店一位五短身材的老闆娘也浪聲尖叫起來：「快來哪，瘋狗咬人啦！」

已有一些好事之徒朝牠追趕來了，牠不得不撒開腿落荒而逃。

過了半小時，鬧嚷嚷的街上又逐漸恢復了平靜，牠又潛回醫院大門左側的冬青樹下。牠不能放棄任何可能拯救小主人性命的機會。

一位年輕的女醫生拎著一個紫紅元寶包從醫院大門口走出來。她也穿著白大褂，敞開的領口裏露出杏黃的尖角領襯衫和鮮紅的毛衣。腳穿一雙湖藍色中跟牛皮鞋，橐橐橐，走起路來娉娉婷婷。

她向擺在石橋南端的一個賣瓜子炒豆的小攤走去。牠悄悄跟蹤。牠不敢貿然躥出去叼她的衣襟。牠怕嚇著她。戴金絲邊眼鏡的男醫生已經暈眩了，女人比男人的膽子更小。

她走過石橋，來到小攤子前，掏出一張鈔票，秤了點奶油葵花籽。她從紫紅元寶包裏掏出一個塑膠袋，隨手將紫紅元寶包擱在攤子旁邊的一塊大石頭上，騰出手來將塑膠袋口撐開，好讓擺攤子的小女孩將秤盤裏的瓜子倒瀉進去。

牠靈機一動，繞到大石頭背後，輕輕叼起紫紅元寶包，也不走遠，就站在牠背後不遠的一棵樹下。

她買好瓜子，回頭要去取元寶包，驀然發現大石頭上空空如也，急得嚷起來：

「我的皮包呢?誰拿了我的皮包?」

牠大幅度甩動尾巴，一副敢做敢爲的樣子。

她美麗的杏眼一骨碌，就發現了牠，生氣地說：「哪家的狗，這麼淘氣，拿我的皮包。快，還給我！」她說著，扭動腰肢，款款朝牠走來。

牠不逃也不動，友好地朝她甩尾巴。等她走到牠面前，伸出纖纖細指快要抓住皮包時，牠敏捷地朝後一跳，又跳出三五步外。然後，又狡黠地眨動狗眼，引誘她來追牠。

這叫若即若離。假如牠一溜煙跑了，她看看沒希望追回皮包，肯定會漫罵幾句就放棄這徒勞的努力的。牠要讓她充滿希望。果然，她上當了，又一次朝牠小跑著追來。牠總是不遠不近和她保持相隔三五步的距離。

牠把她引下石橋，踩著沙礫鑽進橋洞。小主人阿炯昏昏沈沈靠坐在橋墩上。牠把皮包一直

十　神秘女子

叼到阿炯的背後。

汪，牠朝追蹤過來的女醫生發出一聲友好的央求式的吠叫。

她雙頰緋紅，臉色慍怒：「你這條醜狗，搞什麼鬼名堂嘛。」

她衝過來一把抓起皮包轉身欲走，一扭頭看見了牠的小主人阿炯，蘋果臉拉長了，顯出吃驚的神態，說：「唷，這裏還躺著個小孩！」

小主人阿炯睜開蒙著灰白陰翳的眼睛，囁嚅了一句什麼，還咳了兩聲。

「是個小瞎子。」她說，「我見過他，他好像在生病。」她伸出手在阿炯額角輕輕觸碰了一下，「燒得還不輕哩。」

她的視線在牠和小主人之間划動了兩個來回，似乎悟出了什麼，自言自語道：

「哦，你是這位盲孩養的狗，我懂了，你搶我的皮包，是爲了把我引到這裏來救你的小主人。好聰明的狗啊。」她杏眼裏放出光彩，朝牠伸出一隻手來，「要不是你長得太醜了點，我真想把你領回家去。來握握手，好朋友。」

牠懂人類社會中的握手禮儀，伸出一隻空手，其實是要告訴對方手中沒有武器，空手握空手是互相不傷害的意思，牠也依樣畫葫蘆舉起一隻前爪，跟她握了握。

既然是朋友了，那就該幫忙了吧，牠想。牠朝醫院方向吠叫了兩聲，然後銜著小主人的衣裳作拖拽狀。

「怎麼，你要我把這小瞎子送到醫院去嗎?這……看病要錢，你們有錢嗎?」

她怕牠聽不懂，從皮包裏抽出一張鈔票在牠鼻眼前晃了晃。

牠曉得人類社會無論吃飯、睡覺、穿衣、坐車、看病，什麼都要錢。牠遺憾地甩動腦袋，汪汪叫了兩聲。

「沒錢就進不了醫院，現在的藥費好貴喲。我是個小醫生，也窮得很，幫不了你們這個忙。」她擰著眉頭看看牠又說，「好吧，看在你這條好狗份上，給你們一包速效感冒丸。」說著，她從皮包裏掏出一包包裝精美、花花綠綠的藥丸，扔在牠的小主人身邊，便逃也似地離開了小石橋。

牠悻悻地朝她的背影嗥叫了兩聲。早知道她是這般德性，牠真該在跟她握手時撐開尖利的爪子，在她細嫩的手掌上劃幾道血痕。

小主人吞服了兩顆藥丸，情況並未好轉，牠只好再次從橋洞來到大街，想硬著頭皮再找個醫生。

穿過一條橫街，突然，牠狗鼻孔裏鑽進一股茉莉花香，這氣味好熟悉，清新淡雅，沁狗心肺。牠循著氣味飄來的方向望去，就在小主人阿炯天天拉琴的十字路口，在一片灰色的建築物

前，有個穿綠呢大衣的女人在踟躕徘徊。

牠仔細瞅了她一眼，三十五六歲的年紀，窈窕的體態，輕盈的身材，瓜子型的臉，兩條彎彎的柳眉下一雙憂鬱的眼睛，哦，就是那位送給小主人絨衣絨褲的好心的阿姨。她滿臉焦急，似乎在尋找什麼，對了，她在尋找小主人呢。牠趕緊躥過街去，汪汪，朝她輕吠兩聲。

「迪克！」她臉上露出驚喜的表情，「我到處找你們呢。阿炯呢？你的小主人阿炯呢？」

牠哀嚎一聲，朝小石橋下跑去。她緊緊跟在牠身後，也跑得心急火燎。

下橋洞時，她不小心滑了一跤，也顧不得擦擦屁股上的泥，一見到昏沈沈躺在橋墩旁的小主人，她張開雙臂，喊了聲：「阿炯！」便撲過去，不顧小主人身上的雨水和泥水會弄髒她的衣裳，一把把小主人摟抱起來，將自己的額角貼到小主人的額角上。這舉動很像天空飛來　隻老鷹時，母雞急急忙忙把雛雞藏進自己的羽翼下。

「燒得那麼厲害，我就擔心你會凍病的。」她眼圈紅紅地說，「走，阿炯，我送你去醫院。」

她背著二胡，攙扶起小主人，登上石橋，穿過馬路，朝醫院走去。牠尾隨在後面。

走到醫院大門口，傳達室那位手臂上箍著紅袖章的老頭又伸手把牠擋住了。牠知道，裏面不是獸醫站，牠是不能進去的。牠目送著她扶著牠的小主人消失在急診室旋轉的玻璃門裏。

寫到這裏，再不揭穿這位穿綠呢大衣的女人的廬山真面目，讀者一定要罵寫書的人在故弄玄虛。聰明的讀者其實早已猜到，她就是本書主角的親生母親。

她就住在離豆腐營不遠的紅蕾劇場宿舍裏，現在的丈夫就是蟠龍歌舞團的團長兼紅蕾劇場的經理宋英學。

她本人在玩具廠搞設計，每天騎自行車上下班都要經過阿炯拉琴乞討的那個十字街口。應該說阿炯到昆明的第一天，她就知道有個雙目失明的少年帶著一條奇醜無比的狗流落在豆腐營街頭，但她並沒認出這就是她闊別七載的兒子。她沒認出來的原因很簡單，她習慣遇見乞丐繞路走，儘量躲避得遠遠的。

是生活教會她這樣做的。

她天性多愁善感，小說和影視節目裏最俗套的悲歡離合都能賺到她的淚水。大約半年前的一天，她到塘子巷去辦點事，穿過雙龍橋時，突然一個五、六歲身上披著破麻袋的小男孩從垃圾筒旁走過來，伸出骯髒的小手向她討錢。

「好心腸的阿姨，我爹媽都讓汽車壓死了。可憐可憐我這個孤兒吧。」小乞兒眨巴著眼睛擠出一滴淚來說。

天曉得小乞兒是在說真話，還是杜撰黑色童話，她毫不猶豫地掏出兩角錢塞進小乞兒手裏。

小乞兒剛打發走，又跑來一個十幾歲拖著濃鼻涕的半大乞兒，伸出手說：「阿姨，我媽得了肝癌，躺在床上快死了，她想吃碗米線，我沒錢，可憐可憐我媽吧。」

她又伸手往兜裏掏錢。

這時，又不知從哪個陰暗的角落湧出來七、八個像剛剛從煤窯裏爬上來的又黑又瘦的小孩，團團圍著她，這個說家裏遭了水災、爹媽淹死了、房子也被沖垮了；甲說他已三天沒吃飯、肚子裏的蛔蟲也餓死了；乙說想回家重新做好孩子、就是買不起車票；大的說他自己想賣血給奶奶治病、就是血站不收他的血；小的說他還帶著個吃奶的妹妹、要是今天再討不到錢、只能舀半缸河水當奶水餵可憐的小妹妹了……彷彿全世界的災難和悲哀商量好了似的，全集中到這條陋巷、這座破橋上來展覽檢閱了。

那些乞兒勇敢得像二次大戰時日本的自殺轟炸機，奮不顧身地輪番衝過來。她這才感覺到問題嚴重，拳打腳踢，卻像隻被蜘蛛網纏著了的小昆蟲，越掙扎被黏得越牢。沒辦法，她只好大聲叫嚷，警察趕到，才替她解了圍。衣服弄髒了不說，一摸口袋，錢包不翼而飛，裏頭裝著她剛發的兩百元工資呢。毫無疑問，是剛才那群小乞丐趁混亂之際來了個順手牽羊、移花接木。

這次啼笑皆非的遭遇對她來說，好比一只無論煮得多麼滾燙的雞蛋，被擱到冰箱的冷凍室裏，沒法不變成冰坨。從此，她見到乞丐就像見到了毛毛蟲，心裏疙疙瘩瘩的看都不想多看一眼。整整半個月，她和阿炯失之交臂。

那天，她在廠裏趕著設計一套電動玩具，圖紙出了點差錯，比平時晚了一小時下班。單車騎到豆腐營口，正碰上阿炯和迪克收攤後迎面走來。她無意間一抬頭，看了個正著。

這瞎眼少年好眼熟哇，清秀的面龐，瘦削的身材，輪廓分明的嘴唇，這不是……

她剛想再仔細看看，他已走過去了。她想，一定是自己在蒼茫暮色中看花了眼。怎麼可能會是自己分別了七年的兒子呢？她的兒子眼睛亮得像黑葡萄，怎麼可能變成瞎子呢？她的兒子遠在一千公里外的金竹寨，怎麼可能突然出現在昆明街頭？絕對是自己的感覺出了差錯。她放棄了想折轉車頭趕回去再認真看看的念頭。

回到家，不知怎麼搞的，心裏覺得煩躁，有一種坐臥不安的感覺，炒菜錯把糖當成鹽了，飯燒糊了也沒聞出焦味，萌萌把幼稚園老師獎給她的小蠟筆拿給她看，喊了她七聲她都沒聽見。那小瞎子抿著嘴、擰著脖兒倔強的神態，怎麼跟她留在金竹寨的兒子發脾氣時的模樣那麼像呢？

萌萌是個嬌嬌女，見媽媽不理睬自己，委屈得哭了，惹得老宋極不高興，板著臉說：「小菁，妳今天怎麼啦，像掉了魂似的。」

都是叫那小瞎子害的，她想。她做了幾次深呼吸，還學氣功大師的樣意沈丹田，想把小瞎子從腦子裏驅趕走，卻收效甚微；好不容易強制自己集中精力來同老宋聊他單位男女演員間的風流韻事——據說這類話題可以醒酒提神、可以使大煙鬼推遲煙癮發作——遺憾的是對她卻無濟於事——自己真傻，幹嘛當時不回頭再看一眼，也用不著趕到他前面去看他的臉，就是看他的右耳根有沒有一顆豆大的黑痣就行了……聊著聊著，她又走火入魔了。

這一夜，她幾乎沒有合眼。

這也許就是所謂人的第六感，或者叫母子間的心靈感應。

第二天在廠裏上班，她也心神不寧，總覺得心裏空落落的很不踏實，下班鈴一響，她踩著鈴聲就往外衝，一路把單車蹬得飛快。她對自己解釋說，她並不是急著要去母子相會，而是去證實一下不可能發生的事，好讓自己紊亂的心境鎮定下來。

偏偏看到了最不希望看到的事實。

很難準確描述她確鑿無疑看到他右耳根那顆豆大的黑痣，並親耳聽到他用純正的麗江口音說他的名字叫阿炯時最初一瞬間的感覺。似乎時間錯位、地球在倒轉，好像從漆黑的地洞突然被置身在猛烈的陽光下，宛如被人猛擊一掌，從萬丈懸崖上跌落下去，因失重而腦子變得一片空白，又覺得像是隱秘的罪證突然被人亮了出來。驚奇、沮喪、恐怖、麻木，她呆呆地站在他面前。

七年前，她是多麼捨不得離開他。她曾苦苦哀求那個姓謝的男人讓她帶走阿炯，卻遭到了最粗暴的拒絕。老天爺可以作證，她離開金竹寨那天清晨，他還在熟睡，她站在他小床前肝腸寸斷，差點哭暈了。

她可以一刀割斷婚姻，卻無法割斷母子親情。調回昆明的最初兩年，她幾乎無時無刻不在想念自己的兒子，白天想，晚上想，夢裏也想，也記不清有多少回了，她夢見阿炯或者被蛇咬了，或者跌下河去，或者被牯子牛踩了，便失聲尖叫起來，惡夢醒後，枕頭上一大片淚漬。

她覺得自己雖然調回了昆明，心卻還被拴在金竹寨。她曾寫過十幾封信給那個姓謝的男人，詢問兒子的情況，卻石沈大海。記得那年過中秋，看到和自己年齡相仿的鄰居惠玲出差回來，一進大院就抱著五歲的孩子又親又吻、又啃又咬，便再也忍不住，一跺腳跑到汽車站買了張去麗江的車票，那時她母親還沒謝世，白髮蒼蒼的老太太趕到車站揪住她，罵道：

「妳這個賤貨，好不容易從火坑裏跳出來，還要跳回去啊！妳今天要敢走，先拆散了我這把老骨頭！」才總算攔住了她沒返回麗江去。

後來，就認識他宋英學，再後來，就有了萌萌。

感情有了新的寄託後，這刻骨銘心的思念才逐漸平息淡化。特別是老母死後，萌萌由她自己帶，忙完小的要忙大的，忙完家務事又要忙廠裏的工作，人到中年，肩上的擔子越壓越沈，生活的節奏越加越快，也就很少抽得出時間，勻得出精力，專門來回憶以往的生活。

但儘管時間像把魔扇，會冷卻沸騰的心懷，能吹走飄浮的感情，卻無法徹底湮滅沈甸甸的母愛。即使在萌萌生病、老宋出差這樣最忙亂的時候，夜深人靜時，她仍會想到遠在千里之外的阿炯。他學習成績怎麼樣？考上中學了嗎？個兒長得多高了？睡著了還嘎吱嘎吱磨牙嗎？當然，思念時，惆悵代替了淚水，那恨不得母子相聚的衝動，也讓位給了遙遠的最虔誠、最美好的祝福。

冷不丁地，兒子阿炯出現在了面前。

怎麼辦？怎麼辦？怎麼辦？

孩子是敏感的，也許在他身上也出現了神秘的第六感了吧，她才走近他身邊，才開口問他的名字，他佈滿白翳的眼睛突然睜得圓圓的，手指痙攣，嘴唇顫抖著吐出一個字：「媽……」

知兒莫如娘，她從他急遽變化的表情中，看出他內心正翻江倒海，有一種久旱的禾苗突遇甘霖的狂喜，她不用猜也知道他緊接著後面要吐出來的是個什麼字。

她清楚地聽到了他的心聲。她也知道這心聲在他心裏已釀造了七年，像杜鵑啼血，像驚蟄春雷。她是想聽他的心聲的。她是他的親生母親，世界上那有母親不想聽兒子親親熱熱一聲媽的？她豎起了耳朵，她臉上漾起慈祥的笑，她已準備好敞開自己母親的心來傾聽即將要吐出的心聲，可同時，她的一隻右手卻迅速果斷地敏捷地舉了起來，動作雖很輕，態度卻很堅決地用手捂住他的嘴，把已到了他唇齒間的那個字又堵了回去。

「小朋友，別……別激動，你就叫我阿姨好了。」她說。

她不知道自己怎麼會在這個節骨眼上，不假思索地斷然伸出手去堵住他的嘴。彷彿是一種反射動作，是一種本能的反應，是一種下意識的舉動。

她看見他像株突遭寒霜侵襲的小草，頹然坐回小板凳去，臉上浮現出希望幻滅後的萎靡與困頓。她的心在滴血，她狠狠咬自己的喪盡天良的右手，手指咬出了齒痕，咬出了血沫，心裏才覺得好受些。

假如她不及時伸手去堵他的嘴唇，而是用母性的溫熱的手掌摩挲他的頭頂，當然能撫慰他受到傷害的心靈，消除他流落街頭淪爲乞丐的苦楚，演出一場母子重逢的悲喜劇，她自己也可

以免受良心這根鞭子的無情抽打。可是，她怎麼向生活交代呢？她是廠部設計室主任，這頭銜雖說比七品芝麻官還要低好幾個層次，但芝麻官也是官，手下總還管著幾個人，她在上級和眾人的眼裏一向清清白白，誰也不曉得她插隊時的婚史，突然冒出個兒子來，豈不成爲爆炸性新聞，被全廠上千號人噴飯或噴糞？還有萌萌，她從來就以爲自己是爸爸和媽媽唯一的寶貝，突然塞給她一個瞎眼哥哥，她感情上能接受嗎？還有多嘴多舌的鄰居，還有愛搬弄是非的親戚朋友。

當然，假如她咬緊牙關，上述這些難關最終還是能闖過去的，她最大的心理障礙還是現在的丈夫老宋。她從未和老宋談起過自己結過婚並有過一個兒子的事。當年和老宋談戀愛時，她曾想靠在他懷裏，向他傾吐自己這塊心病，可母親堅決不同意，說：

「菁啊，男人都是膽小鬼，妳說了阿炯的事，會把他嚇跑的。媽知道，妳現在已經捨不得老宋從妳身邊逃跑了。就算他現在肯原諒妳，可在男人眼裏，離過婚的女人好比一隻摔破過的碗，再怎麼補，瞧著也是有裂縫的，結婚後，妳在家裏就會永遠低他一個頭。菁啊，聽媽的話，金竹寨跟妳已幾年不通音訊，過去的事就讓它擱在心裏，對誰也別說。」

她左思右想，覺得母親的話不無道理，遂打消了要向老宋坦白的念頭。

婚後，她搬到老宋單位住。歌舞團有兩三家是一方或雙方離異後又重新組合的家庭，幾乎沒有不為親子養子問題鬧彆扭的，刻薄鬼們說，這是種族歧視，是戰爭的根源。老宋是歌舞團的經理，免不了要出面為這些重新組合的家庭去調解矛盾，回來就會歎口氣說：「唉，到底不是原配夫妻，心總隔著一層。」

她聽了後，暗自慶幸自己沒傻裏傻氣地向他交代不堪回首的往事。

有時她也跟他開玩笑說：「老宋，要是我是離過婚的女人，還帶著個兒子，你要怎麼對待我呢？」

老宋笑著說：「那還不容易嗎，妳帶著妳的兒子，我帶著萌萌，咱們一分為二。」

當然，這是在開玩笑。但玩笑和認真之間並沒有隔著千山萬水。此刻她認了阿炯，老宋會理解嗎？要是阿炯是個能替家庭增輝或能替她臉上增光的天才神童……不不，只要阿炯是個正常健全乾淨的孩子，她跟老宋坦白話還好說些，偏偏是個衣衫襤褸的小乞丐，叫她怎麼開口跟他說呢？世界上哪有個男人肯認一個跟自己沒有血緣關係的殘疾乞兒作養子的？

阿炯喊她媽媽，她把阿炯帶回歌舞團的家，這無疑是在為老宋臉上抹黑。樹要皮人要臉，叫他以後怎麼做人呢？萬一過去開的玩笑變成今天的現實，他真的帶著萌萌……

不不，她不能這樣幹。老宋感情細膩，又會吹拉彈唱，很疼萌萌，也很疼她，家中常有歡聲笑語。有一次她患腸胃炎，是老宋在她床邊守了三天三夜，替她又擦又洗，體貼入微。可以

說，有了老宋，她才知道什麼叫婚姻美滿，什麼叫家庭幸福，才知道金竹寨的婚姻其實是冰涼的地獄。

那叫什麼夫妻啊，那個姓謝的男人三拳頭砸不出個屁來，有一年冬天，她手上生著凍瘡，十根指頭腫得像胡蘿蔔，還趕著爲他織了一件毛衣，他謝都不謝一聲，什麼親熱的表示也沒有，沒一點點生活情趣，完全是個冷血動物。想到老宋，她無論如何也不能冒冒失失地就這樣讓阿炯叫她媽媽。

望著阿炯兩隻瞳仁上灰白的陰翳，她淚如雨下。但既然他已經瞎了，他看不見她，他認不出她，她就可以爭取點時間，認真想一個既不傷害老宋又能解救阿炯的兩全之策，她想。

自從認出拉琴的盲童就是阿炯後，她每天塞給他兩塊錢，第一步就是再也不能讓他繼續過那種饑一頓飽一頓的乞丐日子了。難辦的是住宿問題，母親已經謝世，房子也早讓單位給收回了，娘家已沒有其他靠得住的親戚。老宋在昆明倒是父母兄弟姐妹、七大姑八大姨的一大攤子親戚，但把阿炯送到老宋的親戚家，也就等於把她自己送上了審判庭。

交往的朋友裏也有幾個熱心腸的，但她怎麼能把自己的隱私端給人家呢。只剩下一個辦法，就是找家小旅館。但她一連找了七八家旅館，價錢貴不說，還要證明，她好不容易從單位騙了張證明來，又說非要大人陪同才能收留雙目失明的小孩住宿。偌大個昆明，她就找不到可放阿炯一張小床的空間。實在沒辦法，她只好對阿炯的住宿問題採取駝鳥政策。

想來想去，最好的辦法，還是把阿炯送回佛海鎮郊的金竹寨去。離婚協議書上寫得清清楚楚，阿炯歸那姓謝的男人撫養。當然，她是他的生母，她也應該盡自己的責任的，她會省吃儉用，節省的錢經常給他匯去的。可是，她勸他哄他想讓他回麗江，他卻死活不肯。他一定要留在豆腐營找到媽媽。這孩子！她總不能綁架他吧，只有想辦法找理由再勸勸他。

就在這時，廠裏要她去成都參加秋季訂貨會。訂貨會關係到企業的生死存亡，她沒理由推遲不去。天地良心，她人在成都開會，心卻牽掛著流落在昆明街頭的阿炯。

說好開七天會，加上往返兩天路程，來回共九天時間。她給阿炯安排了十天伙食，已經是留有餘地了。誰料得到，訂回程火車票出了麻煩，也不知是主辦這次訂貨會的單位過年過節忘了給鐵路局燒香拜佛，還真的是剛巧有四個外國旅遊團把這兩天去昆明的火車票包走了，反正，推遲了四天才給她訂到票。

她被困在成都旅館裏，坐臥不安，急得像熱鍋上的螞蟻。十天的伙食已經吃完，假如阿炯拉琴得不到錢，吃什麼呀？

臨離開成都那天晚上，看電視臺的氣象預報，當衛星雲圖顯示寒流將襲擊昆明，明晚有雨夾雪時，她驚得失手將一隻茶杯打爛了。她不知道阿炯具體的住宿處，她因無法解決他的住

十　神秘女子

宿問題而一直鼓不起勇氣問問他或跟他去看看，但她心裏頭十分清楚，不外乎是屋檐下、橋洞裏，或頂上漏雨、四面通風的豬廄牛棚。她雖然給了他一套絨衣絨褲，他單薄的身體恐怕也很難抵得住夜宿街頭、風吹雨飄啊。她恨自己沒長翅膀，不能立即從成都飛回昆明。

今天上午，回到昆明，她來不及回家看看，將行李往火車站行李寄存處一放，就急急忙忙趕到豆腐營十字街口。

果然發生了她最擔心的事。

孩子病得那麼重，她什麼都來不及想了，攙起他就往醫院跑。不管怎麼說，阿炯也是她身上掉下來的肉。

阿炯臉色蒼白，昏沈沈的。她的心要碎了。

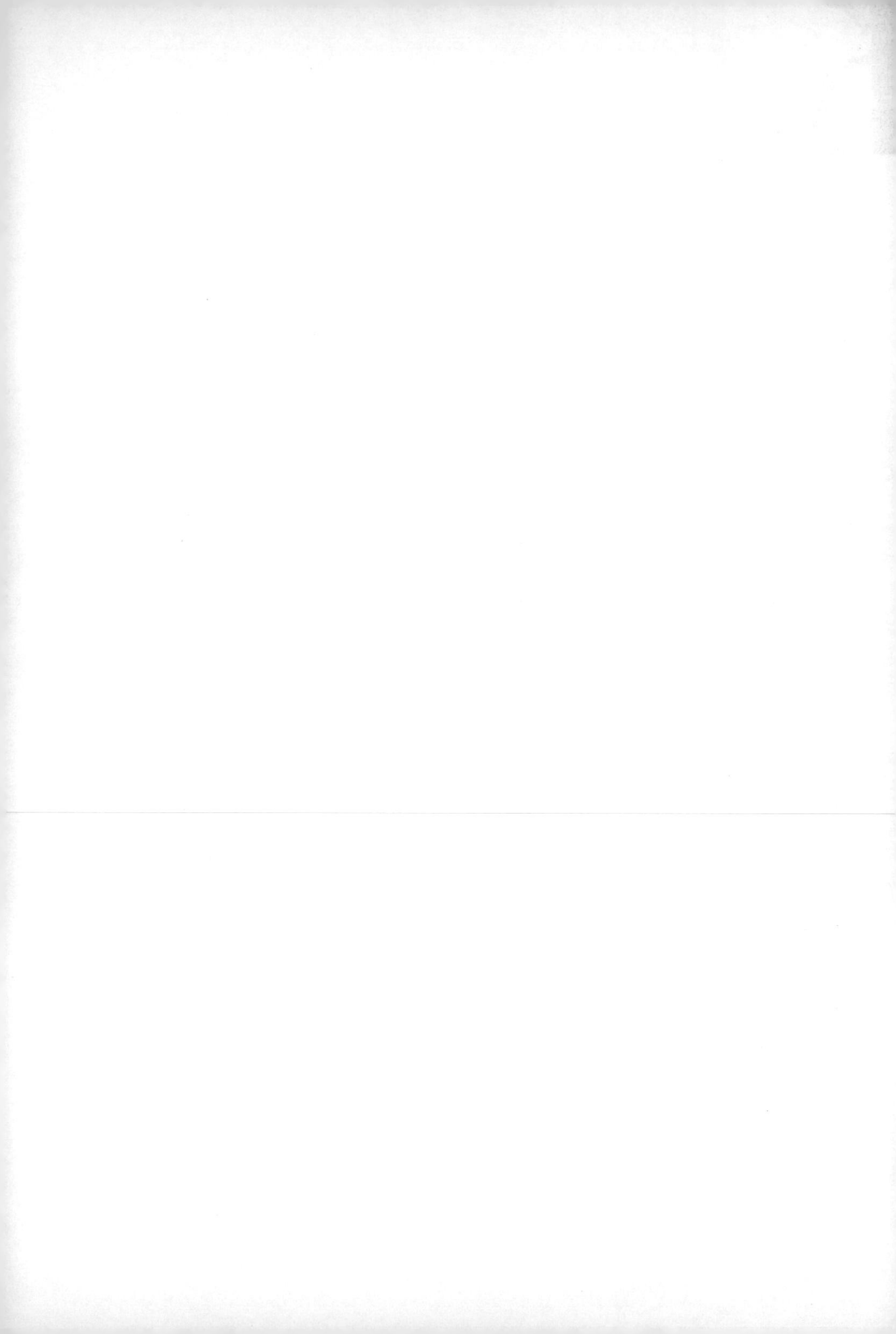

十一　活靶

雖然那位穿綠呢大衣的女人把小主人攙扶進了醫院，但牠並沒因此而感到輕鬆。牠是獵狗，牠的職責就是和主人同甘共苦。小主人生病住了醫院，牠豈能袖手旁觀、無所作為？牠覺得比起那位陌生女人來，牠更有責任也更有義務為小主人恢復健康貢獻一份力量。

錢，牠必須弄到錢替小主人看病，牠想。不能偷，不能搶，唯一的辦法是學小主人的樣，到十字街頭去乞討。牠跑回橋洞，在河灘的淤泥裏找到了那只白瓷碗。

午後，被昨夜雨雪弄潮的瀝青馬路曬乾了。街上人歡馬叫，一片熱鬧景象，正是乞討的好時光。牠來到豆腐營十字街頭小主人拉琴的固定位子，像往常那樣，銜著瓷碗，朝在牠面前路過的行人不斷地打躬作揖，把那條光溜溜的黑尾巴搖得如同一朵墨菊。汪汪汪，牠可憐兮兮地吠叫著，希望能得到人們的垂憐。

沒有胡琴伴奏，沒有音樂召喚，牠啞謎似的動作根本無法引起人們的注意。很多人只是漫不經心地朝牠望望，頭也不回地走了。也有熟悉牠的人看見後，笑著對同伴說：「瞧，那個拉胡琴的小瞎子今天沒來，光讓這條醜狗在這裏蹦躂。」

牠銜著碗在十字街頭晃蕩了小半天，一無所獲。看來，牠必須設法能引起路人的注意，吸引他們的視線，不然，牠永遠也休想乞討成功。牠可以狂吠一通，牠嘹亮的狗嗓子絕對會驚動人們的注意力，但這樣做，人們會對牠怒目相視，把牠當作討厭的野狗；牠還可以呲牙裂嘴嚇唬威脅，也能把馬路上所有的視線都吸引過來，但人們一定會把牠視作瘋狗，欲殺之而後快。牠別無選擇，看來只能靠像個丑角似的做些滑稽動作，以博得人們的青睞了。

牠一會兒直立，一會兒倒立，一會兒後滾翻，一會兒前滾翻，一會兒側著身體打滾，一會兒追逐自己的尾尖在原地快速旋轉。牠做出了一條狗所能做出來的所有特技動作。牠裝得很嬌憨的模樣，吊尖嗓門柔聲叫喚著。這一招果然還管點用，好幾位行人斂住腳步朝牠瞧稀奇呢。

「是不是從馬戲團逃出來的狗喲？」一位穿筆挺中山裝的幹部模樣的人說。

「狗屁。我見過這條獨耳朵醜狗，是一個要飯的小瞎子養的領路狗，小瞎子今天沒來。」攙著幹部手臂的一位中年女士解釋說。

「這醜狗要把戲是什麼意思呀？」

「你瞧這白瓷碗，是朝你要錢呢。」

「真是的，一切向錢看，連狗都學壞了。」中山裝幹部憤憤地說道，拉著女士走了。

他當然有資格和銅臭劃清界線。

也有熱心腸的人，看了牠的雜耍後，漫不經心地朝牠白瓷碗裏扔幾枚小錢。

牠十分賣力地前滾後翻、正豎倒豎，但收效甚微。

一群青少年圍了上來，一位手上戴著金戒子的小夥子撇著嘴角對同伴說：「比起真正馬戲團裏的狗，這條醜狗的表演也太拙劣了。馬戲團裏的狗才叫棒，會鑽火輪，會騎三輪車，會踩高翹，還會算算術呢。翻兩個觔斗有啥看頭。走吧。還想騙錢？」

青少年們吹著長哨，揚長而去。

牠很沮喪。牠是一條獵犬，牠沒經過雜技團的正規訓練，牠也曉得牠表演的那個節目很蹩腳，無法達到讓人心甘情願往外掏錢的藝術效果。

圍觀的人很快就散盡了，牠只好收起這套把戲。可是，小主人在醫院看病，等著錢花呢。而白瓷碗裏那幾枚小錢，還不夠買只燒餅呢。怎麼辦？怎麼辦？牠心急如焚，從這條街躥到那條街，從這條胡同拐進那條小巷，不知不覺來到了豆腐營相隔不太遠的西華寺公園。

牠鑽進鐵柵欄，裏頭樹林茂密、草地碧綠、石山挺拔、水塘清淺，環境十分優雅。有老人在樹叢裏練太極拳，有情侶在花叢裏散步，有娃娃在石山上攀爬，也有學生在水塘邊看書寫字。牠繞過一座砌有石階的假山，突然聽到前面傳來廝打吶喊聲。牠好生奇怪，在這寧靜的公園裏怎麼會有這種不諧調的聲音呢？牠循聲而去，穿過一片櫟樹林，看見在一塊大草坪上，有

十一　活靶

不少人在練武術。

草地東隅是一群武術迷，都是成年人，有的在練三節棍，有的在練九節鞭，有的在舞大刀，有的在刺紅纓槍。草地西隅是三位十四、五歲的中學生，每人戴著一副花白相間的拳擊套，在比試著西洋拳的動作。

牠走到草地西隅練拳擊的中學生面前觀看。

一位臉上長有褐色雀斑的少年正和一位蘆柴棍似的瘦高個兒在對擂。他們大概是怕打疼對方，都沒敢認真擊拳，只是將雙拳舉在胸前朝對方虛晃著，偶然揮出拳去，也多半打在對方的拳擊套上，噗噗噗，聲音很渾厚，卻沒什麼實質內容。

這是一夥受了潮水般武俠小說和武打影視片蠱惑的少年郎在鬧著玩呢。

雀斑懶洋洋地打出一個左直拳，又用右手打出個橫勾拳，蘆柴棍輕輕往後一跳，便躲閃開了。雀斑收起功架，垂著雙臂說：「算啦，我不想打了，沒意思。」

「是呀，天天這樣傻練，無聊得很。」蘆柴棍隨聲附和道。

「一點刺激都沒有。」雀斑又說，「簡直不像是在拳擊，像是在跳迪斯可。」

「要是現在碰到兩個小流氓調戲姑娘就好了，我們的拳擊套就發揮作用囉。」

「那我現在就先朝小流氓的鼻梁上來這麼一下。」雀斑狠狠朝前用力砸出一拳，「嘿，讓

十一　活靶

小妞在邊上助威叫好，多來勁。」

「別做英雄救美的夢了。」一位上嘴唇有兩道淡鬍鬚、看上去比實際年齡要老成些的少年咂著嘴唇說，「只要有個活靶子，能過過拳癮，我就心滿意足了。」

牠叼著白瓷碗走上前去，直立起身軀，向這夥少年打躬作揖。

「咦，這條狗在幹什麼？也要練拳擊麼？」雀斑驚訝地問。

「這是叫化子養的狗，牠在要錢！我在街上見過牠。」蘆柴棍說。

「噢，你要錢，好哇，我有錢。」雀斑從口袋裏掏出一張兩角的紙幣，在牠面前晃了晃。牠趕緊趨上前去，想用白瓷碗接住這錢，雀斑卻又把錢收了回去。

「這錢不能白給你。」他聳了聳肩，做了個美國西部牛仔式的瀟灑姿勢，「得講個條件，嗨，你站好了，讓我揍一揍，就這樣，」他做了個橫勾拳的動作，「唔，兩角錢，怎麼樣？」

牠很快猜出了雀斑少年這套身體語言所要表達的意圖。讓牠做拳擊的活靶子，讓牠挨打，這似乎有辱牠的獵狗的身分。可是，除了答應做拳擊活靶子，又沒有其他辦法可以弄到錢。牠左右爲難，僵在那兒不知道怎麼辦才好。

「好主意，揍一拳兩角錢，誰也不吃虧呀。」蘆柴棍首先表示贊同。

「這醜狗，長得像狼，壯得像小牛犢，做活靶子，蠻夠刺激的。」淡鬍鬚說。

小主人阿炯躺在醫院裏等著用錢呢！牠只好把狗尾巴搖了幾圈，表示同意。

「站好了，站直，站穩。」雀斑端正了一下牠的姿勢，然後，將雙拳擺成一個拳擊的架勢，兩隻腳像踩了滑輪似的左右移動，這大概就是所謂的步子靈活吧。

牠不能躲避，牠也沒法躲避。

雀斑突然揚起左拳朝牠右臉頰打來，牠本能地將身體的重心朝左邊轉移。這正中了他聲東擊西的圈套。他的左拳不過是虛招，牠的身體剛剛偏仄，他藏在左拳後面的右拳已閃電般擊中牠的下巴頦。牠本來就不習慣後肢站立，在強大的衝力下，仰面朝天跌倒在地，還翻了兩個後滾翻。

「好，有效部位，重拳擊中，加分。」蘆柴棍興致勃勃地叫道。

「計數八秒。」淡鬍鬚伸出兩隻拳頭亮在牠面前，大聲喊起來，「一、二、三、四、五……」每讀一個數，就豎起一根指頭來。

牠完全不懂他們的意思。牠沒立即爬起來，是因爲頭有點暈。牠沒想到，拳擊套看起來軟得像棉花團，漂亮得像只兒童玩具，卻會這麼厲害，狗嘴差一點都被打歪了。雖然挨打的下巴頦皮肉沒擦破，但富有彈性的拳擊套撞擊出來的力量卻使牠頭暈眼花。

「……六……七……」淡鬍鬚還賣力地數著。

十一　活靶

牠打了個挺，魚躍起來。

「……八……好，站起來了，比賽重新開始。」淡鬍鬚叫道。

雀斑又躍躍欲試地舉起了拳頭。

牠才沒那麼傻呢。牠斜躥出去叼來白瓷碗，伸到雀斑面前。牠不願讓誰賒帳。

「好刁鑽的狗，給你！」雀斑少年慷慨地將一張兩角的紙幣扔進牠的白瓷碗。

牠這才重新站立在雀斑少年面前。又是一拳，又是一拳……雀斑共往牠的白瓷碗扔了五張兩角的紙幣，這才興猶未盡地歇了手。

接著，蘆柴棍和淡鬍鬚也在牠身上過拳癮，每人打了牠五拳。

牠的白瓷碗裏摞起厚厚一層鈔票。

天漸漸黑了，三位武俠少年背起書包，將拳擊套綁在褲腰帶上，回家去了。臨走時，雀斑還挺友好地拍拍牠的後腦勺說：

「醜狗，想掙錢，明天再來。」

牠雖然被揍了十五拳，跌了十五跤，狗頭被擊得七葷八素，但總算有了錢，心態倒也平衡。牠叼著白瓷碗，喜孜孜回醫院去。

「這小孩怎麼弄得這麼髒哪！」一位戴著金絲眼鏡的男醫生蹙著眉頭說。

「臭死了！」一位女護士捂著鼻子說，「獸醫站也聞不到這般臭味嘛。」

「他病得很重，行行好，給他看看吧。」繆菁含著淚央求道。

「妳先替他洗洗乾淨再看病吧。」男醫生不耐煩地揮著手說。

沒辦法，她只好臨時到隔壁商店買了幾件衣裳，替阿炯換下了身上濕漉漉的酸臭味很濃的衣裳，並用香皂替他擦洗了身體，又借了把剪刀給他剪光了雞窩般又亂又髒的頭髮，醫生這才給他看病。

阿炯患的是重感冒，打了一針抗生素，又吊了一瓶葡萄糖，在急診室旁的觀察室裏躺了小半天，體溫就從四十度下降到三十八點五度。

她一直守在他身邊。孩子很懂事，伸出一隻蒼白枯槁的手，拉著她的衣袖，很動情地說：「阿姨，是妳救了我。謝謝妳，好阿姨。」

「不不，你別這樣說。」她拼命搖著頭，淚水又奪眶而出。她害怕聽他說謝謝，害怕他對她說感激的話，她本來就對他抱有內疚感，不，應當說抱有一種負罪感，聽他道謝，更會羞愧

十一　活靶

得無地自容，像鋼針穿心，比他罵她、咒她更難受一千倍。

還剩半瓶葡萄糖時，那位帶金絲邊眼鏡的男醫生來通知她說，打完點滴就可以把阿炯帶回去了，以後每天來打兩針青黴素，連續注射三天。

「回去給他多休息，穿暖和點，晚上被子蓋得厚些，別再著涼，多喝開水，按時服藥。」他好心地叮囑道。

繆菁想了想說：「醫生，能不能讓他在醫院裏住兩天？他病得很厲害，我怕……」

「妳不用擔心，他已經開始退燒了，不會有什麼問題的。只是要注意千萬別讓他再著涼，不然可能會引發肺炎和心肌炎的。」

「醫生，讓他在醫院裏住兩天吧。」

「他患的是普通的重感冒，沒必要住院。」

「可他……」

「要是他這種病都要收來住院，我們醫院就是再增加一千個床位也不夠住的。」他說完就轉到別的病床忙乎了。

回去，回那兒去？她總不能再把阿炯送回四面通風的橋洞吧。氣象預報今晚還有霜凍，把阿炯送回橋洞，等於是要把他送給死神。她是他的媽媽，她無論如何也不忍心這麼做的。旅館住不進，醫院不收留，親戚朋友靠不住，怎麼辦？看來，她只有一條路可走，就是把真相告訴老宋。他能理解也好，不能理解也好，反正她要把阿炯帶回家去。她是母親，她不能扔下正在病中的孩子不管哪。為了救孩子的命，即使老宋知曉內情後跟她翻臉，她也只好認了。

她抬起手腕看看表，下午四點半，老宋還在上班。她來到街上的公用電話亭，往紅蕾劇場撥了個電話。

「小菁，是妳嗎？妳現在在那裏？什麼時候回來？萌萌想死妳了，這兩天老嚷著問我要媽媽。」電話裏傳來老宋熱情洋溢的話語。他大概以為她是在成都打的長途電話。

「老宋，我……已經到昆明了。」

「妳回來怎麼也不打個招呼，萌萌今早還吵著要去接妳呢。」

「老宋，你現在在忙什麼哪？能不能出來一趟？」

「怎麼，妳還困在車站哪。我馬上讓老章開車去接妳。」

「不不，老宋，你出來一趟吧。」

「我正在排練，脫不開身，讓老章接妳不是一樣的嘛。」

「不不，老宋，你出來一趟，我有話跟你說。」

「有什麼事，妳現在說嘛。」

十一　活靶

「電話裏說不清楚。」
「妳回家後晚上我們好好聊。」
「不行，這事非得現在說。老宋，我現在在醫院門口等你。」
「醫院？怎麼，妳病了？」
「不，我沒病，我很好。」
「這事真那麼著急，等一會兒說也不行？」
「是的，這事很重要，很緊急。」
「小菁，是著火了還是遇著強盜了，妳別嚇唬我，我膽子小，會嚇出心臟病來的。」
「老宋，我那有心思跟你開玩笑！」
「那好，我馬上就去，十分鐘以後見。」

醫院斜對面馬路旁有片刺槐樹林，夕陽給樹林罩了一層橘黃色的亮殼，由於光線落差，樹林裏顯得有些幽暗，沒有人，偶爾傳來幾聲歸鳥的啼叫。這是談話的理想環境。

她鑽進樹林深處，半擁著一棵樹，默默地流著淚，也不用手絹去擦，任洶湧的淚水像兩條晶亮的小溪順著鼻翼漫流下來。

「小菁，妳怎麼啦，到底發生什麼事，妳快說呀！」老宋急得用拳頭擂樹幹。

她咬著嘴唇，肩膀不停地抽搐，哭得更兇了。她自己也不太清楚為啥要用眼淚來做開場白，似乎濕潤的淚水更能使難以啓口的話變得容易吐出來，似乎應該用淚水給蒙在鼓裏的老宋進行必要的心理建設，使他有個心理準備。

女人的武器就是眼淚。

老宋摟著她的雙肩，她趁勢靠在他的懷裏。他用手指捋順她凌亂的頭髮，用手背拭去她臉上的淚水。她乖得像隻小羊羔。此時此刻，她迫切需要纏綿的愛、繾綣的情，和男人的垂憐。

「小菁，妳的委屈也就是我的委屈，妳的麻煩也就是我的麻煩。請相信我。」

她要的就是他這句話。她流著淚，把阿炯的事原原本本訴說了一遍。

她看見他臉漲得通紅，她聽見他的心怦怦怦越跳越激烈。她曉得自己這番話無疑在他心中掀起了一股感情的狂飆。他的臉由紅變紫，由紫轉青。她閉著眼不敢再看，就像罪犯害怕聽到最後的審判。

靜穆，令人揪心和靜穆。好半天，他才長長吐出一口氣，用突然變得有點沙啞的嗓音說：

「小菁，不管阿炯的事將來會怎麼樣，我都是愛妳的。」

「老宋！」她動情地抱住了他，「我真傻，那時候，我以為自己一輩子都會待在金竹寨，再也回不了城了，乾脆橫下一條心，就……日子過得太艱難了，要上山砍柴，要下灘割豬草，要下地勞動，還要像防賊那樣防喝醉了酒的男人，實在太累了，就想找個依靠。」

「我理解，小菁，我能理解。」他又替她拭去眼角上的淚，「我也當過六年知青，嘗過那滋味。我們寨子生產隊長的女兒又矮又胖像只冬瓜，五官幾乎要錯位，還長著一臉雀斑，卻有三個男知青同時追求她。我也是其中的一個。看中的當然不是她的人品，而是她家的大瓦房和滿倉的糧食。現在回想起來，幸虧我是當時那場情戰中的失敗者，但在當時，我還差點爲未能被招贅進隊長家門而苦惱得差點去上吊呢。」

她含著淚笑了，爲他的寬容，也爲他的幽默。

「老宋，你知道剛才我給你打電話時，心裏是怎麼想的嗎？」

「我真該去當心理學家。」

「我下了破釜沈舟的決心，有一種背水一戰的感覺，做了最壞的打算。」

「怎麼，想甩掉我？老實告訴妳，我是強力膠，妳黏上了，別想那麼容易就撕下來。」

「嘻，我也是強力膠。」

「小菁，說正經的，妳現在打算怎麼辦，告訴阿炯妳就是他的親媽？」

「老宋，他張口叫我阿姨，我心裏就像針扎似的痛。剛才他躺在觀察室打點滴時，睡著了，睡夢中叫著媽媽……媽媽……我近在咫尺，卻不敢答應他。我的心都要碎了。老宋，你不希望我做個連親兒子都不認的狠毒的女人吧？」

「小菁，妳完全沒有必要這樣苛刻自己，造成目前這種尷尬局面的並不是妳個人的責任。公平地說，這是不正常時代釀下的一杯苦酒，不該由妳獨自吞飲。」

「不管怎麼說，他總是我生下來的孩子。」

「在這件事上，我覺得妳並沒有褻瀆母親這個神聖的稱謂；恰恰相反，妳表現出了足夠的母愛。妳爲了阿炯寢食不安，一下火車連家都顧不得回就趕來看他，爲了他妳流盡了淚，甚至不惜打破妳現在的生活。世界上，只有崇高的母愛才會有如此的犧牲精神。」

「可我直到現在還沒讓他喊我一聲媽。」

「小菁，我覺得喊什麼只是個形式問題，關鍵是要爲孩子的長遠利益考慮。妳想想，假如妳現在告訴他妳是誰，只是滿足了他一時的感情需要，卻會帶來一連串的不良後果。他曉得妳是他的生母，便會產生依賴思想，再也不肯回金竹寨去了。我們遭麻煩，萌萌受傷害，這些都不消說了，他呢，戶口在邊疆農村，不可能遷來昆明，沒有戶口就上不了盲人學校，就找不到工作，就無法自立。就算我們現在能養著他，但能養他一輩子嗎？我們都會老的，等我們離開了這個世界，還讓他流落街頭去乞討嗎？像他這種狀況，明擺著的，只有依靠戶籍所在地的政

府，才能永遠免遭乞丐的命運。小菁，我們不能因一時的感情衝動，毀了孩子的終身前途，別幹對誰都沒有好處的傻事。這不是愛他，是害他……」

「老宋，那你的意思是……」

「他現在正病著，讓他回橋洞自然是不合適的，可以考慮把他接回家去住幾天，但沒必要說穿真相。等他病好後，我親自送他回金竹寨。我負責和當地的殘疾人協會聯繫，讓他們出面和謝溝通，讓他切實擔當起做父親的責任，也請協會想想辦法，送阿炯進盲人學校，妳看這樣行嗎？」

「這樣當然很好。可是，我這樣瞞著阿炯，心裏總憋得慌。」

「小菁，理智點。理智的愛才是真愛。」

「那好吧，老宋，我……聽你的。」

「還有一件事，小菁，在把阿炯接回家養病期間，讓萌萌住她奶奶家去。」

「有這必要嗎？」

「小孩子不懂事，萬一說漏了嘴，會節外生枝的。還有，這期間，我們也儘量不要讓人到我們家串門做客。」

「唉，好吧。」

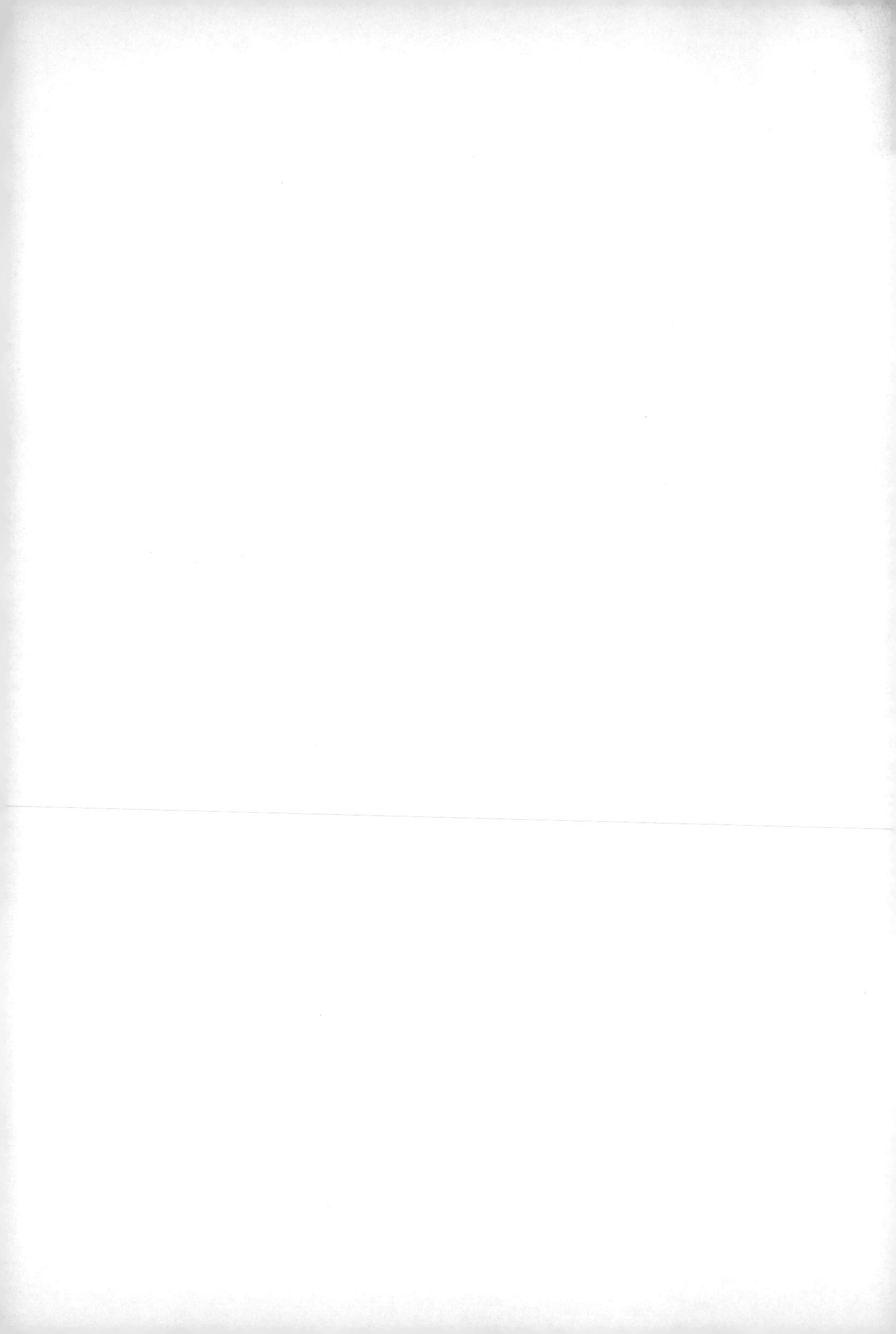

十二　挑戰

牠叼著碗從西華寺公園跑回醫院，正巧，那位穿綠呢大衣的好心的女人正和一位高個男人並肩穿過馬路朝醫院大門走去。

牠認得這個男人，就是幾天前在紅蕾劇場燈火輝煌的舞臺上很粗魯地差點把小主人推倒的那位宋經理。牠本能地討厭他。牠沒理他，徑直奔到她面前，不停地甩動尾巴。

「哦，又是你，醜狗。不，你有名字，你叫迪克。迪克，你給我碗是什麼意思？」她說著，蹲下身來，接過牠嘴上的瓷碗，翻了翻：「唷，是錢。我懂了，你是來給你小主人送醫藥費的，是嗎？」

牠將尾巴搖得像條舞蛇。

「老宋，這真是一條忠心耿耿的義犬。」她微笑著對身邊那位高個男人說。

「我見過這條醜狗，」他皺著眉頭說，「牠從那兒弄來的錢？是偷的？還是搶的？可別給我們惹麻煩喲。」

牠聽不懂人類複雜的語言，但牠從他厭惡猜疑憎恨的目光中猜出他話的意思。牠委屈地汪汪直叫。

「老宋，別冤枉牠了。我曉得的，牠不會去偷，不會去搶，是討來的錢。好了，讓我來數數，看有多少錢。」她將碗裏的鈔票一張張拈起來，數了一遍，說：「一共是十五張兩角，三元錢。」

她笑了笑，兩腮露出兩隻酒窩，「這點錢……當然，你弄來挺不容易的。可是要給你小主人看病，還差得遠呢。好了，你別再費心去討錢了，我們會負責替你小主人治好病的。瞧，我們這就把他接回家去住。」

她說完，就和他一起進了醫院的急診室。

牠在大門口等了一會兒，就見那位高個宋經理推著一輛自行車，車屁股的貨架上馱著牠的小主人阿炯，那位穿綠呢大衣的女人跟在自行車後頭，一起走出醫院來。

小主人雖然還病懨懨的，但臉色比早晨好多了。牠柔聲吠叫著，躍到小主人身旁，伸出狗舌舔他的手。

「迪克，我的好迪克。」小主人撫摸著牠的額頭說，「我不用再去住橋洞了，好心的阿姨，唔，還有好心的叔叔，讓我搬去他們家住。」

「我們快走吧，等一會要下班了，樓道上會碰到人的。」高個宋經理說。

十二　挑戰

牠小跑著跟在他們後頭，穿過兩條馬路，拐了三五個彎，來到紅蕾劇場旁一條小胡同，又直走到底，是一幢六層樓房。穿綠呢大衣的女人攙扶著阿炯朝中間那棟樓走上樓去，牠也想跟上去，剛走到樓梯口，便被高個宋經理用腳攔住了。

「不行，這狗不能上去。」他斬釘截鐵地說，「這麼醜、這麼髒的狗，會糟蹋我們家的。」

「叔叔，迪克是條好狗。牠不會搗亂的，牠從來沒離開過我，求求你，讓牠上來吧。」小主人在樓梯上央求道。

「老宋，孩子和這條狗感情很深，我看，就把牠養在我們陽臺上吧。」她也替牠說情。

「不行，我們家又不是動物園。」他蠻不講理地說。

牠不願跟小主人分開，牠是他豢養的狗，牠有責任守候在他身邊。牠不管三七二十一，蹲下身子就想從高個宋經理的褲襠下鑽過去。不料這傢伙早有提防，腳一歪，一皮鞋踢在牠的狗下巴上。

這傢伙，興許年輕時在足球場上混過，足尖很有點力量，牠被他踢得身體往後仰倒，從很陡的樓梯上滾落下去。牠怒從心底來，惡向膽邊生，嚎叫一聲，呲牙裂嘴地準備竄上去陪他練練。

「這瘋狗，要咬人啦！」他驚慌地叫起來。

「迪克，不准你胡鬧！」小主人在樓上呵斥道。

呼，牠吐了一口氣，無可奈何地把攻擊衝動吐掉了。

「阿炯啊，」高個宋經理雙手叉著腰，神氣得就像債權人在數落借債人，「我們看你病得厲害，又無家可歸，這才讓你住進我們家休養幾天的，你怎麼能得寸進尺，還要把醜狗領進我們家呢！」

「宋叔叔，真對不起。」小主人臉羞得通紅，對牠說：「迪克，聽話，別上來了。你在外面等我幾天，我病好了就來找你。迪克，千萬別走遠了。」

汪汪，牠會把小主人的叮囑銘記在心上的。

牠傷心地退出樓道，退出胡同。牠暫時又變成一條野狗，孤獨地在橋洞下待了一夜。

第二天下午，牠早早就等候在西華寺公園習武的草地上。雖說穿綠呢大衣的女人不要牠再去討錢，並說由她負責治好小主人的病，但牠總覺得自己是條獵狗，有義務、有責任爲小主人排憂解難。牠應當弄到錢，牠一定要弄到更多的錢，替小主人治病。

爲武俠少年充當拳擊靶子，對牠來說，是最實惠的掙錢手段。

在公園裏閒逛了一圈，日頭偏西時，牠看見雀斑、蘆柴棍和淡鬍鬚三位少年就揹著書包拎

十二　挑戰

著拳擊套悠悠晃晃來了。

「瞧這條醜狗，已經在等我們了。」雀斑興奮地說。

「我還從來沒見過這麼貪財的狗呢。」蘆柴棍說。

「也許這是老天爺特意派下來的神犬，要幫我們訓練成拳擊冠軍呢！」淡鬍鬚手舞足蹈地說。

「管牠是神犬也好，貪財狗也好，嘿嘿，來吧！」雀斑甩掉書包，擺起了拳擊架勢。

跟昨天一樣，牠被外表綿軟、內裏深沈的拳擊套又一次次擊倒。所不同的是，牠已有了一些當活靶子的經驗，知道虛拳和實拳的區別，懂得身體要順著對方的拳勢傾斜，跌倒的動作幅度盡可能大，挨揍後要表現出誇張的痛苦。這樣，既能取悅於對方，又能減少自己的疼痛。

雀斑又用盡全力在牠狗脖子上捅了個右直拳。牠早有準備，在拳擊套觸及牠皮毛的瞬間，後腿猛地朝後一蹬，身體凌空朝後飛出去，彈出兩米多遠，又仰倒在地，翻了五六個後滾翻，然後，四肢趴在地上，佯裝著怎麼也爬不起來了，嗚嗚哀嚎著。

「好，」蘆柴棍蹦躂了一下，「真是天下第一拳。」

「簡直可以跟拳王阿里媲美了。」淡鬍鬚也跟著捧場道。

「我才用了三分力氣呢，」雀斑謙虛地笑笑說，「牠太不中用了。」他來到牠面前，把牠攙扶起來，很溫和地摸摸牠的腦門心說：「醜狗啊，我把你打趴下了是嗎？對不起了，都怪我的拳頭太硬了。好了，下次我只用一分力氣打你，好嗎？」

看來，雀斑的虛榮心已得到了極大的滿足。牠這才哼哼唧唧地翻爬起來。

輪到蘆柴棍發揮水準了，他踮起腳尖擺好餓虎撲羊的架勢，突然，草地東隅走來三位成年人，都紮著寬寬的黑腰帶，穿著白綢燈籠褲，都赤裸著上身。一個滿臉橫肉，一個長著黑黲黲的胸毛，一個手臂上紋有一對青龍。

橫肉提著一根齊眉棍，胸毛舞著一根三節棍，青龍手腕上纏著一條九節鞭，三人氣宇軒昂地走過來，肆無忌憚地插在牠和三位少年中間。

「不錯，有這麼一條狼狗做活靶子，練起功來一定夠意思。」橫肉不懷好意地笑著說。

「你們想幹什麼？」雀斑聲音有點顫抖地說，「牠是我們帶來的狗。」

「放屁。」胸毛瞪了雀斑一眼，「我認識這狗，是瞎眼小叫化子的。大爺我也知道，你們打牠一拳給牠兩角錢。做買賣嘛，啊?!」

「你們別胡來，我們是同牠鬧著玩的。」淡鬍鬚假充英雄好漢，高著嗓子吼道。

青龍將手腕上的九節鞭解開，兩隻手扯住鋼鞭的兩端，抖了抖，嘩啦嘩啦，鏗鏘鏗鏘，九節鞭發出嘲諷般的聲響，淡鬍鬚不由自主地朝後退了三步。

十二　挑戰

「小傢伙，這裏沒你們的事，滾吧。」橫肉輕蔑地撇著嘴角說。

雀斑、蘆柴棍和淡鬍鬚互相覷望了一下，縮著脖子退到草地邊緣擺書包的位置去了。

牠也想走，卻被三位赤膊成年人圍在中間。

「醜狗，別怕，我們還不想吃狗肉呢。」胸毛拍拍牠的臉頰挺和藹地說，「我們也是想和你做筆交易。你看。」他說著，變戲法似地弄出一包白石灰，很內行地在草地上跑了個圈，立刻，綠茵茵的草地上赫然出現一個直徑約兩、三丈的大圓圈。

這石灰圈還畫得挺圓，從天空看，絕對像十五的月亮。

「哦，我們可不像這些小傢伙，讓你一動不動像木偶站著挨揍。我們給你自由，當然，是在這個石灰圈裏。你可以躲閃，可以奔逃，但必須遵守兩條規則，一是不准跑出白線外，二是不准撒野咬人。你要是犯規了，我們就不給錢，唔，三分鐘一局，每局給你兩塊錢，怎麼樣？」

「你看好了，」青龍從屁股後面的小口袋裏掏出一張綠色的兩元鈔票，放在牠的唇吻間讓牠嗅嗅聞聞，又抬起左手腕讓牠看著手表，「兩元，這紅的秒針轉三圈，懂了嗎？」

牠是條極聰明的狗，大致猜出了這三位赤膊成年人的意圖。條件還挺優惠的，牠想，秒針嘀嗒滴嗒跑得快，跑三圈就能賺兩元，比小主人阿炯在街頭拉一天胡琴還要多。牠剛想表示自己的態度，雀斑少年兩隻手捲成喇叭形朝牠叫道：

「醜狗，別答應他們。他們會用三節棍、九節鞭活活把你打死的！」

蘆柴棍也高聲喊道：「醜狗，千萬別上當，他們會活剝你的狗皮的！」

青龍擺了個蛟龍下海的架勢，一抖手腕，九節鞭發出清脆的響聲飛向三位少年，三位少年又嚇得連連後退。

胸毛伸出一隻汗涔涔、肥膩膩的手掌，在牠的脖頸上撫摸了一圈，悲天憫人地歎息道：「唉，這三個小狗崽子，讓你站著不動，不給你一點躲閃的自由，真它媽的太殘酷了。打一拳才給兩角錢，簡直是剝削。瞧我們，給你這麼大一個圓圈，任你跳閃躲藏，躲得掉是你的福氣，閃不開算你倒楣，公平交易，怎麼樣？」

牠曉得這三個赤膊的成年人不懷好意，說好聽話不過是口蜜腹劍。齊眉棍、三節棍和九節鞭比起拳擊套來，絕對要厲害得多。可是，這三分鐘兩塊錢的價格確實很有誘惑力；再說，牠雖然不能反撲，卻能躲閃，牠不相信自己就那麼笨拙，躲不開這些棍棒鋼鞭。要治好小主人阿炯的病需要錢！牠不再猶豫，縱身一跳，輕輕跳進石灰圈裏。

「好，有種！」橫肉豎起一根大姆指，「我先來，醜狗，瞧著，我們是先給錢後交手。」他說著，掏出一張兩元的紙幣塞進牠的白瓷碗裏。

十二　挑戰

「這真是一條要錢不要命的狗！」雀斑少年哭喪著臉說。

橫肉用齊眉棍點著地，身體凌空倒懸翻進石灰圈來。

胸毛摘下手表，說：「我來當裁判。記住，三分鐘一場，預備——開始！」

阿炯午睡醒來，那位好心的阿姨和宋叔叔都上班去了，房間裏就他一個人，十分靜謐。他寂寞無事，便拿著二胡摸索著走到陽臺。

陽臺的水泥欄杆上擺滿了花盆，還掛著兩隻鳥籠，他聞得著花香、聽得見鳥語。一隻蝴蝶輕柔地拍扇著翅膀，從他面前飛過，他想像著那一定是隻美麗的金鳳蝶，正飛向五彩繽紛的菊花叢中。

秋天的陽光格外溫暖，他站在陽臺上，伸手撫摸著落在眉梢和額頭間的陽光，柔滑得像錦緞，細膩得像大理石。他用竹棍在陽臺的鐵門背後找到一條小板凳，坐下來調理了一下胡琴。已有兩三天沒拉琴了，弦有點鬆弛，手也有點生了，拉了兩個小時，手指才變得靈活。

二胡是他的慰藉，是他的寄託。他又拉了個《漁火唱晚》，想排遣心中的鬱悶。他患的是重感冒，打了幾天針，吃了幾天藥，燒已經退了，胃口也好轉，吃得下饅頭和米飯了，除了身體有些軟外，已大致痊癒。那位現在還不知名的阿姨待他格外好，替他換洗衣裳，還餵他吃飯。他暫時告別了流浪街頭拉琴行乞的生涯。

但他不可能永遠住在好心的阿姨家的。他曉得，她是可憐他、同情他，才把他接到家來住的。宋叔叔說得很明確，讓他在他們家養幾天病。宋叔叔的弦外之音是，只要他的病一好，就要請他離開。他不是小無賴，也沒任何理由賴在這裏不走的。

今早上宋叔叔已經跟他說了，要買後天的汽車票送他回麗江的金竹寨去。他打心眼裏不願回爸爸和繼母胖菊的身邊，可不回金竹寨，他只能回陰暗的橋洞去，找不到媽媽，萬一再生病，怎麼辦呢？他覺得自己彷彿置身在一個濃霧彌漫的山谷，天上地下、前後左右白茫茫一片，哪兒有路，路在何方？迪克不在身邊，唯一可以傾吐苦衷的就是師傅錢老瞎留下的那把二胡了。

他完全沒意識到自己是在拉琴，在內心激情的牽引下，他的左手指隨著起伏的心緒，錯落有致地在弦把上移動著，右手潮漲潮落般地拉起了馬尾弓。繃在琴筒上的蟒蛇皮顫抖著，發出一串和諧優美、委婉動聽的琴聲。

他想起媽媽倩巧笑靨，想起兒時在媽媽馨香的懷裏撒嬌嬉鬧，弓弦間湧出一陣抒情韻味十

足的行雲流水般的旋律。春燕呢喃、雞雛脫殼、喜鵲嘰喳、杜鵑咕咕、黃鶯婉囀、馬嘶狗吠、鹿呦牛哞，二胡維妙維肖地再現了農家子弟樂陶陶的圖景。

突然，他用抖弓拉出一串不和諧音。媽媽離家出走了。一種銳利的悲痛在琴弦間驟然爆發。他忘情地拉著，音節劇烈跳動跌宕，像急雨敲瓦、如暖瓶炸裂、像鏽鐵釘刻劃著玻璃、如乾澀的車軲轆行駛在凹凸不平的路面上。寬闊綿長的愛的河流，被命運之神掐斷了活水源頭，流量頓減，滔滔大河變成涓涓細流，又變成時斷時續的小溪，最後成爲一條風沙，彌漫乾涸荒涼的古河道。

一場高燒過後，他從光明世界跌入永恆的黑暗之中。一顆明珠被黑沙吞沒，洶湧的濁淚在長夜滴嗒，枯葉被淒厲的北風從枝頭吹落。盲人的苦難從壓抑扭曲、變形怪誕的旋律，恰如其分地被表達出來。

哦，在那高低不平的鄉間土路上，在那個意想不到的黃昏，迪克來到他的身邊。琴弦活靈活現摹擬出伢狗圓潤的吠叫，冰層被暖流沖蕩，浪子找到歸宿，孤獨者找到了伴侶，節奏宛如一首風格飄逸的讚美詩。

他被福鑫茶館的老闆驅趕出門，禍連迪克。高音和低音在中間音階相互兇蠻地碰撞，長音和短音組合成迷惘和渴盼的心境。他帶著迪克離家出走尋找新的希望。尖嘯的寒風、凜冽的雪塵和死林恐怖的路，像巨型蜘蛛編織在黑夜中的一張巨網，要吞噬一隻疲倦的雙翅被淚水蘸濕了的小鳥。小鳥在徒勞地掙扎。

遙遠的天國傳來縹緲如仙的樂聲，那是希望在召喚。身心交瘁的小鳥恢復了些許生氣，終於掙脫蜘蛛網，又艱難地朝前飛翔。滑動的馬尾弓裏，小鳥又幻化成孱弱的綿羊在雪山上彳亍攀爬。他靈巧的手指間傳出一聲雪地孤豺淒豔的長嚚。迪克在豺性和狗性間徘徊，靈魂差點被分裂。狗的忠貞的天性終於戰勝了豺的邪惡的引誘，渾厚華麗的琴音盡情舒展，生死相依的愛像把鋒利的寶劍，刺穿了語言的障礙，使得友情的暖流回蕩在狗心和人心之間。

哦，琴弦變奏出一串沈重的苦澀的低音，饑餓像匹脫韁的野馬在狂奔亂跳。在乞討中，心靈像水晶般純潔透明的迪克，被迫像小丑般做出許多愚蠢滑稽可笑的舉動來。粗野的節奏、刺耳的旋律象徵著張牙舞爪的病魔，迪克用一顆愛心感動了好心的阿姨……淚水湧出阿炯灰白無光的眼眶，滴落在銀白色的琴弦上，滴落在顫抖的馬尾弓上。

聲音變得潮濕，旋律變得凝重，朋友這個古老的概念被賦予嶄新的意義。一條用千年不化的凍土鋪墊的小路仍沒有盡頭，也許在人眼和狗眼都看不見的天涯盡頭，這條小路會蜿蜒通向七彩雲霞鋪就的陽光大道；儘管路途風雪瀰漫、障礙重重，一個雙目失明的少年和一條被世俗偏見指責為醜狗的狗互相攙扶著，依傍著，安慰著一步一步朝前邁進……

馬尾弓拉出最後一串亦悲亦喜亦哀亦樂的樂聲，消失在現實世界的燦爛陽光中……

阿炯彷彿整個生命都傾注在這把二胡上，心裏鬱結的愁緒和苦悶在這一刻間，都通過琴弦酣暢淋漓地吐瀉盡了，沈重的心情奇蹟般地變得輕鬆。他還是一副拉琴的姿勢，還是一雙沒有生氣的眼睛淚漣漣地凝望著遠方。

「好，拉得好！」突然，寂靜的房間裏響起一個男人發自肺腑的激動的叫聲。

阿炯被嚇了一跳，怪自己太專心拉琴了，連宋叔叔回家開門的聲音都沒聽見。他有點怕宋叔叔，原因並不完全是因爲宋叔叔曾經在紅蕾劇場的舞臺上很粗魯地差點把他推倒。那是過去的事，過去的事就讓它過去吧，阿炯還沒有學會記仇呢。

平心而論，自他住進這個家，宋叔叔對他還是不錯的，吃飯時，老往他碗裏夾葷菜，還給他洗澡擦背，可他總覺得宋叔叔跟他說話的口氣不像阿姨那麼熱呼呼，而是冷冰冰的，彷彿他和他之間隔著一層冰牆，使他無法對他產生親近感。因此，聽見宋叔叔突然闖進陽臺，他急忙拭乾淚水，將胡琴收起來躺在膝蓋上，說：

「宋叔叔，對不起，我吵著您了吧。」

「不，阿炯，你拉得真不錯，音色圓潤、感情飽滿、技法嫻熟。阿炯，你是跟誰學的二胡？」

「是……是跟……不，是我自己跟著收音機學拉的。」阿炯本想說出錢老瞎的名字，但一想到師傅生前的囑咐，就撒了個謊。

「自學成才，不簡單，不簡單。」

「生活逼的。要吃飯，要活命，就要拉琴。」

「我聽說過你的遭遇，可我沒想到，你的二胡會拉得這麼好，已達到專業水準了。」

「這……又有什麼用呢？」

「會有用的，相信我。唔，對了，我還想問你一件事，你剛才拉的是什麼曲子？」

「《漁火唱晚》。」

「你開頭拉的是《漁火唱晚》，後來你又拉了一首長曲，叫什麼名字？」

「宋叔叔，我……我是拉著玩的。」

「不，我還懂點音樂。這是一支內涵獨特的曲子，流露的感情也很複雜，有古曲的力度，又有現代的節奏，旋律優美而又深沈。可惜我孤陋寡聞，還是第一次聽到。告訴我，阿炯，這叫什麼曲子？」

「宋叔叔，我真的不曉得這叫什麼曲子。」阿炯惶惑地搔著頭說。

「是有人教你拉的？」

十二　挑戰

「不是。」

「是你從收音機裏學來的？」

「也不是。」

「那你……」

「宋叔叔，剛才我坐在這裏，覺得有許多心裏話要跟人說，可沒人跟我聊天，我就……我就……」

「你就跟你心愛的二胡聊天，是這樣嗎？」

「是的，宋叔叔。迪克是我的第一朋友，胡琴是我的第二朋友。」

「迪克，哦，就是那條長得像狼似的狗嗎？」

「不，宋叔叔，牠是天底下最好的獵狗，我覺得牠長得很美很美。」

「對對，是我說錯了。是條很漂亮很英俊的獵狗。」

「要是沒有迪克，我肯定活不到今天的。」

「阿炯，我很同情你的不幸，可我更欣賞你在逆境中奮發自強的精神，還有你和迪克之間生死不渝的愛，太棒了，太有宣傳價值了。」

「宋叔叔，迪克早晚都對著窗戶吠叫，我知道，牠是在向我道早安和晚安。牠思念我，我也想念牠。」

「你是說，你把對迪克的思念之情化成音符，在琴弦上表達出來了？」

「我想起我過去的生活，想起和迪克相處的那些日子，我一面想一面拉。」

「即興創作，怪不得我從沒聽過這首曲子。阿炯，你沒撒謊吧？」

「宋叔叔，我幹嘛要騙你呢。」

「那你趕快再拉一遍，別把旋律給忘了。」

阿炯天生好記性，一般的曲子拉過一遍即能記熟。他調試好琴弦，又拉了一遍。

「好極了。段與段之間調性的轉換還有點生硬，序曲太長，而華彩樂段似乎還可稍稍延長並增加些快樂的氣氛，要讓觀眾感覺到光明和希望。這些小毛病是很容易修改好的。我搞了十幾年音樂，我敢說，阿炯，你創作了一首很了不起的二胡獨奏曲。」

「宋叔叔，這……有用嗎？」

「當然。阿炯，我跟你商量個事，你的病快好了，我想讓你到紅蕾劇場去演出，怎麼樣？」

「宋叔叔，你……你沒哄我玩吧。」

「我在說正經的呢。我是劇場的經理，又是歌舞團的團長，挑演員由我說了算。」

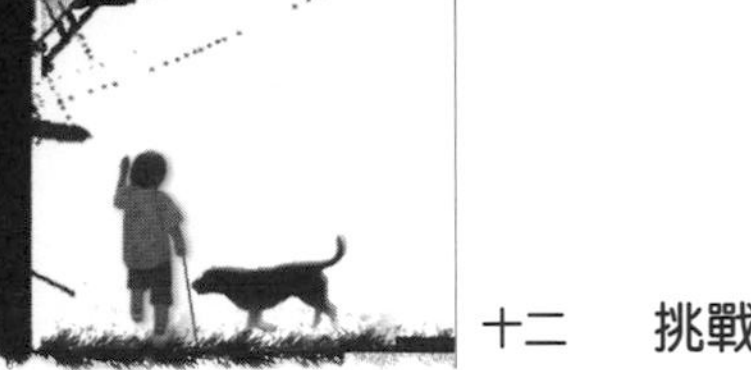

十二　挑戰

「宋叔叔，歌舞團管飯嗎？」

「只要演得好，我們還會給你發工資的。當然，按規定，先要有半年的試用期，以後，我會想辦法聘請你當正式演員的。」

「我當然願意，一百個願意。宋叔叔，我……我這不是在做夢吧。」

「阿炯，你比我們團任何演員都更有資格登上舞臺。」

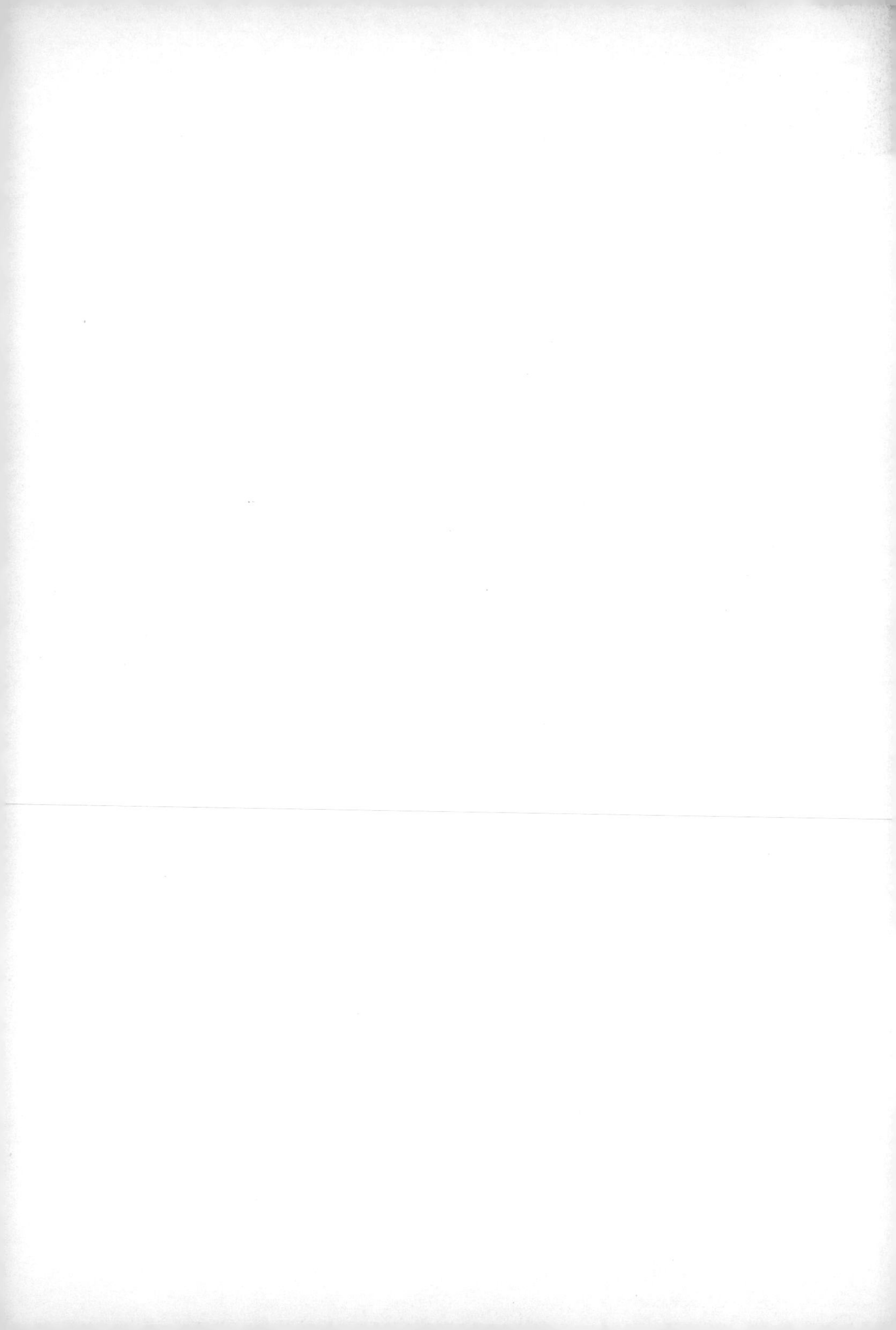

十三　生死之鬥

牠蹲在白線上，緊張地望著圓圈中央的橫肉。橫肉輕鬆地笑笑，兩隻手握住齊眉棍的正中間，一扭腰，棍子便前後左右旋轉起來，呼呼風響，霎時間，一根棍子變幻出無數根棍子來。

橫肉大步流星朝牠逼近，走到離牠還有兩步遠的地方，突然收起棍子，然後朝牠砸來一棍。

這一棍來勢兇猛，挾風拽雷。牠等到這當頭一棒快要劈到腦門的一瞬間，敏捷地扭身一跳，跳出一米多遠。咚，棍子砸在草地上，砸出個小泥坑。

還沒等牠有喘息的機會，橫肉的雙腿突然由馬步改爲弓步，棍子貼著草皮，唰地一聲朝牠橫掃過來。牠只得就地凌空躥跳，好險哪，棍子撩起的疾風捲著被劈碎的草葉濺了牠一屁股。幸虧牠曾在山野裏闖蕩過，在與虎豹豺狼等猛獸的周旋中學得一手躥跳撲躍的硬功夫，原地凌空一躥，足足躥起半丈高，才倖免被砸斷後腿。

這絕不是什麼體育競賽，也不是一般的擂臺表演，實實在在是要往死裏整牠。牠這才明白雀斑少年的提醒和擔憂絕非多餘。現在，想中途退場也已經晚了，牠只有硬著頭皮堅持到底，

「夥計，加油哇，已經一分鐘過去了！不，一分零十秒了。」胸毛看著表叫道。

橫肉兩條又粗又黑的眉毛皺成了疙瘩，流露出內心的焦急。也許他太急於求成了，也許他意識到自己身爲一條壯漢，又有棍棒在手，對付一條被圈在有限的空間而又明文規定不准反撲的狗還幾次落空，實在有失面子，便惱羞成怒，也不顧章法了，提起齊眉棍，當作紅纓槍，朝牠追攆，猛刺猛捅。

真是個四肢發達、頭腦簡單的傢伙。當頭豎剪、貼地橫掃，興許對牠還有些威脅，這刺和捅簡直就沒什麼名堂了，只刺捅到斜陽下被拉長的身影，連牠的狗毛都沒碰掉一根。牠輕鬆地沿著石灰線奔跑著。

橫肉還會自作聰明，順時鐘方向追攆了一陣，突然來個一百八十度急轉彎，逆時鐘朝牠猛追。人的拐彎速度比起牠狗的拐彎速度來，起碼要慢半拍。他拐牠也拐，使他愚蠢的詭計每次都落空。他還追趕得氣喘吁吁，急得滿頭大汗。

「還剩五十秒了，夥計，加油哇。四十秒……三十秒……二十秒……」胸毛高聲讀著時間，「十五秒……五秒……」

橫肉不知從哪裡爆發出一股邪勁，端著齊眉棍，呀——像日本武士似地發出一聲豬嚎般的吼叫，雙腳一蹦，整個笨重的身體騰空躍起，朝牠撲刺過來。

那氣勢，彷彿是要與牠同歸於盡。這犯得著嗎？牠在奔跑中突然收斂腳步，他又撲了個空，身體倏地飄出石灰圈，重重摔在地上，跌了個嘴啃泥。

草地上爆起一陣哄笑。

嗶，哨子吹響了。「時間到。」胸毛舉起手來宣布道。

青龍上去將橫肉攙扶了起來。

橫肉拍打著身上的草屑泥星，悻悻地說：「他媽的，這不是狗，是狼和狐狸的雜交。」

「行了，看我的吧。」胸毛亮起三節棍，舞蹈般地跳進石灰圈去。

嗶，哨子一響，胸毛就一口氣掄出十來棍。看來，胸毛吸取了橫肉失敗的經驗教訓，並不盲目追打，而是站在圓圈中央，三節棍左右揮舞，封鎖住兩側的空間，然後，一步一步沈穩紮實地朝牠逼近。

三節棍比齊眉棍長出一截，再加上胸毛儘量延伸手臂和身體的長度，差不多棍梢就碰到石灰線了。牠已無法再往外退，再退就退出圈外犯規了。牠很明白犯規意味著什麼，前功盡棄，錢也拿不到。

眼看三節棍就要砸到牠的狗腰上來了，牠靈機一動，佯裝著要往左側踩著石灰線躥出圓圈去，胸毛果然上當，蹲起馬步，朝左側連抖三下手腕，唰唰唰，石灰線草地上出現三個凹坑。

牠卻趁他往左側揮棍的當兒，微微曲起四肢，一溜煙從他的胯下鑽了出去。

「一分鐘……一分零十秒……」橫肉讀著表。

胸毛用困惑的眼光看了牠一眼，搔搔後腦勺，靜穆了大約十來秒鐘，又開始朝牠進攻。

這一次，他改變了策略，不再站立中央封鎖兩翼，而是走不規則的曲步，忽而斜線進逼，忽而長驅直入。那棍子也不再豎掄橫掃，而是忽而分解成三根短棍，曲裏拐彎地朝牠敲擊，忽而又合併成一根超級長棍，刺劈剁捅。

牠面對這變幻莫測的棍路，未免有點心慌。牠不怕窮追猛打，就怕這種鬼鬼祟祟的算計。人心叵測，狗心是無法和人心匹敵的。牠瞧著胸毛兩手握著兩截短棍，像擂鼓般地朝牠打來，剛想踩著石灰線溜走，唰地一聲，短棍在一剎那變成長棍，牠來不及跑遠，只覺得屁股蛋重重挨了一下，像被人猛踢了一腳，趔趄著把穩不住方向。

胸毛瞅準時機，又以泰山壓頂之勢砸來一棍，正砸在牠脊背上，疼得牠趴了下來。

「兩分零二十秒……兩分零三十秒……」橫肉通報著時間。

牠趴下不動。牠以爲胸毛也會像雀斑、蘆柴棍和淡翳鬚三位少年一樣，對已被打趴下的牠讀八秒以示寬容。牠錯了，這石灰圈裏不興讀八秒的做法，有的卻是痛打落水狗的精神。青龍在圈外揮著拳頭叫：「打得好，往死裏打！」胸毛眼光裏沒有任何憐憫之情，高舉起棍子像武

十三　生死之鬥

松打虎般地朝趴在地上的牠打將過來。牠恍然大悟，這是場你死我活的拚鬥！

牠趕緊跳起來，不再裝死了，想故伎重演，朝胸毛胯下鑽出去。牠根本沒料到，胸毛這武松打虎的架勢也是虛晃的一招，他那叉開的雙腳其實是個陷阱。牠剛一頭鑽進去，那三節棍突然彎曲成三角形，像只枷鎖，不偏不倚套進牠的狗脖頸。

胸毛兩隻手兇猛地朝外扳扭，連接三節短棍之間的鐵搭鏈被扳扭得喀嚓喇響。三角形無情地縮小收緊，卡得牠無法跳躍、無法吠叫、無法喘息。牠已感覺不到疼痛，狗舌被卡出嘴洞、狗眼被卡爆出眼窩、狗鼻被卡歪成小寫的字母L。牠四爪盲目地刨抓著，揚起無數草葉碎片。

「好，還有三十秒，卡，卡斷牠的狗脖子！」橫肉手舞足蹈地歡叫起來。

牠和胸毛是面對面地蹲著。牠看見胸毛陰陰地冷笑著，眼睛裏流露出一種屠夫式的冷光，牠嗅聞到了一股屠宰場的血腥味。牠已不能呼吸，再也堅持不了幾秒鐘，就會被卡斷脖子的。牠現在只剩下一個辦法拯救自己，就是以牙還牙。

牠卯足勁，猛蹬後腿朝前躥跳。牠無須躥得很遠，胸毛的鼻子離牠的狗牙只有半尺遠；牠尖利的犬牙咬得嘎巴嘎巴響，朝他蒜頭型的鼻子噬咬過去。胸毛畢竟捨不得用自己的鼻子來換牠這條狗命，當牠的犬牙剛觸及到他鼻尖上的汗珠，他便媽呀驚叫一聲往後跌倒，雙手扔了三節棍，捂住自己的鼻子。

牠趁機從三角形棍枷中解脫出來。

「時間到了！三分鐘時間到了！」雀斑少年高聲呼叫起來。

「對，時間到了，時間到了！」蘆柴棍和淡鬍鬚也齊聲高喊。

「小雜種，少管閒事！」青龍揮動九節鞭，粗暴地吆喝道。

「就算時間到了，醜狗也犯規了，牠不能張嘴咬人的。這局不算，要重新來。」橫肉說。

「對對，牠要咬我，這違反規則，我不能給錢。」胸毛從地上爬起來，蠻不講理地從白瓷碗裏收回了一張兩元面額的鈔票。

「羞不羞，羞不羞，三個大人欺負一條狗。」雀斑少年起鬨道。

「狗沒有咬著你的脖子，是你自己嚇倒的。別耍賴皮！」蘆柴棍舉著拳頭喊著。

牠的狗脖頸還火辣辣發疼。牠好不容易才掙得到的錢怎能讓胸毛又輕易搶回去呢。牠咆哮一聲，躥到胸毛面前，呲牙咧嘴作撲咬狀。牠的尾巴豎得筆直像桿旗幟，表達了牠要奪回那張錢幣的不可動搖的決心。

「你這條惡狼投胎的醜狗，你敢咬，我砍下你的狗頭！」胸毛一面後退，一面色厲內荏地恫嚇道：「你犯規了，你還要搶人哪！」

牠瞪起狗眼，瞄準胸毛脖子上像棗核般上下滑動的喉結。牠咄咄逼人的眼光有一股野性的

威懾力。

「算啦，跟這條瘋狗沒有什麼好計較的。給牠錢。」青龍大概覺得形勢不妙，站出來勸解道。

胸毛將那張兩元的紙幣揉成一團，狠狠朝牠狗臉上擲來：「這兩元就算給牠這條瘋狗治瘋病！」

牠才不在乎他在語言上占上風呢。管他這錢是朝牠扔來的還是奉送給牠的，一概照收不誤。牠不計較形式，牠只注重內容。牠叼起紙團，送回白瓷碗。

「好了，算你兇。」青龍陰險地笑笑說，「醜狗，你別忙著走，還有我呢。講好打三局的，我是最後一局。喲，我們是講信用的，我先付你錢。」他說著，掏出一張兩元鈔票當著牠的面塞進白瓷碗，然後，大踏步跨進石灰圈。

說心裏話，牠不願意再跨進石灰圈和他們作生死較量了。螻蟻尚且偷生，何況狗乎？可牠又不願被他們恥笑爲是單方面毀約的懦夫、不講信義的癩皮狗。牠搖搖被三節棍夾傷的脖頸，硬著頭皮也跑進圓圈去。

把九節鞭比喻成一條狡黠的銀環蛇，一點也不過分。鞭梢那穗鮮紅的絡纓就像蛇信子。青龍嫺熟的抖腕捽掄技巧，使用九節鞭靈巧自如。牠躲不勝躲，防不勝防。他做了個白鶴亮翅的動作，甩出一個勁花，叭地一聲，牠左耳廓像蛇咬了一口，熱麻麻，被打豁了軟骨，滴下一串狗血。牠跳騰躥滾，使出渾身解數，避開這讓牠眼花撩亂的襲擊。

青龍不慌不忙又擺出個大鵬擒兔的架勢，使出一招肩脖花；那簇蛇信子般吞吐跳動的絡纓在牠脊背上、屁股上和四肢外側不停地噬咬著。

「一分零三十秒，一分零四十秒……」

難以忍受的痛楚把時間拉長了。橫肉和胸毛在圈外熱烈地鼓掌叫好。

牠也是血肉之軀，無法忍受這精神和肉體的雙重折磨。牠在那簇絡纓又飛臨頭頂時，一縱身撲躍上去，咬住了九節鞭的鞭梢。牠狠狠嚼咬了一下，想把它咬碎。它堅硬無比，把牠狗牙都硌痛了，也咬它不爛。牠只能緊緊叼住鞭梢，不讓這蛇一樣的九節鞭揮舞起來。

青龍使勁拔著，牠拼命拉著，就像在展開一場拔河比賽。牠用四隻利爪摳住草根，借著大地的力量，支撐住自己的身體。青龍雙手抓住九節鞭的另一端，竭力往外拔，面孔漲得通紅。

「兩分零五秒……兩分零十秒……兩分零十五秒……」雀斑、蘆柴棍和淡鬍鬚三位少年異口同聲地代替橫肉讀著表。

時間已剩下不多了，堅持就是勝利。

突然，青龍靈巧地扭轉身體，將九節鞭扛到自己肩上，像農夫拉犁、砂丁拉礦、船工拉縴

般拉動九節鞭。

牠到底只是條半人高的狗，被拉得身不由己往前移動。犬牙也被拉得快從牙槽裏蹦跳出來了。牠只好鬆嘴，結束這僵持狀態。不料，牠突然鬆嘴，青龍沒防備，用力過猛，摔出圈外。

傳來三位少年嘲諷的笑聲。

青龍惱羞成怒，飛快地從地上滾爬起來，將九節鞭急風爆雨般地朝牠掄打。童子拜觀音，嘩，柔軟的鞭梢纏住了牠的狗尾巴，雖然沒能把尾巴拉斷，卻也把狗屎都拉出一坨來了。這是莫大的恥辱。

還沒等牠想出回敬的辦法，仙姑送壽桃，九節鞭在空中彈跳了一下，又纏住牠的右腿，把牠扯倒在地。沒等牠打滾翻爬起來，點手喚羅成，鋼鞭又收回去彈出來落到牠身上。

那鞭梢似乎被施了魔法，像個茹毛飲血的小精靈，一會兒打破了牠的眼角，一會兒拔掉了牠的狗毛。牠痛得在草地上打滾，黑色的狗毛在空中飛旋。不到二十秒的時間，牠身上已被抽出七、八個滴血的傷口。

「兩分四十秒……兩分四十五秒……兩分五十秒……」雀斑、蘆柴棍和淡鬍鬚三位少年讀得又急又快，聽得出來，他們恨不得推動地球轉得更快些。

滴鈴鈴，滴鈴鈴……清脆的自行車鈴聲急促地響著。「住手！」傳來一個女人嚴厲的喝聲。

青龍一驚，迅速收回了九節鞭。牠也趁機從地上翻爬起來，一看，原來是牠認識的穿綠呢大衣的好心腸的女人。她柳眉怒豎，生氣地指著青龍說：「你們怎麼這樣殘忍，毒打這條醜狗。」

「這不關妳的事。」胸毛滿不在乎地說。

「走，我們到派出所講理去！」

「妳不瞭解情況。」青龍慌忙出來解釋說，「我們付給牠錢，牠陪我們練功夫，兩廂情願，公平交易，沒有欺負牠的事。」

「多管閒事多吃屁。」橫肉拎起齊眉棍，吹了聲口哨對胸毛和青龍說，「走吧，夥計，時間也到了。拜拜。」

三個成年人大搖大擺消失在西華寺公園的綠蔭道上。

「三個大人欺負一條不會講話的狗，算什麼本事，抖什麼威風！」她仍忿忿不平地說。

牠叼起那只盛錢的白瓷碗，走到她面前，搖動尾巴。

「唉，迪克，你怎麼能爲了錢，連命都不顧呢。瞧你身上，到處都流血了。」她將白瓷碗裏的三張兩元的紙幣掏出來，摸摸牠的額頭，「我曉得，你是爲了你的小主人阿炯有錢治病，

才去當人家練功夫的活靶子的。你真是一條好狗啊。瞧，你的耳朵也打裂了，疼嗎？」

牠高昂著狗頭。對牠來說，只要能拯救小主人阿炯的性命，牠什麼都願意幹。

「迪克，你再也不要去幹這種傻事了。我告訴你，阿炯的燒已經退了，我們還準備讓他登臺演出，還要讓你當他的配角演員。我就是專門出來找你的，走，迪克，我們回家去！」她的聲音娓娓動聽。

牠跟在天藍色自行車後面，踏著晚霞走出公園。但願小主人的好運氣從此開始。

宋英學是中央音樂學院最後一批工農兵學員，在學校學的是歌曲創作，畢業時，文革已經結束，就像破產企業所發行的股票，行情大跌，被分配到蟠龍歌舞團當編導。

蟠龍歌舞團是個區級文藝團體，是當年學樣板戲時湊合起來的，級別低、設備差、人員雜，全靠著吃大鍋飯才勉強生存下來。前年突然政策變了，說是專業文藝團體要搞經濟核算，要搞承包經營。大鍋飯改成小鍋飯，鐵飯碗換成泥飯碗，老團長一看形勢不妙，提前退休撂了攤子，紅蕾劇場前任經理也託關係，全家遷居海南溜之大吉。一時間，歌舞團成了無頭鳥，成了一盤散沙，承包方案下來了兩個月，還是無人敢問津。

區委急眼了，便亂點鴛鴦譜，指名道姓要他宋英學牽頭承包，理由很牽強，說他宋英學是名牌大學畢業生，應當爲國分憂。他無從推辭，只好應允下來。

不當家不知柴米貴，上了台他才知道，坐在這把交椅上猶如坐在火山口。光自負盈虧這一條就險些要了他的命。三流以下的演員陣容，五十年代的音響燈光，歷次運動遺留下來的是非漩渦，吃大鍋飯養成的那股惰性，如何排演得出能叫座的優秀節目？再加上這兩年電視越來越普及，人們在自己家裏靠在沙發上，便能舒舒服服地欣賞到螢幕上播放的全國一流水準的歌舞，誰還會吃飽了撐著花錢到劇場坐硬板凳來看三流演出？有時一晚上才賣出十幾張票去，台下的人還沒臺上的人多，連貼海報的錢也收不回來。

當然也不是完全沒賺錢的門路，假如允許跳脫衣舞，瞧瞧，不場場爆滿才怪呢。可誰敢哪！去年五月排出了白衣天使的舞蹈，十來個女演員裏面穿著黑色的比基尼泳裝，外面穿著潔白透明的薄紗，好傢伙，紅蕾劇場門口的黃牛票翻到十元一張。但好景不長，才演了兩場，便被市文化局通報批評，說蟠龍歌舞團違背了社會風俗，勒令停演。他連寫了三份報告才算勉強過關。

又要方向正確，又要能賺錢，就像又要馬兒跑得快，又要馬兒不撒野一樣，理論上是說得

十三　生死之門

通的，實踐起來卻太難了。沒辦法，只好打馬虎眼，既然是多演多賠，少演少賠，乾脆來個不演不賠。劇場白天放錄影帶，演員晚上辦交誼舞培訓班，好歹有點收入，沒讓全團幾十號人去喝西北風。上級主管部門只要他宋英學政治上不捅漏子又不找上門借錢發工資，也就睜隻眼閉隻眼。

可惜這種逍遙日子過不長。忽然形勢發生了變化，說專業文藝團體放錄影帶、辦舞會是副業，演出是正業，只能以副養正，以副促正，不能以副代正，並硬性規定每年要演出兩百場以上，經濟體制不變，仍然自負盈虧。沒辦法，只好硬著頭皮排演節目。才演了三個月，劇場便債臺高築，靠向銀行貸款發工資。上面指責說蟠龍歌舞團管理不善，演員因領不到獎金而埋怨領導無能，他宋英學成了關在風箱裏的老鼠——兩頭受氣。

也難怪賣不出票去，都是些什麼節目呀。歌舞劇《一車化肥》，光聽這劇名就缺乏美感，說是兩個不同民族的寨子先爭後讓急需的化肥，完全是龍江頌的翻版；納西族舞蹈《木鼓》，雖然有很濃的民族特色，卻是從六〇年代保留下來的傳統節目，演了無數次，快老掉牙了；舞蹈《邊疆晨曲》，一群穿少數民族服飾的姑娘在臺上跳迪斯可，不倫不類，不招來鼓倒掌算是磕頭碰著天了；民族樂器合奏《花好月圓》，純粹是混時間的節目；亞萍的女聲獨唱，嗓子像糖精化的水——假甜，無非是學著電視上女歌星的唱腔，東施效顰，最大的本事就是把通俗歌曲唱出庸俗……一個歌舞團沒有台柱演員，沒有壓軸好戲，就像賭徒沒有本錢。

上級主管部門已傳出話來，蟠龍歌舞團要再不改變現狀，只能動外科手術了。所謂外科手術，無非就是撤換領導。假如真的被開除，他宋英學臉往那兒擱，今後還怎麼做人？急得他像眉毛拴住了火炭。

真是天無絕人之路。就在他急得幾乎跳樓時，那天他偶然提前一個小時下班，回家剛巧碰上阿炯在拉琴。沒想到小乞丐會拉得這麼好，一曲二胡獨奏像一粒火星掉進了乾柴垛，在他宋英學的心中又熊熊燃燒起了希望的火焰。

他雖然搞音樂創作缺少天賦，但到底是中央音樂學院科班出身，又在專業文藝團體廝混了多年，在這方面是個不折不扣的內行；好比末流廚師，做酒宴很差勁，做家常小菜卻綽綽有餘。他立刻聽出阿炯的曲調中有一種深沈的美，有一種出污泥而不染的純淨，有一種對苦難命運的不屈抗爭，絕對是一塊未經雕琢的璞玉，絕對是一株開在荒野未被人發現的蘭花。

特別是阿炯和醜狗之間童話般的友情，在人與人關係越來越被銅臭所污染的今天，會產生震聾發聵的效應，能滿足人們渴盼真情的心理需要。尤其重要的是，阿炯雙目失明，殘疾兒童容易引起人們的同情和憐憫，盲乞丐苦難的身世和悲慘的遭遇最能打動觀眾的心，眼睛上那兩塊白翳就是最好的活廣告。假如真的能把阿炯捧成明星，不僅能使蟠龍歌舞團擺脫目前這種借

債度日、舉步維艱的境地，他宋英學也會成爲文藝界的伯樂。

先有伯樂，然後有千里馬。他立刻著手安排阿炯登臺演出。他是歌舞團的團長，又兼著紅蕾劇場的經理，有權隨時聘請演員和更換節目。

當然，現在社會上要辦成一件事，不可能沒有阻力。尤其是在爭名逐利的文藝團體，抬捧一個角色，勢必會得罪其他演員，可他不怕，爲了振興蟠龍歌舞團，得罪就得罪了。

首先是要把混時間的節目民樂合奏《花好月圓》撤下來，勻出時間好安排阿炯的二胡獨奏，樂隊原班人馬改爲給阿炯伴奏。他在會上剛把意圖說完，叫老楊的大提琴手就笑嘻嘻地說：

「前幾天剛被我們攆走的小乞丐，今天搖身一變就成了我們眾星捧月的主角，這就叫世事多變化。」

「深刻，深刻！」黃大哲學家高深莫測地豎起大姆指說，「老楊說得真是深刻啊！」

這傢伙一副玩世不恭的嘴臉，狗嘴裏吐不出象牙。宋英學在心裏罵了一句，但臉面上也不好太發作，就說：「諸位，小瞎子的演技確實高超，再加上他苦難而帶傳奇色彩的身世，我想他登臺後一定能出奇制勝的。希望諸位能顧全大局。要是我們再推不出讓觀眾耳目一新的節目，別說發獎金，下個月的工資恐怕也開支不出了。」

「爲小乞丐伴奏，我可是出了娘胎第一遭呀。」老楊苦笑著說。

「會習慣的，」他說，「就這樣定了。散會。」有時候，及時散會比開會本身更要緊。

散會後，在廁所裏碰到另一位二胡手老章。老章無精打彩地說：「宋經理，我這段時間胃病又犯了，醫生讓我去住院，你看……」

蟠龍歌舞團所有的人不喊他宋團長，而喊他宋經理，也許是覺得經理這個頭銜比較時髦吧。

他知道老章患有慢性胃炎，這是一種可輕可重、可急可緩、可以用幾分錢一顆山楂丸或幾角錢一包胃藥就治癒、也可以使任何高級的進口藥品和先進的醫療手段都發揮不了作用的特殊病症，是否住院全看病情以外的需要。他明白老章對他撤掉《花好月圓》有意見，故意要拆他的台。好啊，這世界誰怕誰呀。他說：

「老章啊，身體第一重要，有病不能拖，得趕快治，需要住院就住院。」

死了張屠夫，不吃渾毛豬。沒有你老章，蟠龍歌舞團這只小小的地球照樣轉。

俗話說，三分戲七分捧，一個演員要在社會上叫響，宣傳手法很重要。宋英學打算在阿炯首場演出時，把昆明所有新聞媒體都邀請到。另一個宣傳手段就是在紅蕾劇場正門口那塊約有對開大的廣告欄裏張貼醒目的海報。很自然，需要把那張老海報揭換下來。

十三　生死之鬥

想不到這也惹出了一點小小的麻煩。老海報上面畫的是獨唱女演員亞萍的倩影，猩紅的嘴唇，婀娜的腰肢，要飛吻又沒飛吻起來的忸怩姿態，性感得讓正派人不敢正眼去看；尤其糟糕的是，廣告設計者用現代派變形手法，將一條白嫩的玉腿佔據了三分之一的畫面，實在有礙觀瞻。海報的廣告詞也寫得很肉麻，什麼一睹芳容、一飽眼福；一支金曲、一夜消魂——春城第一歌星亞萍小姐登臺獻藝。

假如這個港臺味很濃、商業性很強的海報確實有票房價值倒也罷了，問題是這小妞的嗓子實在難以恭維，完全是捧不起來的劉阿斗，海報做得如此響亮，觀眾仍寥寥無幾。過去是因為找不到更合適的節目和演員去登海報，矮中取長，才便宜了亞萍。有位刻薄的觀眾大概是上了海報的當，竟投訴監察機關，告紅蕾劇場是掛羊頭賣狗肉。無論從哪個角度考慮，都該把這張海報揭換下來。

新海報當然是要竭盡全力宣傳阿炯。

他到廣告公司請了一位畫家，和團裏的美術人員一起精心設計和製作了一張別開生面的新海報。沒有性的刺激和性的挑逗，也沒有強烈刺眼的色彩，背景為黑的山崖和白的積雪，冷色處理，給人一種莊嚴肅穆感。畫面正中是一位衣衫襤褸的少年正拉著胡琴，表情寧靜專注，用兩隻瞳仁上佈滿白翳的眼睛凝望著一輪正噴薄而出的紅日。少年的身後，是一條若隱若現的狗的幻影。幾縷陽光灑落在盲少年和狗的身上，幾筆暖色調給人一種欲寒還暖的感覺。

廣告詞也一掃嘩眾取寵的矯飾與虛浮，寫得清新淺白：昔日流離失所的乞丐，今日輝煌舞臺的主角；弦上春秋，弓裏乾坤——一把二胡拉出了世態炎涼，悲歡離合；幾多辛酸，幾多溫情，幾多追求，幾多奮進。阿炯和迪克——盲少年和獵狗同台獻藝！整個海報構圖嚴謹，格調高雅，樸實無華，不僅符合阿炯的特殊身分，還在滿街追紅逐綠、吹噓無度的廣告群中，有一種蓮出污泥、鶴立雞群的感覺。

宋英學沒想到，亞萍的虛榮心這麼強，才把她那張老海報揭下來，她淚珠兒就像斷了線的珍珠，一副小羊羔被牽進屠宰場般的淒涼絕望表情，抽抽噎噎地說：「宋經理，我，犯了啥錯誤嘛？」

她敢情是把上海報看成是自己的一項專利，以爲也像我們的幹部制度一樣搞的是終身制。他又好氣又好笑，便說：「亞萍，妳別誤會，換海報不過是給觀眾換換口味，跟犯不犯錯誤沒關係。妳照樣演妳的節目、唱妳的歌。」

「宋經理，你要當著大夥的面說清楚，憑什麼要我亞萍讓位給一個小乞丐？我亞萍再掉價，還不至於連個要飯的小瞎子都不如嘛。」她抹抹眼淚，像個潑婦似地又叫又嚷。

他也不客氣地回敬道：「妳別胡攪蠻纏，妳聽聽阿炯的演出，就曉得自己比得上他還是比

十三　生死之鬥

不上他了。人貴有自知之明。」

「那好，既然我還比不上一個小乞丐，那我走好了。好幾位深圳廣州來的老闆經理都請我去合夥做生意，我真傻，早該答應他們了。我何必待在這個鬼地方受窩囊氣呢，這點工資，還不夠我買盒化妝品的。我要辭職。」

「妳考慮好了就打報告吧。」他冷冷地說。說實在的，他並不擔心她跳槽。現在社會上做著歌星夢的女孩子多如牛毛，隨便挑一個訓練幾天就可以頂她的缺，沒什麼了不起的。

三天過去了，亞萍沒送辭職報告上來。她雖然情緒低落，卻仍每天按時來參加排練或演出，連點要走的跡象都沒有。敢情是那些個從深圳廣州來的經理老闆們把她給耍了吧，他想。

不管怎麼說，風波已經平息，阿烔登上舞臺的所有障礙都已掃除乾淨。

話要說回來，在聘用阿烔這件事上，雖然出現了老章和亞萍這樣令人不愉快的插曲，但畢竟人心是桿公平的秤，大多數人還是持贊同態度的。團裏不少有識之士覺得這是讓蟠龍歌舞團起死回生的絕招。

真正對這件事感到由衷高興的卻只有一個人，就是繆菁。那天夜裏，她才聽他說了個人概想法，就激動得一下從床上蹦起來，抱著他說：

「老宋，這是真的嗎？我沒做夢吧？太好了，這樣阿烔就可以不用回金竹寨了。老宋，你知道嗎，我一想到過兩天就要把阿炯送走，我心裏就……」

「小菁。別激動嘛，」他笑著說，「這不過是我一廂情願的想法，關鍵要看他演出是否能成功；即使演出成功，以後還有一大堆問題呢，最後能不能在昆明落腳下來還是個未知數呢。」

「他會成功的，我一定要他成功！」她近乎宣誓般地說道。

唉，可憐天下母愛心。幾天來，她一有空就教阿炯怎樣走台步，怎樣亮相，怎樣微笑，怎樣鞠躬謝幕。她讀中學時，在文藝宣傳隊待過，有這方面的經驗。她還爲他設計了一套銀白色的演出服裝，她說，銀白是舞臺的色王，象徵著純潔高雅，在燈光的照耀下，會閃爍眩目的色彩，會產生活潑的動感。

他這幾天也忙得不亦樂乎，爲樂曲配器，組織阿炯和小樂隊走台合奏，列印新節目單，請音樂界朋友準備撰寫捧場文章，等等。廣告已經打出去了，再過兩天，阿炯就要登臺演出，宋英學這才想起阿炯的二胡獨奏曲還沒個叫得響的曲名呢。

「叫什麼呢？叫《雪山隨想曲》？不，太普通了。叫《命運》？不，太落俗套了。叫《少年與人生》？平了點。叫《藍色的母愛》？倒是挺抒情的，但太文雅了些，缺少現代感。唉，叫什麼好呢？阿炯，你也想想看。」

十三　生死之鬥

「宋叔叔，我這首曲子，是想拉給迪克聽的。我第一次拉這首曲子時，腦子裏想的都是迪克。我想，這首曲名就叫《狗和小孩》，行嗎？」

「唔，好主意。《狗和小孩》，不錯，很貼切。不過，還需要潤色一下，我看，叫《野狗和流浪少年》怎麼樣？好極了，這曲名既有野氣又暗指坎坷的命運，就這樣定了。」

「宋叔叔，我在臺上拉琴，要是我媽媽碰巧來看演出就好了。她一定會認出我來的，她一定會衝上舞臺來抱我的。媽媽她……」

「阿炯，我跟你說過多少遍了，不管在團裏的同事面前，還是以後在新聞記者面前，都不要再提你的媽媽，更不要說你媽媽的名字。」

「宋叔叔，爲什麼不要提媽媽呢？」

「我問你，你愛不愛你媽媽？」

「愛，愛極了。」

「你不願意當眾出醜，被人辱罵，是嗎？」

「那當然。」

「阿炯，你想想，要是新聞記者知道了你媽媽的名字，便會把她的名字登在報紙上，指責她是遺棄自己親生兒子的壞女人，壞名聲一傳開，就很難糾正了。你叫她還有什麼臉再活下去呀！」

「宋叔叔，那我就找不到我媽媽了嗎？」

「會找到的。宋叔叔答應你，悄悄幫你打聽尋找。」

「宋叔叔，要是有人追問我爸爸媽媽的情況，我該怎麼回答呀？」

「你就說，你一生下來媽媽就離家出走了。你不知道她的名字，也不知道她的去向。你就說爸爸和繼母胖菊如何虐待你，你才逃出家的。」

「好吧。」

十四　白獅狗

牠做夢都沒想到，小主人阿炯會變得如此光彩照人。他端坐在舞臺中央，身穿一件頗有點邊地風味的銀白色短衫，兩側聚光燈集中在他身上，通體籠罩著一層厚厚的光暈。杏黃的鼻背椅子把他的少年形象襯托得更加鮮豔。偌大的劇場，上千個座位座無虛席。天幕是猙獰巉岩上色彩斑斕、昂首怒放的杜鵑花，似乎帶有某種象徵意味。在小主人身後，有一架揚琴、一架大提琴、一把板胡、一把琵琶，還有音叉銅鈴，圍成半圓，眾星拱月般陪襯著小主人。牠知道，那是爲小主人伴奏的樂隊。

牠被那位宋經理牽著脖子站在幕側，等小主人拉完曲子後，跑到舞臺上和主人並排朝觀眾亮相謝幕。宋經理說牠是編外演員，牠出場會增強節目的真實感。

十天前，小主人還是個流落在街頭拉琴乞討的小叫化子，突然間就變成金光燦燦的明星。牠也是如此，前幾天還是被那位宋經理堵在樓梯口不讓上樓梯的野狗瘋狗，突然間就像貴賓似地被請進家去，把牠養在陽臺上，頓頓用肉餵牠，還用硫磺水替牠洗澡，洗去了牠身上的跳蚤，治好了疥瘡，還用香水噴灑在牠的狗毛間，弄得牠身上有股狗不狗、人不人的怪味。

牠弄不懂生活怎麼會像變魔術一樣說變就變，也許人類社會本身就是一個變魔術的大舞臺。世界真奇妙，命運真奇妙，牠一條狗貧乏的想像力，無論如何也無法理解人心的曲折變幻。不管怎麼說，不再到街上去乞討食物，不再睡到四面通風的橋洞，不再和小主人分離，這總是值得慶幸的事。

絳紅色的大幕徐徐拉開，鬢角插花、身穿曳地長裙的報幕小姐婷婷婷地走到麥克風面前，用悅耳動聽的聲音說道：

「各位先生各位女士各位來賓：下面請允許我向各位介紹一位盲童二胡演奏家。他只有十四歲，從小失去母親。他和一條無家可歸的野狗結成伴侶、相依爲命。他帶著狗流浪天涯，尋找那遺失了的母愛。那條名叫迪克的狗，用自己的身體爲小主人擋風遮雨，爲能有錢替小主人治病，牠甘願當人家練武術的活靶子。少年和狗之間結成了最純正的愛。愛是可以創造奇蹟的，愛是一種能量，使我們的小演奏家阿炯創作出了感人肺腑的獨奏曲《野狗和流浪少年》，下面請大家欣賞。」

牠看見報幕小姐款款走到小主人身邊，纖細玉指在小主人手背上示意地撫摸了一下。小主人寧靜的頭顱猛然翹昂，舞臺上迸濺出一串如泣如訴、如怨如恚的琴聲。牠雖然只是條狗，但由於長期和小主人生活在一起，受到人類音樂的熏陶，也能聽出點門道來。那圓潤如珍珠、縹

十四　白獅狗

緲如晨嵐的琴聲，很快在牠狗的腦簾裏幻化成一幅農家少年在母親出走後淒涼的生活圖景。突然間，小主人的手指在琴弦上彈撥了幾下，馬尾弓維妙維肖地拉出狗的吠叫聲。在沈重壓抑、艱澀困頓的旋律中，流瀉出些許溫情、淡淡歡樂……

牠明白，小主人是在用二胡向上千名觀眾講述和牠的邂逅相遇，還有人和狗相依為命的友愛。

牠看見，劇場裏寂然無聲，各種形狀的人臉，不管是皺紋縱橫如榆樹皮的老人的臉，還是光潔如玉少女的臉，不管是長臉短臉方臉圓臉，還是老臉少臉男臉女臉，都在全神貫注地傾聽，一千雙視線凝聚在一個焦點——舞臺上的小主人。

琴聲悠悠揚揚地響著，一片又一片淚光在閃爍。

琴聲戛然而止。劇場裏靜穆了好幾秒鐘，驟然間爆發出一陣如雷掌聲。掌聲經久不息，表達出人們內心的激動。

愛是永存的，友誼之樹長青。

絳紅色的大幕徐徐降落，掌聲響得更激烈了。大幕又重新開啓，小主人朝觀眾彬彬有禮地鞠躬。

不知是誰喊起了「迪克——迪克——」，開始只有幾位少年觀眾在喊，像滾雪球似的，聲音越滾越大。「迪克——迪克——」幾乎整個劇場都轟動起來。

宋經理鬆開牠脖頸上的皮帶圈，牠汪汪歡快地從幕側躥向舞臺。小主人張開雙臂把牠摟進懷裏，小主人的臉頰和牠的狗臉緊緊貼在一起，小主人鹹晶晶的淚漫流進牠的嘴唇。

響起瘋狂的掌聲和呼叫聲，還有人將食指含進嘴裏，吹響起尖厲的口哨。

小主人鬆開雙臂，摩挲牠的腦門，示意牠蹲在地上向觀眾謝幕。牠扭轉身體，正面向觀眾亮相。

舞臺兩側的燈光把牠照得閃閃發亮。牠抬起了狗臉。突然間，像沸騰的油鍋被倒進一盆冰塊，劇場裏的喧囂聲戛然而止。牠看見所有觀眾的面部表情都由激動變得驚詫，很多正在鼓掌的手僵硬地停滯在半道上，很多正在呼叫的嘴木然地變成O型。

「這麼醜的狗，喔，是條癩皮狗！」

「醜死了，髒死了！」

「多難看，這不是狗，是狼！」

觀眾席裏傳來極不友好的對話。人們竊竊私語，議論紛紛。狂熱的情緒冷卻了，整個劇場騷動不安。

「快快，降下大幕！」宋經理氣急敗壞地地從幕側衝出來吼道。

皮帶圈很快又纏住了牠的脖子，並生拉硬扯把牠拖出了劇場。黑暗中，宋經理厭惡地在牠狗腰上踢了一腳，罵道：「你這個醜八怪，差點壞了老子的大事！」

牠委屈得直哼哼。牠不明白自己做錯了什麼，爲什麼要挨打受罵。牠不是自己要求上舞臺去的，牠討厭站在刺眼的燈光下被人展覽。牠上臺的動作完全是按那位宋經理事先設計好的程序進行的，牠的舞臺動作也沒有任何差錯，友好地朝觀眾搖尾輕吠，從頭至尾都在微笑。牠有何錯，錯在那裏？

是的，牠沒贏來掌聲和喝采聲，可這能怪牠嗎？狗爹狗娘生就牠這副醜相，牠有什麼辦法呢？牠不是神狗，也沒有魔法，無法使自己搖身一變成爲人們鍾愛的漂亮狗。牠仰天長吠，發洩心中的憤懣。

牠不知道，在人類社會的很多場合裏，相貌醜陋本身就是無法原諒的錯誤，一種得不到寬恕的罪孽。

牠被粗暴地拖拽著，離開劇場，又繞過屋頂矗立著的煙囪的伙食房，拐進一條荒草沒徑的小路。宋經理又喚來一位胖胖的男人，牠立刻嗅聞到胖子身上有一股油膩膩的伙房味，是一位廚師。

宋經理對胖廚師說：「來，把夾牆的鐵門打開，這條醜狗就先養在這兒，不准放牠出來！」

牠身不由己地被牽進伙房，又從伙房後門躥出去，便是紅蕾劇場的圍牆。在圍牆的拐角處，有一道夾牆，裝有一扇用角鐵拼成稜形圖案的鐵門。鐵門鏽澀沈重地開啓了，牠被推搡進去，解開了脖頸上的皮帶圈，鐵門又哐啷關死了。

宋經理和胖廚師扔下牠走了。

這兒靜得像荒原。圍牆外面是護城河，被污染的河水無聲地流淌著，隔壁飄來一股刺鼻的腥臭味。這兒和劇場隔著伙房，還隔著辦公樓。什麼聲音也傳不過來。一彎月芽兒掛在天空，給夾牆投進一片冷光。牠打量一下牠所處的新環境，三面都是高達三米的磚牆，靠護城河的那兩面牆上還紮著鐵絲網。夾牆約寬兩米，長約十來米，過去大概是臨時的豬廄或雞籠，雜草間還殘留著豬屎雞糞的酸味。那扇鐵門也有兩公尺高。

夾牆內空空蕩蕩，只有靠近牆根那兒埋著一根粗粗的木樁，木樁約有一米多高，牠跳到木樁頂端，連站穩都很困難，不可能將木樁當作跳板逾越出牆的。木樁埋得十分牢實，還依稀聞到一股牲畜的血腥味。不難想像，有時過年過節，歌舞團從農村買來的活豬活羊活牛什麼的，就綁在這根樹樁上宰殺了改善伙食。這是名符其實的斷頭樁。圍牆太高，牠沒有翅膀，不可能逃出去的。牠用前爪勾住鐵門，搖了搖，根本搖不開。

十四　白獅狗

牠明白了，牠被囚禁在這道夾牆裏了。

一會兒是被堵在樓梯口不准上樓的野狗，一會兒是被請到家裏養在陽臺上的特殊演員，一會兒又成了階下囚，這大概就是命運吧，牠想。

小主人還不知道牠現在被困在這個鬼地方呢，牠應當讓他知道的，牠想，牠扯開喉嚨狂嚎亂吼，向他報信。

才叫了幾聲，伙房那兒就傳來了腳步聲。不是小主人，牠一聽就知道。果然，飄來一股油膩膩的油煙味，哦，是胖廚師。他滿臉怒容，隔著鐵門叱罵道：

「死狗，嚎喪呀，我看你是活得不耐煩了。別著急，會讓你到閻王爺那兒去報到的。告訴你，不管是豬是牛是狗，只要關進夾牆，就沒有活著出來的。」

牠朝他嚎得更兇了。

「再叫，我現在就剁了你的狗頭！」他跺著腳威脅道。

牠索性撲到鐵門上，猛烈地搖晃著，把鐵門搖得哐噹哐噹響。尖厲的吠叫聲一串串朝他耳膜飛去。胖廚師退後了兩步，捂著耳朵，連罵了三聲瘋狗，氣咻咻地退進伙房去了。

叫了整整半夜，小主人還沒有來。

第二天一早，牠又繼續吠叫。牠相信小主人正焦急萬分地滿院子找牠呢。他眼睛看不見，牠只有用叫聲向他報信、給他引路。

隔了一會兒，隔著伙房傳來小主人的呼喊聲：「迪克——迪克，你在那裏？」

汪汪，汪汪汪。牠希望自己的叫聲能變成一條線，把小主人牽拉過來。

伙房門口傳來竹棍敲點的聲響，小主人的身影閃現出來。他從未到過這裏，地形不熟，走得很艱難，一隻手用竹棍探著路，一隻手朝前摸索著。

前面有道門檻，還有幾台石階，汪汪，小心。要是牠現在能過去就好了，牠可以用嘴咬住小主人的鞋面，把他的腳叼高，準確地踏在門檻上。在下臺階時，牠可以蹲在下一個臺階上，讓他的腳先踩著牠的身體，使他心中有數，心裏有底，就可以平平穩穩走下臺階。遺憾的是，牠無法走出牢籠。

汪汪，汪汪，牠只能一個勁地吠著，提醒他注意小心。

牠犯了個錯誤。牠的叫聲適得其反，叫得阿炯心慌意亂。他又太急著想早點趕到牠身邊了。跨過門檻，他不知道前面是石階，一腳踩空，身體一仄，從一米多高的石階上跌了下來。竹棍摔飛了，手掌和膝蓋都磨破了皮，鼻子也被石階撞了一下，流出了血。

嗚嗚，牠的狗心一陣痙攣。

小主人躺在地上，沒顧得去撿竹棍，也顧不得揩漫流到嘴唇上的鼻血，便四肢著地地用牠

狗類慣用的姿勢爬到鐵門邊，從鐵條的空隙間伸進一隻手來，搖晃著，招喚著。

牠趕緊將自己毛茸茸的狗腦袋送到小主人的手底下，讓他撫摸。小主人的手指在牠殘缺的耳廓、變形的顎骨和乜斜的狗眼間摸索，動作細膩輕柔。牠知道，小主人眼睛看不見，只能用手指的觸覺代替眼睛的視覺。他在看牠。

牠舔著小主人的手，嗚汪，嗚汪，訴說著內心的委屈和憤懣。

「迪克，他們怎麼把你關起來呢，這太不公平了。我去跟宋叔叔說，求他把你放出來。你是我的朋友，你沒做錯什麼，怎麼能像犯人那樣被關在這裏呢。」小主人忿忿不平地說，撿起地上的竹棍，「迪克，我這就去找宋叔叔。你等著，我一會就回來。」

汪汪，但願小主人求情能成功。

約莫半個時辰，伙房外面又響起竹棍敲點門檻的聲響。在朦朧的月色中，牠看見正在走下臺階的小主人眼瞼間沒有一絲歡欣笑意，一副垂頭喪氣的樣子，牠心裏頓時涼了半截。

果然，小主人摸索著走到鐵門邊，一屁股坐在地上，傷心地說：

「迪克，我求宋叔叔了，可他不肯放你出來。他說觀眾不喜歡你，你沒資格當配角演員。他說放你出去，你會搗亂惹麻煩的。他說讓你待在這兒不算是關你，不過是把你圈養起來。他說豬也有圈養的，雞也有圈養的，鴨也有圈養的，這很正常。迪克，我說多了，他就生氣，我……我實在沒辦法。不過，迪克，你放心，他答應不傷害你，他答應從我的薪水中扣一半錢給你當伙食費。迪克，我每天都會來看你的。迪克，爲了我，你先在這兒委屈幾天，好嗎？等我賺夠了錢，等我找到了媽媽，我一定把你接出來和我一塊住，好嗎？」

牠明白小主人的處境，寄人籬下，由不得他作主。牠寧可自己受苦，也不能爲難他。牠停止了狂吼亂嚎，安靜下來。安靜就表示馴服。

那天夜裏，小主人在夾牆的鐵門前待到很晚，直到那位穿綠呢大衣的好心的女人找到這裏，才把他勸走。

就這樣，牠莫名其妙地失卻了自由。

囚犯的滋味可不好受，除了小主人阿炯每天利用午休的機會來看牠一次，除了那位滿臉橫肉的胖廚師每天傍晚用一只瓢，舀大半瓢連稀帶乾的殘羹剩飯倒進擱在鐵門口那只洗臉盆裏以外，牠既看不到其他同類，也看不到其他人。孤獨寂寞，無所事事，時間彷彿也被拉長了，真有一種度日如年的感覺。

有時，牠就臥在荒草上，看著自己的影子被太陽拉長；有時，牠就在十米長的夾牆裏來來回回奔跑，有時，牠就一次又一次躥上那根血跡斑斑的斷頭樁，像雜技演員似地在木樁頂端鍛煉自己的平衡能力。

十四　白獅狗

總得找點事幹幹，以消遣掉多餘的時光。

假如有隻野兔突然掉進夾牆來就好了，牠想，牠不會乾脆利索地把牠撲倒咬死的，牠將把牠堵在夾牆裏，不緊不慢地追逐牠，讓牠奔跑，聽牠吱吱怪叫，看牠喪魂落魄，等牠累得口吐白沫跑不動了，再從鐵門外那只舊臉盆裏汲口涼水來把牠噴醒，不妨再餵牠點食物，讓牠蜷縮在牆角的太陽底下睡個懶覺養養神，讓牠恢復體力後，再接著玩狗攆野兔的遊戲。這樣，時間就可以過得快些，也可以忘記做囚犯的痛苦。

可惜，這是不切實際的幻想，別說野兔，夾牆裏連隻老鼠也找不到。

把長相醜陋的迪克捧上舞臺去亮相，確實是個失策。原指望牠能增強演出效果，不料卻產生了反效果。看來，美永遠是舞臺的第一要素。

儘管出現了這樣一個小小的紕漏，阿炯的首場演出總的來說，還是獲得了令人欣慰的成功。《昆明日報》、《春城晚報》、《雲南文化報》都以顯著位置登載了這場演出的消息。電視臺也在本地新聞中播放了一條三十秒鐘的新聞片。發行量很大的《春城兒童故事報》還把阿炯和迪克的故事改編成連環畫，刊登了整整兩版，並搭配了一篇短評，其中有一段這樣寫道：

「……在商品經濟的強烈衝擊下，不少人見利忘義，把中華民族傳統美德棄之如糞土。獵狗迪克爲小主人捨身忘死的行爲對這些人來說，無疑是一面鏡子……」

透過新聞媒體的宣傳，阿炯藝名大振，連演十幾場，場場爆滿。票價從每張八角上漲至每張兩元，仍然供不應求。才短短十幾天的時間，銀行的欠款就差不多還清了，數目可觀的獎金也發到每個演員手裏，全團上下喜氣洋洋。

不僅經濟上撈了不少實惠，政治上也添了許多光彩。省殘疾人協會團體包場觀看了演出後，送來一面大錦旗，上書：「殘疾事業和熱心人，精神文明的傳播者。」掛在紅蕾劇場的門廳裏，真是蓬蓽生輝。上級主管部門也大力嘉獎表揚了蟠龍歌舞團，說他們方向正確，始終把社會責任放在第一位。文件裏還專門有一段寫宋英學，說他慧眼識人，不拘一格吸收人才。文件當然不可能說他是現代伯樂，但字裏行間卻包含著這層意思。真正是名利雙收。

宋英學感到唯一的缺憾是，由於迪克長得太醜，不能再讓牠上臺協助阿炯演出了；二胡獨奏曲的曲名就叫《野狗和流浪少年》，真有一條狗上臺做阿炯的陪襯，做演出的道具，那就能更完美，更能把演出推向高潮了。

這事也不太難辦，他很快打聽到成都有個馬戲團，養著好幾條聰明伶俐漂亮的白獅狗，便

十四　白獅狗

派人專程去成都，交代說不管花多少錢，都要設法購買一條回來。他不是要給迪克找個替身，他是要給阿炯重新找個迪克。

缺憾需要彌補，藝術需要完美。

白獅狗很快買回來了，確實名不虛傳。身材嬌小玲瓏，只及醜狗迪克的一半大，一對狗耳朵又肥又大，像兩片君子蘭的葉子軟塌塌地垂在後腦勺；四肢很短，走起路來蹣蹣跚跚，別有一番風韻；胖嘟嘟的軀體上覆蓋著一層雪白的長毛，一綹綹垂掛在脊背上，像穿一條曳地長裙；蒜型的鼻吻間永遠漾溢著諂媚的微笑，顯得憨態可掬。雖說是條伢狗，吠叫聲卻圓潤柔和，即使動怒嚎叫，聽起來也像在哼唱流行曲；幾根金紅色的鬍鬚，配上一雙藍寶石似的眸子，令人賞心悅目。

「宋經理，我磨破了嘴皮，人家馬戲團才答應賣給我們的。」那位被派到成都去出差的老梁表功說，「這是從外國引進的良種犬，血統特別高貴。」

「花了多少錢？」宋英學問。

「三千元，還是托熟人走後門的價錢。」

「不算貴，不算貴。真是條好狗！」

尤其讓宋英學感到滿意的是，這條白獅狗不僅相貌俊美，性格溫和，還是位很有表演天賦的小演員呢。瞧牠，換了個環境，一點也不怕陌生，用手指在牠面前打個訊號，牠便會在眾目睽睽下直立起來，在地上繞圈圈，朝牠拍拍手掌，牠就會撲到你的懷裏扭動腰肢撒嬌。牠身上沒有疤瘢，也沒有塵土，甚至聞不到一點狗的腥騷味，倒有一股如蘭似麝的很好聞的香水味。真是一個討人喜歡的尤物。

阿炯一定會喜愛這條白獅狗的，他想。

「這條白獅狗就取名叫迪克。」他在辦公室裏向湧來瞧熱鬧的演員們說，「讓牠代替那條醜狗協助阿炯演出。」

他興沖沖地把白獅狗抱回家。阿炯正在小房間裡拉二胡，他站在門口說：

「阿炯，我把迪克給你帶來了。」

「迪克！」阿炯把二胡往床上一摔，騰地站起來，「宋叔叔，你讓迪克回家了？」他朝前伸開雙臂作歡迎狀，「迪克，快，過來！」

宋英學把白獅狗放在地上，拍拍牠的額頭，說：「去，迪克，認識一下你的新主人。」

白獅狗跳進阿炯的懷裏。

阿炯將白獅狗抱了起來，突然，他臉上的微笑凝固了，眉際顯露出驚詫的表情，猛甩胳膊，像扔掉一堆破爛、扔掉一堆垃圾似地，把白獅狗扔到地上。

白獅狗沒防備，在地上翻了個滾。牠大概自出娘胎後還從來沒受過這般窩囊氣，像遭了天大冤枉似地直嚷嚷。

「這不是迪克，宋叔叔，你騙我。」

「阿炯，這狗是花了三千元從成都買回來的，你差點摔傷了牠。」宋英學趕緊將白獅狗捧在手掌上，責備阿炯道。

「這不是迪克呀！」

「這不是你過去的那條又黑又髒的醜狗迪克。牠是馬戲團的小演員，會拉小三輪車，會敲小爵士鼓，會鑽火圈，會鞠躬鼓掌，買回來給你當配角演員的。」

「牠……牠怎麼也叫迪克？」

「牠必須叫迪克。」

「宋叔叔，你是想叫牠在舞臺上扮演迪克？」

「不，是要讓牠代替迪克。阿炯，從今天起，你就要像愛那條醜迪克那樣愛牠。牠會爲你的演出增光添彩的。」

「牠從來沒爲我帶過路，也沒跟我一起爬過雪山，我怎麼去愛牠呢？」

「感情是可以培養的。」

「牠叫迪克，那迪克叫啥？」

「叫黑狗。」

「這……」

「阿炯，你要牢牢記住，從此以後，這條小白狗就是和你同命運共患難、爲你甘願當人家練武的活靶子的野狗迪克。爲了讓台下的觀眾相信這一點，臺上的你首先要確信這一點。」

「可牠明明不是迪克，這不是在欺騙觀眾嗎？」

「阿炯，你已經不小了，怎麼還這麼不懂事？事實已經證明，黑狗迪克上不了舞臺，牠上了舞臺會嚇跑觀眾，給你添亂。需要換成這條白狗迪克。一切都是爲了舞臺效果。」

「那便可以黑白顛倒了嗎？」

「你……哼！」

「阿炯，你怎麼可以這樣說話呢。」正在廚房忙碌的阿姨插進來說，「宋叔叔這樣做，也是爲了你好嘛。宋叔叔已經向上級打報告，要求正式招聘你當演員，但要辦成，特別是想戶口進昆明，困難重重。上級的意思是，先給你三個月的試用期。也就是說，要在這三個月考察你的表演成績和發展潛力，再決定是否正式招聘你。你現在已經有了一點名氣，再加上這條白迪克配合你演出，你的名氣會更大，就等於爲留在昆明鋪平道路。阿炯，我曉得，你是極不願意回麗江的金竹寨的，是嗎？爲了使你有個美好的前途，把這條小白狗認作迪克，又有什麼大不了的呢？宋叔叔爲了你，可算是盡了心了，花三千元的高價給你買一條狗，換成別人，誰會這麼幹呀！」

「阿姨，我曉得宋叔叔是爲了我好。可我總覺得，這樣做太委屈迪克了。這不公平。」

「醜迪克只是條野狗，只要多給牠啃幾塊骨頭，牠就什麼都滿足了。」宋英學說。

「不，迪克很懂事的，牠會傷心的。」

「一條山野醜狗，牠懂個屁。」

「牠懂的，牠什麼都懂的。」

「好了，阿炯，別爭了。」阿姨說，「就算你說的對，迪克很懂事，那牠也應該爲你有了小白狗而感到高興。你演出獲得成功，你有了光明的前途，牠還傷心，那牠就太不懂事了。」

「阿姨，我總覺得這樣做對不起迪克。」

「好了，阿炯，抱抱迪克。」宋英學說著，將白獅狗送到阿炯面前。

阿炯猶豫了一下，終於伸出雙手把白獅狗抱進懷裏。他不能傷了阿姨的心，他不能辜負了宋叔叔的一番好意。

阿炯不得不承認，白獅狗不愧是舞臺老手，確實能演戲。當他拉完《野狗和流浪少年》，報幕小姐牽著牠來到舞臺正前方和他並排站立著向觀眾謝幕時，牠就會乖巧地搖動自己身上漂亮的長毛和那根白毛蓬鬆的尾巴，一遍又一遍向觀眾作拜揖狀。

觀眾激動的如癡如醉，鼓掌、跺腳、歡呼、吹口哨，鮮花如雨點般地從座池拋向舞臺。牠捧起面前的鮮花嗅嗅聞聞。牠本來就是馬戲團裏的動物演員，做這套動作可說是得心應手、輕車熟路，不費吹灰之力。

報幕小姐用極真誠的口吻介紹說：

「諸位，這就是和我們的盲童二胡演奏家阿炯生死相依、無比忠貞的野狗迪克！」

於是，白獅狗就會直立著走到他面前，大大方方在聚光燈的照耀下投進他的懷抱，親吻他的衣領和臉頰。

他不得不按照宋叔叔給他設計的動作，將自己的下巴在白獅狗腦門上摩挲一番作親熱狀。

「迪克——迪克——」觀眾席裏的歡呼聲像漲潮的海浪。牠就驕傲地昂著頭，矜持地接受掌聲和歡呼聲。

終於有幾個不守規矩的少年從觀眾席衝上舞臺，抱起牠，把牠像彩球似地拋向空中，又穩穩接住，牠就汪汪汪發出白獅狗特有的獻媚邀寵的叫聲。

又有幾位女孩從少年手中把牠搶奪走，牠像接力棒似地在觀眾席裏被擁抱、被親吻、被撫摸。牠已習慣了這種被寵愛、被視作英雄的禮儀與殊榮，肥大的耳垂在空中扇搖飄擺得很自信、很瀟灑。

太棒了！報幕小姐向阿炯描繪著劇場的沸騰情景。阿炯只有在心裏苦笑。

他弄不明白，人們生著兩隻明亮的眼睛，為何看不穿舞臺上這拙劣的騙局。就憑白獅狗這嬌小的身體，柔如柳絲潤如油的狗毛，紳士般的走路姿態，怎麼可能保護他攀登雪山闖蕩死林？怎麼可能在他病倒在橋洞下後，幫他尋找醫生？怎麼可能去當人家練武的活靶子？但一連演了許多場，竟然沒有一個人對白獅狗的身分提出質疑。他不知道，表面的美可以掩蓋許許多多內在的醜。

大報小報都刊登了他和白獅狗同台演出的劇照。一家報紙還稱呼牠是毛色和心靈同樣潔白無瑕的義犬。他阿炯的名聲也隨之而變得越來越響，貴陽、重慶、南寧、西安，好幾個大城市的大劇場都來函邀請他去演出。

「怎麼樣，阿炯，我給你買來的這條狗不錯吧，為你增了不少光。」宋叔叔興奮地說，「又會演戲，又討人喜歡，實在是不可多得的狗才！」

是的，這白獅狗很會賣乖弄巧，牠養在宋叔叔家的陽臺上，不像真迪克那麼邋遢，把狗屎拉得到處都是；白獅狗拉屎撒尿會像人那樣去蹲廁所。半夜樓下無論有什麼動靜，也從來不會大驚小怪的狂吠亂叫，把人從睡夢中驚醒。

也不知過去在馬戲團裏，馴獸員是用什麼方法訓練牠的，比人還講衛生，每次在跳到床上或沙發上去之前，都要將四隻爪子在地毯上擦擦；每天要噴一次香水，一個星期要洗一次澡，身上永遠乾乾淨淨，有一股好聞的香水味。每次宋叔叔下班回來，一開門，白獅狗就會露出驚喜萬狀的表情，舔宋叔叔的鞋，順著宋叔叔的褲腿往上爬，非要宋叔叔把牠抱起來撫摸牠的脊背、親牠的臉頰，這才算完成了重逢的儀式。

宋叔叔坐在凳子上，想把皮鞋換成拖鞋，牠就會主動跑到牆角落裏叼來拖鞋，送到宋叔叔面前。宋叔叔坐在沙發上看報紙時，牠就用牠的尾巴和爪子驅趕偶爾飛進來的小蒼蠅。

阿姨在水龍頭下洗衣裳，牠會到陽臺的花盆上咬下一朵月季跑到阿姨面前，把那條掛滿長毛的白尾巴掄得像柄褶扇。

阿姨接過牠嘴上的月季插進鬢髮，牠便高興得在地上打滾，還用爪子在洗衣盆裏撩撥攪和，攪得肥皂泡沫像群歡樂的小白鴿在廚房翱翔，牠又像小花貓追蝴蝶那樣，朝空中的肥皂泡沫撲咬，爆破的肥皂沫嗆得牠鼻子癢癢直打噴嚏，逗得阿姨嘻嘻哈哈開心地笑了。

「真是個迷人的小精怪。」阿姨把白獅狗的淘氣相講述給他聽，還問他，「阿炯，你現在

也很喜歡牠了，是嗎？」

他無言以對。說心裏話，他不喜歡白獅狗。這個渾身雪白的傢伙不過是個替身演員罷了，他想。牠什麼功勞也沒有，牠什麼苦也沒吃過，牠不過是個坐享其成的無賴。他爲真正的迪克抱屈，牠爲他犧牲了耳朵，牠爲他吃盡了千般艱辛萬般苦，到頭來卻被冷落在一旁，不，到頭來是被囚禁在夾牆裏，該得到的榮耀得不到，該受到的尊敬受不到，這實在太不公平了。

是的，白獅狗爲他的演奏平添了美感，達到了高層次的藝術境界；宋叔叔也一再向他灌輸這樣一種理論，真迪克代表著昨天，白獅狗代表著今天和明天，昨天只存在於記憶中，今天和明天才是重要的。有時，他也想和白獅狗增進友誼、籠絡感情，但站在舞臺上，聽到在觀眾鼓掌和歡呼聲中白獅狗洋洋得意的吠叫聲，腦海裏立刻就會映顯真迪克被關在夾牆內悽楚孤獨的情景，也就無法抑制住自己對白獅狗發自內心的憎恨。他總覺得昨天比起今天和明天來不算是最重要的，但有意識地要忘記昨天，無疑是一種背叛。

在舞臺上，他不得不把白獅狗摟進懷來，撫摸牠肉感極強的耳朵，摩挲牠細密柔軟光滑的狗毛，親吻牠五官端正的臉頰，做出一副相親相愛的樣子，但他在心裏對自己說，這是在演戲。絳紅色的大幕一拉開，他就立刻把白獅狗從懷裏搡開。他嚴格地把自己與白獅狗的親近局限在舞臺上，從來不帶牠上街蹓躂，在家裏也從不抱牠逗牠，從不開口叫牠迪克。

也許是前世無緣吧，白獅狗對他也同樣冷漠生疏，在舞臺下從來不舔他的鞋，也從來不撲到他懷裏撒嬌。牠曉得他是個雙目失明的瞎子，不知是出於淘氣還是出於報復，竟變著法子捉弄他。他洗完腳，要穿鞋了，擺在洗腳盆邊的鞋卻怎麼摸也摸不著了，桌子底下傳來白獅狗得意的輕吠。

有一次，在舞臺後面的化妝間裏，替他化妝的小梅姐將一盒粉底霜塞在他手裏，讓他自己先在臉上抹一道粉底，然後她來幫他塗彩描眉。小梅姐上廁所去了，他順手將那盒粉底霜擱到化妝臺上，將椅子挪挪正坐了下來，按小梅姐教他的方法，挖了一坨粉底霜在手掌上搓勻後在臉上抿，剛抹完，小梅姐回來了，一進門就驚叫起來：

「阿炯，你怎麼把臉塗得像只紅蛋了！糟糕，你怎麼上臺呀！」

他這才明白，當他把那盒粉底霜擱到化妝臺上，有個傢伙來了個狸貓換太子，將粉底霜換成了大紅膏。化妝間沒別人，只有白獅狗和他。

這天中午，吃完午飯，宋叔叔進大房間睡午覺去了，他輕手輕腳想下樓去，到伙房背後看迪克。走到門口，伸出右手到牆角摸索，竹棍就放在門背後的牆角裏。左摸沒有，右摸也沒有，以爲竹棍倒地了，手腳並用在地上尋覓了一遍，還是沒有。

他側耳細聽，沙發上傳來狗牙啃咬竹棍的聲音。又是白獅狗搗的鬼！他磕磕絆絆摸到沙發上，竹棍又被牠拖到床底下去了。

竹棍是盲人的眼睛，沒有竹棍他無法出門。這可惡的白傢伙，他越想越氣，很想能逮著牠，扇牠兩巴掌。

他好不容易鑽進床底把竹棍撿了出來，白獅狗竟咬住竹棍的另一端和他搶奪起來。他實在忍無可忍，便在使勁拖拽竹棍的同時，猛地飛起一腳朝前踢去。

蹼，鞋尖踢在狗肚皮上，傳來物體滾動、板凳跌翻和狗的哀嚎聲。宋叔叔急急忙忙從大房間裏趕出來，連聲問怎麼啦，出什麼事了？宋叔叔一出來，白獅狗又囂張起來，哀嚎變成狂吠，氣勢洶洶地在他面前躥來跳去。他只好用竹棍做自衛武器，揮舞敲打。

「住手！」宋叔叔氣憤地叫道，「阿炯，牠是你的搭檔，你怎麼可以像打野狗似地用棍子打牠呢？」

「牠……牠搶我的竹棍。」

「牠是在同你鬧著玩嘛。瞧你，踢得那麼重，把牠踢傷了怎麼辦？三千元吶！」

「牠欺負我。」

「小孩子話。你待牠好，牠自然會待你好的。你不喜歡牠，牠當然也會討厭你。你這樣打牠，上了舞臺，牠也同你鬧彆扭，怎麼辦呢？外界都曉得牠是你心愛的迪克，假如真在舞臺上鬧將起來，這不是存心在拆我的台嗎？」

「……」

「好了好了，以後不許你再打牠踢牠。我要睡覺了，你也到你的小房間去躺躺吧，養養精神，晚上還要演出呢。」

「宋叔叔，我要去看迪克。」

「阿炯，你這孩子也太不懂事了。跟你說過多少次了，你以後再也不需要流浪，再也不需要上街乞討，再也不需要穿越死林，那條醜狗對你來說，已經完成了歷史使命，沒用了。你怎麼還要每天去看牠呢？怪不得你會這樣討厭白獅狗，你的魂讓醜狗叼去了。這樣下去不行的。阿炯，我明確告訴你，再不許你去看醜狗。聽到沒有，不許你再去看醜狗！」

宋英學很粗魯地把門給反鎖死了。

十五　疑惑

牠用牙齒咬，用爪子刨，鐵門叮哐叮哐發出嘲笑般的聲響。狗牙硌痛了，狗爪也刨麻了，鐵門仍牢不可破。牆太高，牠跳不出去。牠瘋狂地嚎叫著，也沒人來理睬牠。

汪汪汪，放我出去，放我出去！

小主人阿炯已經三天沒露面了，牠不知道外面究竟發生了什麼事。小主人病了？還是發生了什麼意外？或許也像牠一樣被囚禁起來了？牠實在放心不下，牠一定要出去看看他。

天漸漸黑了，伙房裏傳來涮鍋洗碗的聲音。那位滿臉橫肉的胖廚師就要端鋁瓢來給牠餵食了。牠曉得，那把能開啓鐵門的鑰匙就拴在他的褲腰上。可這胖傢伙對牠沒有一絲好感，老用涮鍋水潑在牠身上，看牠像落水狗似地抖落身上的水珠，他就在鐵門外笑得渾身打顫。他還會惡作劇地將堅硬的鵝卵石拌混在米飯中，黑燈瞎火，牠誤以爲是肉骨頭，啃一口，啃得滿嘴石渣，犬牙也差點折斷，他就會高興得拍手跺腳，還會指著牠的狗鼻子說：「笨狗，真是條十足的笨狗！」

最近這三天，因爲小主人沒來看牠，牠很焦急，一到黃昏便狂吠亂嚎，他聽見後，就不懷好意地笑著對牠說：

「醜狗，你瘋叫什麼呀，告訴你，沒人要你了，不過你放心，我那口大鐵鍋會要你的，把你烹熟煮爛，變成上等的下酒菜。」

這號德性的傢伙，要讓他自覺自願的掏出鑰匙爲牠開啓鐵門，就像要太陽從西邊升起來一樣不可能。

必須想個辦法，騙他把門打開，牠想。

胖廚師哼著小曲，從伙房走出來了。牠擺動尾巴在原地旋了個圈，急中生智，想出個主意來。牠縱身一躍從鐵門邊躥到牆角那根斷頭樁背後，兩隻前爪搭在樁頂，兩隻後爪立在地上，將自己細長的狗身體緊緊趴在斷頭樁背面。天色混沌，從鐵門外很難發現牠。

牠剛隱蔽好，就聽見胖廚師嘩地一聲將大半瓢殘羹剩飯倒進破臉盆裏。往日，每逢這時刻，饑腸轆轆的牠會不顧一切地將狗頭艱難地從鐵門上那只狹小的圓環伸出去，稀哩呼嚕嚼咬吞吃。但此刻，牠沒一點動靜。

「醜狗，怎麼，還想絕食不成。」胖廚師用鋁瓢敲打著鐵門，嚷道：「快來吃吧，吃胖了才熬得出油呢。」

牠屏住呼吸，不弄出半點聲響。

十五　疑惑

「莫非這癩皮狗已經死了？」胖廚師自言自語道，「讓我瞧瞧。」

牠雖然趴在斷頭椿背面，看不見鐵門外胖廚師的表情和舉動，但牠不難猜測到，他正狐疑地將那張胖臉貼在鐵門的空隙上往夾牆裏窺望。

成敗在此一舉，牠不敢動彈。

「咦，怎麼不見這瘋狗了？這麼高的牆，難道牠能插著翅膀飛出去不成？」胖廚師將腦勺搔得嘶啦嘶啦響，「這不可能。這狼投胎的傢伙，準是藏起來了。哼，想騙老子哪，沒門！」

咚，咚咚咚，拳頭大的石塊飛進夾牆，砸在地上，有一塊還落到斷頭椿上。

「狗日的，出來吧，我瞧見你了！」

他肯定是在瞎咋呼，牠想。牠躲藏的這個位置和這個角度，別說有暮色掩護，就是在明麗的陽光下也極難發現的。牠才不會上他的當呢。

「媽的，這夾牆空蕩蕩的，也沒處可躲呀！待老子拿個電筒來照照看！」

胖廚師回轉伙房，不一會兒，一股賊亮的電光在夾牆裏左右晃動。草叢、牆角、牆頂、斷頭椿照了個遍。

「這死狗，果真逃走了！唉，叫老子怎麼向宋經理交代呢！這麼高的牆，這麼結實的鐵門，誰會相信是這狗自己逃走的，準懷疑是我獨吞了這塊臭狗肉！奶奶的，老子要吃冤枉官司了。不行，得想個法子。」

又傳來嘶啦嘶啦手搔後腦勺的聲響。

「對了，老子現在就用鋤頭在牆角剜個洞，明天大夥來看，就會相信瘋狗刨開了牆，自己逃掉了。」胖廚師自己對自己說。

喀嚓，傳來鑰匙開啓鐵門的脆響。沈重的鐵門吱地被拉開了。胖廚師提著鋤頭走進夾牆。牠聽聽腳步聲逼近，突然從斷頭椿背面中躥出來，呲牙咧嘴佯裝朝他撲咬，他猝不及防，嚇得媽呀怪叫一聲，連連後退，咕咚一聲，笨重的身體一屁股跌坐在地上，手電筒也摔出老遠。

趁他掙扎著要爬起來的當兒，牠一扭腰便從他身旁跳了過去，飛快躥出洞開的鐵門。

「鬼……鬼……」

牠走出老遠，才聽見背後傳來胖廚師嘶啞驚恐的喊叫。

星星在夜空眨動著眼睛，像是在祝賀牠獲得了自由。牠在院牆和樓房的陰影下疾走，很快便來到宋經理的家。牠舉起狗爪敲敲門，裏面沒人答應。小主人不在這裏，會不會去劇場演出了呢？牠又掉頭朝紅蕾劇場跑去。

牠遠遠就看見紅蕾劇場燈火輝煌，裏頭還傳來絲竹鼓樂聲。牠來到劇場的正門口，驗票的

十五　疑惑

那個男人像攆野狗似的舉著板凳來打牠，牠只好放棄從正門堂堂皇皇跨進劇場的念頭。

正門不通就走後門，後門不通就走氣窗，氣窗不通就走下水道，對牠這條飽經風霜的真正獵狗來說，世界上沒有走不通的路。

牠圍著紅蕾劇場繞了一圈，發現舞臺後側有一條乾涸的排水溝，蓄滿了枯葉和塵土。水溝通向舞臺裏面，但進口處有幾根手指粗的鐵條隔欄著。牠跳下溝去，用狗頭撞撞鐵條，鐵條活絡鬆動。牠咬住中間那根鐵條，四肢踩在水溝壁上，身體猛地往外一蹬，嘩啦一聲，鐵條被拉彎了形，脫落出來，水溝出現了一個剛剛夠牠鑽進去的豁口。

牠不客氣地鑽了進去。

劇場外面的排水溝是明溝，劇場裏面的排水溝是暗溝，裏頭黑漆漆的，牠的狗眼瞳孔放大，射出綠瑩瑩的光，這才勉強能辨認方向。

暗溝又暗又窄，牠不得不匍伏向前。討厭的蜘蛛網黏得牠滿臉都是，癢絲絲的，牠不得不用爪子撥掃，卻又攪起塵土，嗆得牠直打噴嚏。

排水溝右彎左拐，四通八達。牠朝著音樂場的方位摸索前行。也不知爬了多久，終於前頭閃起一片光亮。牠爬過去一看，原來是到了出口，那是一個長方形的陰溝洞，上面蓋著一塊花格鐵板。牠站起來用狗頭猛力一頂，花格鐵板就被掀開了。牠跳出陰溝洞，唔，牠正站在舞臺下的樂池裏。

「迪克——迪克——」

突然，劇場裏驟然響起一片歡呼聲。

牠好生奇怪。牠才剛剛從排水溝鑽出來，還沒來得及登臺亮相，怎麼就會贏來掌聲和歡呼聲呢。牠懷疑是不是自己從黑暗的水溝爬上燈火通亮的樂池由於巨大的光線落差而引起的幻聽。

牠抬起一隻前爪搔搔耳朵，觀眾確確實實是在呼叫迪克。在這個世界上，迪克就是牠，牠就是迪克，沒錯。牠突然間產生了一種得意忘形飄飄然的感覺。真沒想到牠的名聲會有這麼大，還沒登上舞臺就受到如此熱忱的歡迎，真比明星還明星。

牠扭扭腰，活動活動因長時間匍伏前行而僵木酸疼的骨骼筋脈，昂首挺胸，想跳出樂池，躥上舞臺去，接受觀眾的掌聲和敬意。不然的話，也太辜負他們的一片好意了。

就在這時，牠突然聽到頭頂舞臺上傳來汪汪汪狗的吠叫聲。牠當然熟悉同類的語言，牠是在作明星式的答禮，吠叫聲中含有一種十分明顯的得意與驕傲，故作謙虛與自命不凡。

牠懵了，鬧不清是怎麼回事。

熱情的觀眾明明是在呼喊牠的名字，可竟然有另外一條狗在舞臺上答應他們。牠心急如

焚，三步兩躥便順著樓梯從欒池登上舞臺，一看，呵，舞臺中央聚光燈下，一隻嬌滴滴的白獅狗正被小主人阿炯抱在懷裏。牠脖頸上套著一條五彩花項鏈，長長的白得發亮的狗毛飄灑開來，兩隻狗眼圓睜著恬不知恥地凝望著向牠歡呼致意的觀眾。牠淺灰色的唇吻調皮地一皺一聳，一副春風得意的模樣。

真是不看不知道，一看氣暈倒。

怪不得他們要把牠囚禁在伙房背後僻靜的夾牆內，怪不得胖廚師說只有大鐵鍋才需要牠，怪不得小主人連續三天沒來看牠，原來是白獅狗冒名頂替了牠的位置！

牠簡直難以相信世界上，竟然還有這等把別的狗的榮譽和姓名都占爲己有的卑鄙無恥的事。

牠才是真正的迪克！牠才是和阿炯患難與共的迪克！小主人琴弦裏塑造的狗的光輝形象是牠！

牠按捺不住內心的憤慨，從舞臺側面的陰影裏躥向中央光帶。牠大模大樣理直氣壯，牠並非是來搗亂或覬覦不屬於牠的東西，牠不過是來奪回本應屬於牠的名字和榮譽。

牠瞄準白獅狗撲了上去。牠想咬斷牠的一條腿，給牠留卜永恆的教訓。別以爲鳩占鵲巢可以爲所欲爲，牠可不是善良好欺的喜鵲。

這白傢伙身上興許有狐狸的血統，沒想到反應會如此敏捷，牠剛撲躍離地，牠便一骨碌從小主人的懷裏飄落下來，驚慌地吠叫一聲，像只白皮球一樣滾下舞臺，很快便逃得不知去向了。

牠無心去窮追猛咬。牠是寬容大度的獵狗，這白傢伙識相地逃掉了也就算了。重要的是，牠要佔領舞臺，佔領這個本來就屬於牠的位置，向上千名受蒙蔽、遭欺瞞的觀眾說明真相，揭穿騙局，恢復事物的本來面目。

牠微微蹲著身子，伸長脖頸，汪汪汪，發出一串串訴式的吠叫。牠把那根無毛的光尾巴搖得像條舞蛇，盡自己所能向台下上千名觀眾表達牠的心曲。

牠以爲這些觀眾聽了牠申訴式的吠叫後，會將同情的眼光投向牠，會朝正像喪家之犬似地逃之夭夭的白獅狗發出輕蔑的噓聲，會向牠——真正的迪克報之以熱烈的掌聲。真理是不可戰勝的，牠想。

讓牠困惑的是，觀眾的同情心似乎都讓白獅狗給叼走了，沒人向牠鼓掌。投向牠的眼光由驚愕變得憤怒，變得厭惡，彷彿牠是一條踐踏美、破壞美的厚顏無恥的癩皮狗。

噓——觀眾席有人朝牠而不朝白獅狗發出含有驅逐和污辱性質的噓聲。

假如牠能照照鏡子，也許牠就能理解觀眾爲什麼會噓牠了。牠本來就面目醜陋，形象不

十五　疑惑

佳，剛從排水溝鑽出來，黏了一頭一臉的蜘蛛網，滿身塵土，活像剛剛從地獄裏放出來的邋遢鬼。誰會喜歡一條又醜又髒、模樣又嚇人的狗呢？

這太不公平了，牠想。牠恨自己不會操作人類複雜的語言系統，無法準確地說出事情的緣由。牠想，一定是由於不同物種之間的語言障礙，使得觀眾產生了誤解，還以爲牠是存心跳出來搗亂的野狗哩。

牠有一肚皮的冤屈要傾吐。牠轉過身去，將求援的眼光投向小主人阿炯。他是瞭解牠的，他是理解牠的，牠想。只有他才能代牠發言，才能解釋清楚事情的來龍去脈，才能消除籠罩在觀眾心頭的疑雲迷霧，才能把牠從尷尬的境地解救出來。

汪，汪汪汪，牠用苦澀的嗓音朝小主人阿炯吠叫。

小主人的反應也出乎牠的意料，他像患牙疼似地皺著臉，朝後退了兩步，呻吟般的說道：

「迪克，你……你怎麼能這樣……你來……」

這世界怎麼變得越來越讓牠莫名其妙了？牠站在舞臺中央急得團團轉，不知該怎麼辦才好。

就在這時，宋經理捏著一根爵士鼓的鼓槌，氣急敗壞地從幕後奔上舞臺，不由分說便夾頭夾腦給了牠幾鼓槌，咬牙切齒地訾罵道：

「你這條醜狗野狗、死狗癩皮狗，你又來搗亂了，看我不宰了你！」

他飛起一腳，堅硬的皮鞋尖重重踢在牠的胸肋上，牠疼得慘嚎一聲，身體騰空而起，掉下舞臺。幸虧牠跟隨小主人阿炯流浪期間經常遭到許多毆打，早就練就了嫻熟的落地技巧，在空中漂亮地翻了個觔斗，四爪先著地，沒受傷。

牠氣不打一處來，冤枉委屈牠不說，還要毒打牠，即使牠是頭逆來順受的食草動物山羊，也會孤注一擲進行反抗的。牠準備重新躥上舞臺撲咬那個可惡的宋經理，起碼也要嚇得他魂飛魄散。

但還沒有等牠有所動作，四周的觀眾便紛紛站立起來，有的朝牠跺腳，有的朝牠揮拳，有的朝牠起鬨，有的朝牠吐唾沫，有的朝牠扔果皮……牠成了眾矢之的，成了人人喊打的過街老鼠。即使牠此刻突然變成一個口齒伶俐、能說會辯的人，並長有一百張嘴巴，也難向廣大觀眾說清緣由平息眾怒了。

牠曉得眾怒難犯，剛想將尾巴耷落下來夾在兩胯之間，離開劇場這個是非之地，突然，一片混亂中，有人從牠背後將一隻皮帶圈猛地圈進牠的脖頸。

牠在一片喊打聲中，被粗暴地拖出劇場。

十五　疑惑

臨時從伙房拉來一盞燈，把夾牆照得如同白晝。牠脖頸上的皮帶圈換成了鐵鏈，被鎖在斷頭樁上，成了縲紲加身、名符其實的階下囚。斷頭樁前圍了一大圈人，夾牆變成了臨時法庭。

牠看見宋經理臉色鐵青，呼吸急促，胸脯猛烈地起伏著；胖廚師手裏提著一根沈甸甸的鐵棍，眼睛露出凶光；幾位男女演員用一種幸災樂禍的眼光看著牠，小主人阿炯站在人群的最前面，默默流著淚。氣氛顯得有些緊張。牠有一種大禍臨頭的感覺。

「這不是狗，奶奶的，是狡猾的豺狼。」胖廚師咬著牙給牠安罪名。

「你他媽的是個笨蛋，這麼大個人，連條狗也看不住，還會上狗的當，標準飯桶！」宋經理不客氣地訓斥胖廚師。

胖廚師臉紅一陣白一陣。

「宋經理，這條醜狗剛才躥下舞臺去，有兩位女士以爲劇場闖進了大灰狼，嚇得當場昏厥過去。這太損我們歌舞團的聲譽了。」拉二胡的老章像念訃文似地說道。

「現在還有不少觀眾在外頭鬧著要退票哩。」獨唱演員亞萍撇著嘴角說。

「再這樣下去，恐怕沒人再敢上我們劇場來看戲了。生命沒保障嘛。」一位女演員往火上澆油。

「我們蟠龍歌舞團好不容易才有了今天這樣熱鬧的局面，要是毀在一條野狗身上，也太不合算了。」拉二胡的老楊敲著邊鼓說。

宋經理磨著牙床，下巴左右蠕動著，作沈思狀。

「諸位，我倒有點不同的看法。」綽號叫黃大哲學家的人搖頭晃腦地說，「我覺得這條醜狗雖然行爲魯莽，卻還是有理由把白獅狗攆下臺去的。說到底，是人有負於狗，而不是狗有負於人。試問諸位，假如這事不是發生在一條狗身上，而是發生在你我之間一個人身上，被盜竊了榮譽、甚至被盜用了姓名，誰能咽得下這口窩囊氣呢？」

「黃大哲學家，嘩眾取寵，一派胡言。」拉二胡的老章沒好氣地說。

「看來，我們該給黃大哲學家另外起個綽號，他善爲狗辯護，就叫他狗律師吧。」

「狗給我們看家，我們要宰狗吃狗肉。」胖廚師說，「照你黃大哲學家說法，都該把我們人送去審判了。」

「嘻嘻，大家別惱。既然大家都投反對票，我就宣布收回剛才說的話。」

「行了，吃飽了撐的，還有閒情開玩笑。」宋經理皺著眉頭說，「大家看，該怎麼處置這條野狗？」

「油烹清燉，廢物利用，做一頓可口的夜宵。」老章咂著嘴唇說道。

「我早說過，留著無用，不如乾脆宰了。」胖廚師捋著袖子說。

十五　疑惑

「不，你們不能殺迪克！」小主人阿炯高聲叫道：「牠是我的朋友，你們不能殺牠。宋叔叔，求求你了，別殺迪克，饒了牠吧。」

「阿炯，」宋經理沈吟著說，「我曉得你和這條醜狗的感情，可牠到底是畜牲，闖了大禍，留著是個後患。狗就是狗，吃狗肉是很平常的事。」

「不，宋叔叔……」

「好了，阿炯，這事你就別管了。」宋經理說著摟住阿炯的肩膀，用力扳轉他的身體，朝鐵門外走去，「我們走吧，回家去。」

「宋經理，這事就交給我了。」胖廚師興奮地說，「我早準備好了鐵棍，猛敲牠的狗鼻梁，保證牠連哼都來不及哼一聲就倒下去。」

「我們也走吧，」亞萍說，「老胖，等我們走遠了你再殺。我們不要聽也不要看，不然吃不下狗肉。」

牠站在斷頭椿前，望著被宋經理強摟出鐵門去的小主人的背影，狗心一陣悲涼。汪汪汪，小主人，永別了。

胖廚師貓著腰，高高舉起了鐵棍。

牠圓睜著雙眼，佇立在斷頭椿前一動不動。牠不想躲閃，牠也無法躲閃。牠是獵狗，就是死，牠也要保持獵狗的風采。

眼看鐵棍就要當頭砸來，突然，已被摟出鐵門的小主人猛地扭動身體，掙脫了宋經理的摟抱，轉身奔回夾牆內，哭喊道：

「不，不要殺迪克！不要殺迪克。」

他扔了竹棍，腳步踉蹌，卻沒跌倒。他快步來到斷頭樁前，就在胖廚師的鐵棍即將砸下的一瞬間，猛地撲到牠身上，雙手緊緊抱住牠的脖頸，用他的身體蓋在牠的身體上。

「快，快把這個小瞎子拉走！」胖廚師舉著鐵棍叫道。

牠沒想到小主人的力氣會突然變得那麼大，兩條瘦瘦的胳膊箍得牠喘不過氣來。他抱得實在太緊了，拉二胡的老章和黃大哲學家彎下腰來企圖把小主人抱走，費了很大勁也沒成功。

「阿炯，這像什麼話。有話好說嘛，你先起來！」宋經理說。

「我不讓你們害我的迪克！」小主人趴在牠身上倔強地說。

「宋經理，」報幕小姐歎著氣說，「我看緩一緩再處理這條醜狗吧，不然會傷阿炯心的。殺了醜狗不要緊，假如阿炯悲傷過度，二胡拉不好了，問題就大了。你說呢？」

「阿炯可是我們蟠龍歌舞團的搖錢樹喲。」黃大哲學家笑著提醒道。

宋經理摸摸下巴，思忖了一會，揮揮手說：「好吧，這次就饒了這條醜狗。老胖，你要好生看管牠，就把牠鎖在斷頭樁上別讓牠亂跑。要再讓牠跑出去搗亂就扣你獎金。好了，大家都回去睡覺吧。」

「奶奶的，老子這一棍要早點下去……哼！」胖廚師悻悻地收起鐵棍說。

牠總算免了一場劫難。

十五　疑惑

每天晚上過了九點，紅蕾劇場門前那條老海埂路上，便會擺出好幾家吃燒豆腐的攤子。一塊鋪板加幾根條凳，一根竹桿挑一隻燈泡，一隻紅泥炭爐加一塊網眼鐵板，就是燒豆腐攤了的全部家當。將老豆腐切成小方塊，用濕布捂蓋發酵，欲霉未霉、欲臭未臭，便是做燒豆腐的上等原料。

「吃現燒現賣的燒豆腐吶，七角一十——」老板用抑揚頓挫的聲調吆喝著，若有客光臨，即將豆腐塊放在網眼鐵板上，鐵板又放在燒得通紅的炭爐上，焙烤烘燒，將豆腐塊燒得六面焦黃，散發出一股奇異的香味，再配上一碟麻油香菜辣子酸醋調和的佐料，香酥可口，別有一番風味。

蟠龍歌舞團是這些燒豆腐攤的老主顧，尤其是單身女演員，演出完後，總要來吃它個十塊二十塊燒豆腐，價廉物美，既解饞又飽肚子。

亞萍卸完妝洗了把臉，哼著小曲，朝馬路對面那家正用收音機播放著迪斯可音樂的燒豆腐攤子走去，剛出大門，便碰上拉二胡的老章。

「亞萍，我們一起吃燒豆腐去吧。」老章說。

「喲，我說今天早晨一覺醒來，怎麼就有一隻喜鵲來撞玻璃窗呢，原來是老章要請我吃燒豆腐。」亞萍甜甜一笑說。

老章像患牙疼似地皺起了臉：「我最欣賞美國人的作風，人家男女一起上街吃飯，彼此沒點接吻以上關係的，就是各付各的帳。」

「看來我今晚非做美國女郎不可了。」

說話間，兩人已穿過了馬路，在一根長條凳上並排坐了下來。

「我要十塊，多放點辣椒。」亞萍說。

「我要二十塊，燒嫩點。」老章說。

老板樂呵呵地往網眼鐵板上數豆腐塊。從開始燒到端上桌，大概要等十來分鐘時間。亞萍打了個哈欠，覺得有點無聊。平時在團裏，老章跟她關係很普通，沒什麼可談的。她抬眼東瞅

十五　疑惑

瞅西瞧瞧，以消磨時間。眼光在馬路對面一掃，偏偏就看見了最不願意看見的東西——劇場正門口那塊大海報。對她來說，海報上那張盲孩拉琴的廣告十分扎眼。她趕緊將眼光挪開。她沒想到，自己這個小小的不自然的舉動，讓鬼心眼的老章給捕捉住了。

「這海報貼了兩個多月了，早該換換嘍。」老章弦外有音地慢吞吞說道。

「人家現在是紅得發紫的盲藝人，團裏怎麼會捨得換喲。」亞萍的話裏有股酸溜溜的味道。

「亞萍，我就愛看畫妳的那張海報，多棒，笑得比蒙娜麗莎還甜。把妳的海報換下來，這不公平，想起來我就氣憤。」

「行了，老章，別在我面前裝好人。換海報時，你老章站在旁邊連個屁都不敢放。」

「沈默就是抗議嘛。」

「也可以理解爲是一種默認。」

「亞萍，我沒心思跟妳抬槓。什麼事也甭想瞞過我老章的眼睛，我早看出來了，那小瞎子一來，妳亞萍在團裏就由婆婆變成童養媳。最可惱的是，憋在心裏頭的那股惡氣還沒地方出。」

亞萍鼻子酸酸的，乾咽了幾口唾沫，才算沒讓淚珠兒掉出來。

她這段時間確實活得夠窩囊了。畫她那張鮮豔奪目的海報被撤換掉，節目也由原先的十分鐘被壓縮到六分鐘。尤其丟面子的是，她當眾向宋英學提出辭職，結果……嗨，那些個深圳廣州來的老闆，平時需要她陪舞陪酒應酬場面，個個都灌她迷魂湯，什麼她漂亮的臉蛋就是最好的投資，什麼生意場上有了她就等於飛機安好了翅膀，等到她在團裏提出辭職後找上門去，要來真格的了，那些個老闆經理全他媽的臉上像塗了層漿糊板了起來，這個推說要董事會討論，那個說現在公司人浮於事、擠不出空缺，倒有一個長相跟武大郎差不多的做藥材生意的老闆想要她，工作卻是要她做他的私人秘書，誰都曉得給有錢的老闆做私人秘書是怎麼回事。她還沒那麼賤。沒辦法，只好偃旗息鼓，又厚著臉皮來上班，總得有個拿工資的地方吧。

可惡的宋英學，她在氣頭上提出辭職，他也不攔攔，連點挽留的表示也沒有。這一跤跌得好慘哪，那幾天連看門的魯老倌見了她，都敢用話來揶揄她，問她幾時動身到深圳去當女老闆。胖廚師打飯時也陰陽怪氣地說，喲，亞萍，廣州有的是山珍海味，妳還來吃這裏的大鍋菜呀！她真是打落牙齒往肚裏咽，有苦說不出。

要是此時坐在身邊一起吃燒豆腐的不是老章，而換個別的談得來的男人，她絕對要朝宋英學和小瞎子吐一身髒水，給自己順順氣。對老章就另當別論了，她不想讓連一頓燒豆腐都捨不得請的男人看自己的笑話。她平靜地一笑，淡淡地說：

「我亞萍命苦，當童養媳就童養媳吧。我倒是爲你打抱不平。論歲數，你比他宋英學大一個手掌，論資歷，你比他早進歌舞團三年，他憑什麼把你老章當猴耍呀。」

「亞萍，說話要有分寸，我那點像被人耍的猴呀？」

「算嘍，老章，團裏什麼事瞞得過我亞萍。你老章再健忘，恐怕也很難忘記你出院回團那天，姓宋的在辦公室是怎樣踐踏你的吧。」

亞萍一句話，說得老章臉紅脖子粗。

那次聽說要撤掉民樂合奏《花好月圓》，老章一氣憤，就去醫院開了住院單。當然不是胃病厲害了非住院不可，而是一種手段，變相罷工。他希望自己住院後，歌舞團節目無法正常排演，宋英學三顧茅廬到醫院央求他帶病堅持工作，方能顯示出他的價值。

但他住了一個月院，歌舞團的演出非但沒受影響，反而越鬧越歡騰、越演越熱鬧了。演員的獎金也水漲船高，超過了工資。他請病假拿不到獎金，這損失夠慘重的。雖然滿心不願意，也只好自動出院。

回單位那天，他到辦公室去見宋英學，這傢伙嘴角尖含著一絲譏諷的笑，說：「老章啊，你這麼著急出院幹啥呀，身體要緊嘛，病要治徹底嘛。」

這話表面聽起來似乎是上級對下屬的關心，但知道底細的人都明白，弦外之音其實是在說，沒你老章地球照樣轉，而且轉得更潤滑、更順溜了。你老章想用住院來要挾我嗎？別想！辦公室有兩個小妞抿著嘴竊笑。他當時恨不得在地下找個老鼠洞鑽進去。

「亞萍，我們誰也別說誰。我們應該是同病相憐。」

「嘻，你應該說，是同條戰壕裏的戰友。」

「兩位的燒豆腐來啦——」小個兒老板端上兩盤熱氣騰騰的燒豆腐。

兩人細嚼慢咬，也不知是否吃出了滋味。

「其實，他姓宋的也不是沒有辮子可抓。」老章將一嘴燒豆腐咽進肚後說，「只不過我這個人心腸軟，不忍心看著人家掉進水去。」

「怎麼，聽說他的桃色新聞了？」

「這種事搞得都是地下活動，連美國中央情報局都束手無策呢。」

「他金錢往來上有什麼疑點？」

「這方面他是隻老狐狸。」

「那你說的辮子是指什麼？」

「他宋英學顛倒黑白。」

「唔？」

十五　疑惑

「他把從成都馬戲團買回來的白獅狗當作醜狗迪克，不但在舞臺上炫耀，還登到報紙上去吹噓。這難道不是顛倒黑白，在製造大騙局嗎？」

「哈哈哈哈，」亞萍神經質地笑起來，把來不及咽下的半口豆腐沫全噴在佐料碟裏了，「我以爲你真的掌握了什麼證據呢，鬧了半天，原來你是想在白狗黑狗上身上做文章。老章啊，這事是馬尾穿豆腐——提不起。你想想，哪個上面單位肯爲一條野狗去申冤平反？假如你真的爲此事寫信去告，人家恐怕會把你送到精神病院去哩。」

「這……難道我倆受了這麼大的窩囊氣，就這樣算了不成！」

「你沒有本事揪住人家尾巴，不算還能怎麼樣？」

「我就不信他姓宋的什麼事都做得天衣無縫，我就不信他姓宋的屁股上沒有夾著屎。」

「那倒是，每個人都有不能公開的隱私。我倒覺得有一件事很可疑。」

「亞萍，別賣關子了，快說是什麼事。」

「就是那個小瞎子阿炯。你知道，我住的宿舍和老宋家是窗對窗，前幾天的一個下午，我開窗晾衣服，正好看見……」

「看見什麼？」老章眼珠子快從眼眶裏瞪出來了，喘氣聲也變得不均勻。

「我看見老宋的愛人繆菁，正在給小瞎子洗澡。」

老章像癟了氣的皮球似地萎下腰來：「我還以爲妳看到了謀殺、通姦這樣精彩的鏡頭了。洗澡，嘿，幫小瞎子洗澡算什麼事嘛。」

「阿炯十三四歲，已經不小了，一個女人肯爲一個半大的男人洗澡，這裏頭……」

「你是說老宋的愛人和小瞎子關係曖昧？」

「你們男人怎麼都是這個德性，一聽到一個男人和一個女人的故事，就要往這方面去想呢？難道一個男人和一個女人在一起，就不會有別的關係了？」

「那妳說，她給他洗澡說明了什麼呢？」

「我再給你說件事。小瞎子還在街頭拉琴乞討時，有一次，我看見老宋的愛人站在小瞎子身邊，眼圈紅紅的，不停地在抹淚。」

「興許是她心腸軟，淚腺豐富，聽聽小瞎子訴苦，就哭起來了。」

「街上有的是乞丐，還有斷手斷腳的更可憐的殘廢，她怎麼不去哭呀。」

「亞萍，妳越說我越糊塗了。」

「老章，你真的相信老宋所說的，他們是出於同情才把小瞎子接回家去的嗎？」

「對這個問題，我心裏是小蔥拌豆腐一清二白，姓宋的是利用小瞎子打擊我們，壓服我們，抬高他自己。」

十五　疑惑

「誰跟你說這個呀。你想想，難道世界上真有這樣賢慧善良的女人，把素不相識的小乞丐接回家養著，把自己女兒送到婆家去？」

「亞萍，妳葫蘆裏到底賣什麼藥嘛。」

「你真笨，腦子怎麼一點也不開竅。我再給你提供一些資料。老宋的愛人今年三十五、六歲，小瞎子今年十三四歲，小瞎子是從麗江流浪到昆明來的，而她在十七年前到麗江插過隊。你再比較一下小瞎子和她的臉，輪廓很相似，都屬瓜子型。」

「妳是說，小瞎子是他的……」

「我阿姨的一位同事的兒子過去也到麗江去插過隊，我前幾天向他打聽過，他說他記得聽人說起過，有個叫繆菁的女知青嫁給了當地一個農民，當時還作爲模範宣傳過，他印象很深刻。」

「噢，我懂了，她所以在街頭守著他掉淚，所以捨得把寶貝女兒萌萌送到婆家去，所以能毫無顧慮地替小瞎子洗澡，敢情小瞎子是她的親生兒子！這新聞比挑戰者登上火星還精彩吶。」

「老章，更精彩的還在後面呢。」

「什麼？」老章的眼珠子又瞪圓了，匆匆將最後一塊豆腐塞進嘴裏，擺出洗耳恭聽狀。

「我估計阿炯至今不知道老宋的愛人就是他苦苦尋找的親生母親。」亞萍慢悠悠地說道。

「這可能嗎？小瞎子在老宋家已住了兩個多月了，母子近在咫尺，怎麼可能還蒙在鼓裏呢？」老章連連搖頭說。

「前天下午排練完節目，我衣服忘在排練廳了，回頭去取，看見小瞎子一個人站在空蕩蕩的排練廳裏正在掉淚。我問他，是不是有人欺負你了，他搖頭。我又問他，是不是宋經理和阿姨對你不好，他搖頭說不，說阿姨待他好極了。我就問，那你哭什麼呀？他說，他想他媽媽。他說，他曉得媽媽就住在豆腐營一帶。我正想問他媽媽的姓名、年齡、長相，宋經理急急忙忙跑了進來，見我正和小瞎子交談，神色變得極不自然，我當然不好再問下去了。老章，你想想，要是小瞎子知道了老宋的愛人就是他的親媽媽，他還會想媽媽想哭嗎？」

「亞萍，妳這麼一說倒提醒了我，這事確實很蹊蹺。姓宋的把小瞎子看管得很緊，只要小瞎子一出門，臺上臺下他都守在他身邊，生怕小瞎子和別人單獨接觸。上次開記者招待會，妳還記得嗎，凡是記者問到小瞎子生母的情況，都由姓宋的搶著代他回答了。」

「這段時間我老在琢磨這個問題，十有八九，老宋的愛人就是小瞎子的媽媽，而且至今瞞著小瞎子。」

「這太卑鄙了，不認親子，絕對可以送上道德法庭去審判。這事要抖落出來，老婆有個私

生子，他老宋的臉往那裏擱？還有，瞞天過海，把老婆的私生子捧爲天才，還想解決他的戶口問題，這是典型的不正之風，上級正愁找不到這樣的案件哩。可以說是一箭三雕，哼，看他姓宋的還怎麼個神氣法。」

「老章，現在的問題是，要想個適當的辦法使這樁隱私曝光。」

「那好辦，我明天就把真相告訴小瞎子。」

「別犯傻。」亞萍將最後半塊燒豆腐連同剩餘的佐料一起扒進嘴裏，一邊嚼一邊說，「你這樣做，將來萬一鬧出亂子，或者萬一鬧出誤會，你就逃不脫挑撥離間的罪責了。」

「那妳說該怎麼辦呢？」

「我們來個偶然間道出了真情，無意中洩露了天機。」亞萍對老章如此這般耳語了一番。

「妙，妙，實在是妙。」老章豎起一隻大姆指搖晃著，「亞萍，我覺得妳搞聲樂實在是太可惜了，妳應該去搞政治。」

從排練廳到廁所，中間有一條二十多米長的陽臺型走廊，水泥欄杆上放著幾盆蘭草，早晨的陽光把蘭草細長墨綠的葉子照得閃閃發亮。天空有一隻白鴿在翺翔，傳來一陣陣悠揚的鴿哨聲。

亞萍和老章站在水泥欄杆邊，一個抬頭仰望藍天白鴿，一個俯首欣賞盆中蘭花，耐心地等待著。

走廊盡頭排練廳的門吱地扭開了，傳來竹棍點地的嗒嗒聲。阿炯正沿著走廊朝廁所走去。亞萍詭秘地笑笑，朝老章示意地呶了呶嘴。

「亞萍，我覺得我們宋經理的愛人是世界上難得的好人。」老章大聲說。

「怎麼說呢？」

「她把自己的女兒萌萌送到婆婆家去住，把阿炯留在家裏，像照顧自己的親兒子一樣照顧阿炯。」

「是啊，這事要是登在報上，多感人哪。」

「老宋的愛人還不是一般的同情殘疾人，她是出於對養育了自己多年的麗江這塊土地的深情厚意，才收留阿炯的。」

阿炯的步子邁得很均勻，走得也很平穩，嗒嗒嗒，竹棍敲點水磨石的聲音清脆悅耳，顯示出他內心的平靜。他緩緩地從亞萍和老章面前經過。

「老宋的愛人不是昆明人嗎，怎麼會對麗江有感情呢？」亞萍字正腔圓，像念臺詞似的。

「這妳就不知道了，老宋的愛人是知青，十七年前到麗江插過隊，七年前才調回昆明

的。」

「老知青這一代人，生活太曲折了。」

亞萍一面說著，一面盯著阿炯，觀察他的反應。她知道，瞎子的耳朵特別靈敏，不可能聽不到她和老章的對話的。她看見阿炯的腳步遲疑了一下，想停沒停下來，竹棍點地的節奏也紊亂了，嗒，嗒嗒，嗒，說明他心裏已亂了方寸。這僅僅還在鋪墊呢。

「我真想替老宋的愛人寫篇報導。」

「老章，你寫呀，寫出來準轟動。」

「可我不知道老宋的愛人叫啥名字。」

「她叫繆——菁——」

亞萍看見，刹那間，阿炯變得像個木頭人，手中的竹棍懸在半空，腳步停了下來，一秒、兩秒、五秒、十秒……他像失去了知覺似地一動不動。

他背朝著她，她無法看見他的面部表情，悲傷？震驚？慘白？潮紅？走廊沒其他人，那隻帶鴿哨的白鴿也不知飛到哪裡去了，四周一片寂靜。突然，傳來得得得得細微而清脆的聲響，亞萍和老章面面相覷，不知道是什麼聲響。但這奇怪的聲音確切無疑是從阿炯身上發出來的。掉淚？不像，淚珠兒掉地沒那麼脆。亞萍再細瞅他的背影，瘦削的雙肩在微微抖索，她明白了，是他的牙齒在打顫。

亞萍朝老章使了個眼色，兩人躡手躡腳溜出走廊。

「小瞎子聽到繆菁兩字，猶如五雷轟頂。」老章興奮地小聲說道。

「等著看好戲吧。」亞萍眉開眼笑地說。

十六　發現真相

晨曦透過霧嵐灑在夾牆裏，雜草蕪穢的地面鋪了層紅黃藍紫色彩奇異的光斑。歌舞團昨夜演出，按不成文的慣例，今天就免開早餐，演員們不睡到陽光從玻璃窗爬進屋去曬熱被窩，是不會起床的。胖廚師大概也還在睡香甜的回籠覺吧，伙房靜悄悄沒有動靜。圍牆外有一對黃鸝鳥兒在樹梢啁啾，宛如在吟唱一支優美的晨曲。

牠醒了，站起來把全身的狗毛豎直，抖了抖，把夜裏的睏倦和殘剩的睡意抖落乾淨，然後前肢向後把身體放低平些，狗腦殼向後仰抬，脊梁骨便自然地向下彎成弓形，狗肚皮在草根前後磨蹭了幾下，伸了個頗爲典型的狗懶腰。

早晨的空氣清新透明。前幾天，牠早上醒來後，就會在狹長的夾牆裏來回奔跑，然後在斷頭樁上躥上跳下，練習腿功和腰功。雖然也同樣是被囚禁在夾牆裏，但還可以在有限的空間舒展筋骨、活絡血脈。此刻，這最後一點可憐的自由也被剝奪了。一條絞花鐵鏈把牠固定在斷頭樁上，鐵鏈子長約一米半，牠只能以斷頭樁爲軸心，在一米半的圓圈中打轉。

那扇沈重的鐵門虛掩著，有了鐵鏈子，胖廚師懶得再鎖門了。

要是牠現在能掙斷鐵鏈，牠馬上就可以逍遙自由了，牠想。牠試了試，斷頭樁是根圓椎山木，任牠搖撼也紋絲不動。鐵鏈子堅硬無比，牠狗牙都硌疼了，才咬出一點白的印痕。

牠無可奈何，只好放棄掙脫囹圄的企圖。

在離斷頭樁一米多遠，牠拉直了鏈條，狗嘴剛剛能觸及的地上，放著兩隻煮熟的雞蛋。這是小主人昨夜偷偷溜到這裏給牠送來的食物。夜裏牠沒捨得吃，留著今天當早餐。牠抬起前爪，猛力一踩，想把一隻雞蛋踩扁了好剝殼吃，不料卻踩偏了，雞蛋滴溜溜滾到三米外一塊土堆旁，牠沒法再吃到它了。牠剛想用嘴咬第二隻雞蛋，突然，鐵門外閃過一團白光，隨風飄來一股同類的腥騷廉價香水的怪誕氣味。

哦，原來是牠深痛惡絕的白獅狗，正在鐵門外徘徊。

汪——牠從喉嚨深處發出一聲威嚴的吼叫。牠想像白獅狗一定會像上次那樣嚇得屁滾尿流、逃之夭夭的。

白獅狗這已經是第二次光臨牠的牢籠了。

上一次是在十天前，那時牠還沒有冒冒失失躥上舞臺去惹禍，牠還沒被鐵鏈子鎖在斷頭樁上，還能在夾牆裏自由走動。牠正在夕陽下啃食一根骨頭，突然發現鐵門有個白影在晃動，還聞到一股同類的氣味。

十六　發現真相

當時牠還蒙在鼓裏，不知道來者就是厚顏無恥冒名頂替鯨吞掠奪了牠的榮譽的壞傢伙。牠還以爲牠是到這兒來串門做客的呢。

牠正閒得慌也悶得慌，牠很想有個同類做朋友。牠已看清在鐵門外是隻嬌小玲瓏的白獅狗，體型並不比黃貓大多少，擠一擠是可以從鐵門的花格格裏鑽進夾牆來的。牠不行，牠體格太壯，除非削尖腦袋並重新把全身的狗骨頭排列組合，是無法通過鐵門上狹小的花格格的。瞧這隻白獅狗在鐵門口探頭探腦的神情，似乎並不知道夾牆裏有牠。牠一定是偶然路過此地，出於好奇才想鑽進來瞧瞧的，當時牠想。

牠怕牠突然看見牠會嚇一跳，怕牠會因害怕而逃走，便躲在斷頭椿背後。白獅狗在門口窺望了一會兒，見夾牆裏沒動靜，便從鐵門上一個半圓形的花格格鑽了進來。

雖說用獵狗的標準來看，這白傢伙簡直就不配叫狗，倒更像是人類的玩具和裝飾品，但牠還是希望能同牠交個朋友。牠太孤獨了、太寂寞了，渴望能有同類之間的友誼和溫暖。牠等牠完全鑽進鐵門後，便從斷頭椿後面將上半個身體探出來，用友好的表情、用柔和的音調朝牠汪地打了個狗招呼。

假如換成一條獵狗、牧羊狗或其他種類的狗，一定會被牠的善意所感化，化陌生爲親密的。可牠沒料到，白獅狗竟會比老鼠還膽小，一聽到牠的吠叫，就像老鼠聽到貓叫似地急忙扭身往鐵門外躥去，倉惶間，胖嘟嘟的身軀被卡在半圓形的鐵門格格裏，牠拼命掙扎，扯脫了好幾綹美麗的白狗毛，這才鑽出鐵門去，頭也不回地逃掉了。

牠嗤之以鼻。何必呢，牠又沒想去咬牠。

後來，就發生了牠私闖舞臺的事件。

沒想到，牠此刻卻又在朝夾牆裏探頭探腦了。

牠剛才吠叫了一聲，牠以為牠會像人聽見鬼叫、鼠聽見貓叫、羊聽見了狼叫似地沒命逃跑，但又一次出乎牠的意料之外，那團白影不過靜滯了幾秒鐘便又晃動起來，不一會，鐵門花格格裏露出兩隻亮亮的狗眼，肆無忌憚地打量著牠。

也許是牠叫得不夠兇猛，叫得不夠惡毒，叫得不夠殺氣騰騰，才沒嚇著牠的，牠想。牠很討厭牠，這無恥的傢伙，滾得越遠越好。牠吸了口長氣，咽進丹田，瞪圓雙眼，呲牙咧嘴，極盡一條狗所能做出來的兇惡表情，汪，汪，汪汪汪汪，發出一串節奏短促、氣勢磅礴、音調怪兀、鋒芒畢露的吠叫聲，毫不誇大地說，即使見到一匹狼，牠也不會比現在叫得更猛烈了。牠自信這優秀的獵狗才具有的兇悍的吠叫聲足以喝退金雕、嚇走猞猁。

可是，白獅狗非但沒被嚇得魂飛魄散，反倒把毛茸茸的腦袋鑽進鐵門的花格格。牠汪灰色的唇吻間幾根金色的髫鬚高低翹落，狗眼不住地朝牠眨動，透出譏諷與嘲弄的神情。

十六　發現真相

牠恍然大悟，狗腦筋一下子開了竅。

牠已經曉得牠被捆綁在斷頭樁上，失去了行動自由，所以就不把牠的狂吼怒嚎放在眼裏了。這豬娘養的白獅狗！牠在心裏罵了一句。

人罵人，就說某人是狗娘養的以示蔑視！狗罵狗，如果也說是狗娘養的等於沒罵，因此要罵豬娘養的；在狗的眼裏，豬笨頭笨腦、貪吃懶做，是低等畜牲。

瞧，牠優雅從容地從鐵門的半圓形空格格鑽進了夾牆，蹲在一叢衰草上，舔著爪子，甩著尾巴，連正眼都不瞧牠一下，彷彿牠根本就不存在似的。

牠從喉嚨深處發出一串咕嚕咕嚕的顫音，這是狗的詛咒、狗的訾罵、狗的抗議、狗的最後通牒。貓也會從喉嚨深處發出咕嚕咕嚕的顫音，俗稱貓念佛，雖然形式和狗類似，內容卻大相徑庭，是一種內心獨白，是一種交心懇談，是表示友好與親近的貓的特殊語言。

白獅狗不管怎麼說也是狗，總不至於像貓咪那樣誤解牠的意思，牠想。

牠發現牠的抗議、詛咒和訾罵簡直是在對牛彈琴，簡直是枉費心機。白獅狗像聾子似地充耳不聞，竟然大模大樣在夾牆裏追逐一隻花蝴蝶。

牠明白了，牠是故意到這裏來看牠笑話的，故意到這裏來向已失去回擊能力的牠挑釁的。這是自由在嘲笑囚犯，是想氣死牠。

一股復仇的毒焰竄上牠的心頭。狂怒使牠在一瞬間忘了自己的處境，兇狠地嚎叫一聲，向夾牆中央的白獅狗撲躍上去。牠是永遠也鬥不過鐵鏈子的。牠撲到半空，便被猛地拽回地面，沒觸碰到白獅狗一根毛，反倒把自己的脖子卡得幾乎要斷裂，四條腿也跌得一陣酸麻。鐵鏈子嘩嘩響，像在嘲笑牠的愚蠢。

白獅狗既沒逃躥，也沒躲閃，狗臉平靜得沒一絲慌亂，牠蹲坐在牠面前，仄歪著腦袋，像在欣賞馬戲表演。牠曉得牠對牠無可奈何，就用調侃的聲調朝牠汪汪吠叫。

牠垂頭喪氣回到斷頭樁旁。鐵鏈子代表著人類的法律和尊嚴，牠無法與之抗爭。

白獅狗像紳士般踱著方步，來到離牠三米遠的土堆旁，把被牠踩偏滾掉的雞蛋囫圇吞吃了。

牠覺得牠不僅僅是吞吃了屬於牠的食物，還吞吃了小主人對牠的一片溫情和愛意。刹那間，牠產生了一個邪惡的念頭，咬死這豬娘養的白獅狗！

雖說動物對同類一般有避免自相殘殺的禁忌，即使彼此產生了對抗性的矛盾，也至多以咬傷對方，讓對方耷下尾巴表示屈服就算完事，但這次，牠卻決心要動真格的，白狗牙進紅狗牙出。

牠想，假如沒有這條白獅狗，觀眾就不會對自己扔果皮吐唾沫，自己就不會被捆綁囚禁在

斷頭椿上。牠覺得一切倒楣都是由白獅狗引起的，牠是掃帚星、牠是白虎精、牠是道道地地的禍根。

咬死白獅狗，不僅能渲洩自己心裏那股快要爆炸的怨氣，更重要的是，牠將排除了干擾，重新獲得牠作為真正迪克所理應得到的一切。

作為人類的讀者看到這兒，未免會哂笑迪克的想法太幼稚、太不切實際、太荒謬可笑。但作為一條狗，牠無法進行和人類同等複雜的思考。

牠決心已定，接下來的事情就是要把想法付諸行動。最使牠惱火的是，白獅狗總是在離牠兩米外的地方活動。看來牠早已目測準牠脖子上的鐵鏈是一米半長，加上鐵項圈和牠狗身體所能延長的最大限度不會超過兩米，兩米外就是絕對安全地帶。關鍵是要讓這白傢伙走近些，再走近些，進入牠帶著鐵鏈所能搆得著的有效距離，這樣撲擊才不會落空。

可這白傢伙精明得就像出洋留過學。牠朝牠氣勢洶洶地吠叫，朝牠扮鬼臉打噴嚏，朝牠極不禮貌的抽動尾巴，就是不闖進危險區域。

牠閃進斷頭椿背後，挑逗地朝牠汪汪吠叫。牠似乎被牠激怒了，跑到鐵門口，然後面朝著牠，發出一聲咆哮，後肢猛蹬門框，身體朝牠彈射過來。瞧牠的來勢，大有撲到牠身上和牠決一雌雄的勁頭。牠興奮地曲起後肢等待著，謝天謝地，牠終於把自己送上門來了。

白獅狗的體態和動作確實優雅，長毛飄拂，舞兮蹈兮，與其說衝上來是要進行一場血腥廝殺，不如說是在進行一種舞蹈的表演。

不管怎麼說，牠能有膽量衝上來，牠倒要對牠刮目相看了。

一團白光從鐵門躥到斷頭樁前，突然就刹住了。四隻白狗爪收斂得極其敏捷，極其準確，就在離斷頭樁兩米遠的地方停住了狗腿，前衝的慣性又把牠往前移動了三十公分，不多不少恰恰停在離斷頭樁一米七的地方。

牠根本沒想到牠會耍這個滑頭，牠在牠離斷頭樁還有三米的時候就張牙舞爪撲迎上去。牠再次被鐵鏈拉住從空中跌回地面，剛好跌在離牠還有兩三寸遠的地方。狗臉對狗臉，唇吻上的鬍鬚都觸摸到一起了，可就是無法噬咬到牠的身體。

牠皺鼻縮頸、搖頭晃腦、虛張聲勢地朝牠狺狺。

這豬娘養的傢伙，分明是在戲弄牠，在作弄牠，在耍弄牠，在和牠開惡毒的玩笑！牠氣得想吐血；如果真能吐出來的話。

牠竭力向前挺進，狠狠張嘴咬去，只咬到一團空氣，咬到一團白影，咬到一股人非人、狗非狗的香水味。

牠肉感很強的蒲扇似的狗耳朵前後晃蕩，笑得很開心。看來，牠天生長著一顆數學腦袋。

十六　發現真相

除非牠願意擰斷自己的脖子，牠是無法逾越鐵鏈子所規定的一米半的極限。

牠蹲坐在牠面前，慢條斯理地梳弄長及肚皮的體毛。牠心裏升騰起一股被愚弄了的怨恨。牠要報復，用智慧、用心機、用牠獵狗的聰明。

離斷頭樁一米半遠牠還來不及吃掉的那只熟雞蛋似乎可以當作誘餌，牠想。牠當然不指望白獅狗現在就過來搶吃這只雞蛋，牠就是餓得肚皮貼到脊梁骨也不肯來冒這個險的。必須設法讓牠產生這樣一種錯覺，來叼食這只雞蛋沒有任何危險。

戲只要演得像，就跟真的一樣。

牠氣咻咻地退回斷頭樁邊，突然又像忍受不了奚落耍弄似地，在斷頭樁繞了個圈，掉頭朝白獅狗撲去。牠自然又撲了個空，而且由於鐵鏈子順時針方向在斷頭樁上纏了個圈，又一次撲躍出去，又縮短了半公尺的距離。

現在，牠的活動半徑只有半公尺多點了。牠似乎很著急，拚命用前爪刨鐵鏈，想把纏緊的鐵鏈放鬆，但不奏效。牠似乎很笨，不知道該逆時針方向圍繞斷頭樁轉圈，才能解脫被越纏越緊的痛苦。

牠稀里糊塗、牠暈頭轉向。牠又順時針在斷頭樁繞了一圈，牠差不多已被越縮越短的鐵鏈固定在斷頭樁上了。牠暴跳如雷，牠拚命掙扎，牠無可奈何，牠呼呼喘著粗氣，牠前爪踢踏著那堆纏不清理還亂的鐵鏈子。

白獅狗手舞足蹈地欣賞著牠的窘狀。

牠似乎已經精疲力竭，臥在斷頭樁旁。

白獅狗試探著朝那只很有誘惑力的雞蛋跨前一步。牠佯裝著遏制不住狂怒朝牠撲過去，收得緊緊的鐵鏈把牠的頸毛扯脫一大把，黑色的狗毛在空中飛旋。牠急得汪汪叫，卻又奈何不得。

白獅狗又朝雞蛋靠緊了一步，現在，牠距離斷頭樁只有一米六左右了。牠心裏暗暗高興。可突然間，牠扭頭朝外跳了一步，又回到兩米開外的安全區域，並把貪婪的目光從雞蛋上收回來。

牠仔細回憶一下剛才自己的表演，並沒露出什麼破綻。這傢伙一定是疑心太重，怕中牠的圈套，寧可饞得淌口水也不願冒一點險。

說不定這白傢伙祖先有狐狸的血統哩。

牠不能半途而廢，這場戲要演到底。

太陽把夾牆照得暖融融。牠裝著累極了的樣子，鑽進斷頭樁的陰影裏，把狗臉埋進胸窩，狗眼埋在前爪的絨毛間，胸脯一起一伏做出瞌睡狀，只有兩隻尖硬挺拔的耳朵豎得筆直，並像

十六　發現真相

雷達探測器那樣朝白獅狗定向轉動。

白獅狗跑到鐵門那兒捉蝴蝶，牠是憑聲音判斷出來的。牠這是故意想表現出對雞蛋不屑一顧的樣子。後來，牠又故伎重演，嚎叫著從門口旋風般地朝斷頭樁撲躥過來，在離牠兩米遠的地方準確地剎住腳。牠渾然不知，緊閉著眼，呼嚕睡大覺。

終於，牠高度靈敏的耳膜接收到狗爪朝雞蛋邁進、踏在草葉和土堆上的細微的聲響。一步，兩步，三步……腳步異常謹慎，遲遲疑疑。牠仍然躺臥著不動，只有兩隻耳朵劇烈地顫抖著顯露出牠內心的激動。

……四步、五步……按白獅狗的步子計算，牠已走到那只雞蛋面前，準備用爪子去撥或者用嘴去叼了。牠早已收腹曲膝作好襲擊準備。爲了增強攻擊的突然性，牠省掉了狗通常所有的戰鬥宣言——吠叫，牠悶聲不響以閃電般的速度逆時針方向轉起圈來，被牠攪得貌似紊亂的鐵鏈其實亂中有序，牠每轉一圈，鐵鏈的長度就放寬半米。

在牠作第一圈旋轉時，白獅狗幾乎來不及作出反應。牠剛剛把雞蛋叼在嘴上。牠興許是被牠沒有吠叫就採取行動的非常規性行爲有點弄懵了，也可能是被牠精彩絕倫的繞樁旋轉看得眼花撩亂而忘了危險。牠想要的就是這種效果。

就在牠發呆的當兒，牠已經以斷頭樁爲軸心，拖拽著鐵鏈作第二輪旋轉。脖頸上的鐵鏈霎時間已伸展出一米長。高速運動使牠看上去好像已有足夠的長度在向雞蛋位置進行包抄，並由外朝內進行撲擊。其實此刻牠離雞蛋還有半米的距離呢。假如這時白獅狗能保持鎮定，只消後退兩步便能化險為夷。但牠慌了，真以為牠已堵住了牠的退路，竟舉步朝夾牆底端跨去。

才跨了一步，牠又幡然醒悟自己犯了錯誤，扭動腰肢，掉頭想重新往鐵門那兒逃匿，說時遲那時快，牠又快速旋轉了一圈，把鐵鏈子全部放鬆理順，四肢在地上猛蹬了一下，借著一股慣性和一股離心力，身體騰空飛起來，眨眼間便飛到白獅狗面前，兩隻前爪往前一撲，剛好摟住牠的身體，把牠按翻在地。

俗話說狗急跳牆，是指狗在危急關頭會孤注一擲、以命相搏。白獅狗到底也是狗，張嘴就朝牠前肢內側咬了一口。尖利的狗牙咬破了牠的皮肉，疼得鑽心。只要牠鬆開前肢，就可以擺脫這痛苦的噬咬，但牠假如這樣動作，牠就會趁機從牠的爪牙下掙脫開去，牠將前功盡棄，一切努力成為泡影。

牠忍不住疼痛，把四肢收得更緊，一口叼住正在朝牠狗臉胡蹬亂踢的一隻狗腿，狠狠咬了一口。喀嚓，傳來骨頭被咬斷的脆響。白獅狗尖嚎起來，汪汪，聲音恐怖絕望，在用狗的語言呼喊救命。

牠不能讓牠這樣呼叫的，牠的叫聲會引來愛管閒事的人。牠必須果斷地處置掉牠，牠想。

不幸的是，就在這時，鐵門哐啷開響，有人朝牠奔來。牠來不及回頭去看，牠尖尖的嘴吻用力刺探進白獅狗柔軟的頸窩。牠的狗牙已觸及到牠富有彈性的滑溜溜的喉管，牠剛要用力噬咬下去，一隻人的手掌扯住牠脖頸上的鐵鏈，粗暴地將牠的腦袋往天空懸吊。

「你這條瘋狗，你又要撒野了，看我不扭斷你的脖子！」胖廚師惡狠狠地說。

牠竭力掙動脖頸，想把最後的致命的噬咬完成了。可胖廚師力氣大得出奇，牠的腦袋無法再壓低下去將狗牙叼住白獅狗的頸窩。倒是白獅狗趁機在牠胸窩又啃咬了兩口，雖說沒傷筋動骨，卻也鮮血淋漓了。牠也胡啃亂咬，只咬到牠的下巴頦，咬得白毛紛揚，卻無法咬到致命的部位。

「你他媽的還敢瘋狂呀，老子勒死你！」

牠脖頸上的鐵鏈猛地被收緊，脖子被卡得吐不出氣來，眼冒金星，不由自主地鬆開了前爪。白獅狗趁機骨碌翻了個身，拖著那條斷腿，從牠爪牙下逃逸出去，躲到鐵門外牆旯旮裏，嗚嗚哀嚎。

牠又失敗了。牠無論如何也無法戴著鐵鏈同時對付一個男人和一條狗的。

胖廚師並沒因為牠鬆開了白獅狗而放掉牠，他仍用雙手兇狠地勒緊牠脖頸上的鐵鏈。他不但勒鐵鏈，還用勁往上提吊，牠兩隻前爪懸空，只有兩隻後爪還勉強立在地面上。牠的眼球已被勒得暴突出來，快窒息了。他只要再用點勁，牠整個身體都會被他吊在半空的。

牠不是鳥類，牠是走獸，離開大地，牠就失去一切反抗能力，變成一堆任人宰割的狗肉。牠無法再忍受了，在生死存亡面前，牠所恪守的不襲擊人的獵狗的道德準則變得蒼白無力；牠心裏湧動起一股攻擊的驅力。牠後肢在地上用力踩了個麻花步，身體轉了半個旋，扭過頭來，在胖廚師的右手腕上咬了一口。

「哎唷——」他喪魂落魄地驚叫起來，鬆開了手掌。牠的四肢落回堅實的地面。牠脖頸一陣鬆弛，呼吸變得暢通，暴突的眼球也縮回眼窩。

胖廚師肥胖笨重的身體一瞬間變得輕盈，跳霹靂舞似地從牠身邊跳開去。他臉色蒼白，兩條眉毛驚得扯向額角，渾身哆嗦著，左手捏著右手腕。嘀嗒嘀嗒，鮮紅的血從他的指縫間溢流出來。

「你……你這條瘋狗，你……你敢咬我……我要活剝了你的狗皮！」他站在離斷頭椿兩米外的安全區域顫聲說道。「來人哪！來人哪！瘋狗咬人啦——」他跺著腳朝天吼道。

不一會兒，宋英學領著一幫子男女演員奔來了。宋英學抱起縮在牆旮旯裏的白獅狗，心疼得直搖頭，指著牠的鼻子罵道：

「你這個野種，咬壞了牠的腿；你知道牠的價錢嗎？你十條狗命都抵不上牠一條腿！」

「宋經理，老胖的手也給咬傷了！」拉二胡的老章說。

「喲，還在流血，被瘋狗咬了，會得狂犬病的。快，把老胖和白獅狗送醫院！」宋英學說。

幾位男演員上來攙扶著胖廚師，抱著白獅狗，向鐵門外走去。

「拿棒子來。」宋英學又大聲說道，「馬上給我把這條瘋狗處理掉，晚上燉狗肉湯喝。」

已走到鐵門外的胖廚師突然甩開攙扶他的男演員踅回夾牆來，說：「宋經理，現在別殺，求求你，把這條瘋狗留給我。我要親手宰了牠，出出這口惡氣！」

宋英學蹙著眉尖想了想說：「也好，給這條瘋狗多活一天。明天是冬至，明天中午吃狗肉也算是給大家過個節吧。老章、老楊，你倆明早起床後，來幫老胖一起宰狗。」

這時，牠看見小主人阿炯點著竹棍姍姍來遲。他進了夾牆後一言不發，站在牠面前，伸出手來撫摸牠脖頸上被胖廚師用鐵鏈子勒出來的傷痕。

「阿炯，不准你再替瘋狗求情了。牠咬斷了白獅狗的腿，白獅狗起碼半個月不能陪你上臺演出。還咬傷了老胖的手，這一次，無論如何也不能再饒過牠了。」宋英學說。

「瘋狗的肉能吃嗎，吃了會得狂犬病嗎？」亞萍憂心忡忡地問老章。

「沒事。」老章安慰她說，「這跟吃毒蛇沒什麼兩樣，只要把狗頭斬掉了，把狗血放乾淨，吃了準沒事。」

小主人似乎誰的話也沒聽見，一聲不吭，從牠的額頭到尾尖，用手掌一遍一遍捋順牠凌亂的狗毛。但牠感覺到他的兩隻手在劇烈地顫抖。

阿炯輕輕將小房間的門拉開一條縫，客廳裏灌進來一陣歡聲笑語，電視裏似乎正在播連續劇，演員好像挺幽默，宋叔叔和阿姨笑得十分開心。精彩的電視節目已經把阿姨的注意力吸引過去了，阿炯想。關鍵是要叫得突然，在她完全沒有防備時，一聲呼喊，她就會作出最真實的反應，就會洩露天機，就能解開他心中的謎團。

他又輕輕將小房間的門開大了些。他的心跳得很厲害，緊張得手心都攥出了汗。他想了整整一天，才想出這麼一個能有效地識別真僞的辦法。他靠在門框上，朝客廳冷丁喊了一句：

「繆菁——」

就像石子丟進水裏必然要冒起水花，「噯——」客廳裏立即傳來阿姨不暇思索反射動作般

的應答聲。她答應得如此快捷乾脆，毫不含糊，沒有半點拖泥帶水。

阿炯的心猛地往下一沈，全身的血液都彷彿凝固了。他無法不面對這樣一個嚴酷的現實，這位好心的阿姨就是他朝思暮想了整整七年的媽媽！看來，今早上在排練廳通往廁所的走廊裏聽到的亞萍和老章的對話一點也沒攙假。

精確地說，她才答應了半個噯字，大概是在零點零幾秒的一瞬間她醒悟到了什麼，極迅速地將後半個噯字鎖在了喉嚨口。

對瞎子來說，聲音就是形象。啪地一聲，不知是誰將電視機關掉了，客廳裏靜得有點可怕。她和宋叔叔一定在我看你，你看我，大眼瞪小眼，阿炯想，他們的臉色一定很難看，驚愕、迷惘、困惑，也許還混雜著幾絲羞愧。

呼——呼——傳來她起伏跌宕沈重艱澀的喘息聲。

「阿炯，你剛才叫誰的名字呀，我和你阿姨忙著看電視，也沒聽清楚……」

「不，老宋，別再欺騙孩子了！」她哭聲哭腔地嚷道。

「小聲點，小聲點，小心隔牆有耳。」宋叔叔壓低嗓門說道。

她嚶嚶地哭泣起來。

「阿炯，是誰告訴你這個名字的？」宋叔叔問，「這些混蛋，唯恐天下不亂。」

阿烔緊抿著嘴，一聲不吭。現在，他不想回答任何問題，他想聽聽她是怎樣解釋為什麼要對他隱瞞真相的。

「阿烔，我……我對不起你。」她哭得很傷心，哽咽著說。

說一聲對不起，就可以把七年的酸甜苦辣一筆勾銷了嗎？

「阿烔，你媽媽沒有什麼地方對不住你。」宋叔叔走過來，將一隻手捏著他的肩，輕輕搖晃著，「你既然已經知道她就是你的媽媽，你已經不是小孩了，我們不妨打開天窗說亮話。你媽媽為了你，不知流了多少淚，為了把你接到家裏來住，她不怕被人閒言碎語，還把我們的女兒萌萌送到奶奶家去了。她為你承擔了很大風險，作出了很大犧牲。這點你明白嗎？」

看來，自己過去壓根兒就想錯了，阿烔想，他還以為媽媽想他想得心碎腸斷，就像田需要水、樹需要陽光、天空需要小鳥一樣需要他呢，原來……原來他的出現讓媽媽為難了，給她添麻煩了，給她的生活製造了很多壓力。

「阿烔，我們沒告訴你事情的真相，是有很多原因的。」宋叔叔說，「你應該理解我們的一番苦心。你想想，假如外面都知道繆菁是你媽媽，別人會用什麼眼光來看我們這個家？更重要的是，別人會誤會我是在搞裙帶關係才讓你上臺演出，並把你捧紅的，這不但會害了我，也會害了你的。」

十六　發現真相

就算宋叔叔這話講得有點道理，但在宋叔叔發現他二胡拉得不錯以前，他們也瞞著他真相，那又該作何解釋呢？他們是想不動聲色地把他送回麗江去。阿炯想到這些，就不寒而慄。

「阿炯——」她叫了一聲，從沙發上站起來，快步走到他面前，突然抱住了他，「是我不對，原諒我。」

阿炯聞到了一股清雅的茉莉花香。要是早兩個月她對他說這句話，他會感動得失聲痛哭的，但現在，他的心已經冷了，像個木頭人似的靠在她胸前，什麼也沒說，也沒流淚。

「阿炯，你怎麼啦，怎麼不說話呀？」她的聲音有點顫抖，透露出她內心的不安，「阿炯，叫吧，叫我一聲媽媽。」

「不行。」宋叔叔制止道，「繆菁，妳不要感情衝動，因小失大。我們都應該冷靜理智地想想，你們母子相認，痛快倒是痛快了，但有什麼好處呢？阿炯的證件都快批下來了，就在這節骨眼上，這件事要是張揚出去，就全砸了。你們知道這意味著什麼嗎？阿炯就要回麗江去，歌舞團就會垮臺，我也會名譽掃地。」

「這是在自己家裏，別人不會聽見的。阿炯，你就叫我一聲吧。」

他有點想叫，但叫不出聲來。昨天是阿姨，今天變成了媽媽，只能偷偷叫一聲，到了明天，在大庭廣眾面前，媽媽又要變成阿姨，他小小的年紀，實在無法適應這變幻莫測的成人世界。他覺得她很陌生，實在叫不出口。

「還是阿炯懂事。」宋叔叔說，「其實，叫阿姨還是叫媽媽不過是個形式問題，關鍵是要從阿炯的切身利益著想。」

他別想騙他。阿炯心裏明白，叫阿姨還是叫媽媽，絕對不會僅僅是個形式問題。

宋叔叔又說了很多很多，阿炯沒心思仔細去聽。終於，宋叔叔說累了，時間也晚了。

「好了，都睡覺去吧，」宋叔叔打了個哈欠說，「注意，明天我們都要正常上班，正常排練，正常演出，千萬別露了馬腳。我曉得的，歌舞團很多人都在等著看我們的笑話，抓我的把柄呢。」

阿炯躺在床上，根本睡不著。也不知過了多久，門鎖喀嗒響了。他趕緊閉起眼，把大半張臉埋在枕頭上，踢蹬開身上的被子，裝出一副熟睡的樣子。

輕微的腳步聲來到小床邊，啪，是電燈開關的聲音。

「我說妳是瞎擔心嘛，」宋叔叔不滿地嘟囔道，「半夜三更還把我拉起來。瞧，他不是睡得挺好的嘛。會有什麼意外？」

「老宋，我總放心不下，他不哭也不鬧，連一句話也不說，我擔心他會……」

「阿炯是個懂事的孩子。他知道真相後，心裏有點難受這是免不了的。但他也會明白，我

們正在努力爭取讓他有個好前程。他不會去幹傻事的。」宋叔叔很自信地說。

「但願是這樣。」

「妳瞧，他睡得多香，被子踢掉了都凍不醒他。」

阿炯感覺到，凌亂的被子被輕輕掖好了，鼻孔裏又鑽進一股清雅的茉莉花香。

「繆菁，妳就放寬心地睡吧。」宋叔叔說。

又過了很長一段時間，夜已深沈，阿炯躡手躡腳起來，拉開小房間的門聽了聽，大房間傳來宋叔叔節奏鮮明的鼾聲。他穿好衣裳，摸索著穿過客廳，走出家。

歌舞團大廳裏靜悄悄的，只有一隻蟾蜍在潮濕的陰溝裏偶爾發出一兩聲粗濁的鳴叫。半個月亮掛在屋檐上，掛在樹梢上，給院子灑下一層澹淡的白光。

他曉得，只要自己繼續對媽媽叫阿姨，不久，宋叔叔就會替他辦妥手續，還會被吸收爲蟠龍歌舞團的正式演員，他將在輝煌的舞臺上實現自己的人生價值，他不用回麗江的金竹寨了，他這輩子就做城裏人了。可是，他也知道，除非自己一顆心冷成冰坨，他是絕不可能再開口叫她阿姨了。他需要穩定的生活和有成就的事業，但他更需要潔白的沒有變質的溫情。他的身體已經殘廢了，他不願意自己的精神也變得有缺陷。

穿過一道夜間不上鎖的邊門，阿炯跨進紅蕾劇場的院落。順著那條兩邊栽種著蒲葵樹的煤渣路前行左拐，就是伙房，伙房背後的夾牆內就羈押著他的迪克。

即使他現在還不知道阿姨就是媽媽，他也要出走的。迪克已被判處了死刑，緩期一天執行，迪克忠心耿耿陪伴他走過人生一段最艱難的旅程，他怎麼能看著迪克遭難而不管呢。他知道迪克是冤枉的，他不能讓他們害了牠。

夾牆的鐵門沒有上鎖，聰明的迪克遠遠就聞到了他身上的氣味，沒有吠叫，無聲地熱烈地搖著尾巴，迎接他的到來。他的手指順著鐵鏈摸到迪克脖頸上的鐵項圈，項圈上有個活動開關，他用力一擰，鐵鏈子錚地發出一聲沈重的顫音，像一條被擊中的七寸蛇，從迪克脖頸上鬆落下來。

重新獲得了自由的迪克，虔誠地舔著阿炯的鞋。牠咬傷了白獅狗和胖廚師，給小主人闖下這麼大的禍，惹了這麼大的麻煩，小主人仍然沒有嫌棄牠，捨不得扔掉牠，牠心裏說不出有多感激。小主人半夜三更悄悄來臨，還背著那把二胡，牠一看就明白，小主人不單是要在死神的魔爪下拯救牠的性命，還要帶牠遠走高飛。

牠早就盼望著小主人能離開這曲也是直、直也是曲、黑也是白、白也是黑的不僅令人討厭也令狗討厭的紅蕾劇場燈火輝煌的舞臺了。牠把腦袋鑽進小主人的胸懷，汪汪輕吠了兩聲，小

主人，不管你走到天涯海角，我迪克都永遠守候陪伴在你的身邊。牠相信小主人能聽懂牠的心聲。幾乎人人都討厭牠，人人都恨牠，只有小主人能理解牠。也許，牠實在長得太醜了，只有瞎子才不會在乎牠醜陋的外貌，牠想，當人的雙目失明後，他便只能用他的心去看世界，心看見的世界才是最真實最美麗的世界。

迪克銜著阿炯的竹棍，人和狗一起走出夾牆，走出鐵門，走出劇場人院。

起霧了。街上，路燈在濕重的霧障後面閃爍著昏黃的光，街道兩旁的銀樺樹被霧淹得只顯出一個朦朧的剪影。人和狗彳亍在寂靜空闊的馬路上，要去尋找比雪片更純潔透明晶瑩的愛。

遠方，紫黛色的天宇露出一抹水紅色的朝霞。他們正朝著太陽升起的地方走去。太陽就要出來了。太陽會給大地帶來光明和溫暖。

沈石溪作品集

我們一起走，迪克【新封珍藏版】

作者：沈石溪
發行人：陳曉林
出版所：風雲時代出版股份有限公司
地址：10576台北市民生東路五段178號7樓之3
電話：(02) 2756-0949
傳真：(02) 2765-3799
執行主編：朱墨菲
美術設計：許惠芳
行銷企劃：林安莉
業務總監：張瑋鳳

出版日期：2018年9月
版權授權：沈石溪
ISBN ：978-986-352-622-3
風雲書網：http://www.eastbooks.com.tw
官方部落格：http://eastbooks.pixnet.net/blog
Facebook：http://www.facebook.com/h7560949
E-mail：h7560949@ms15.hinet.net
劃撥帳號：12043291
戶名：風雲時代出版股份有限公司

風雲發行所：33373桃園市龜山區公西村2鄰復興街304巷96號
電話：(03) 318-1378
傳真：(03) 318-1378
法律顧問：永然法律事務所 李永然律師
北辰著作權事務所 蕭雄淋律師

行政院新聞局局版台業字第3595號 營利事業統一編號22759935

國家圖書館出版品預行編目資料

我們一起走，迪克 ／ 沈石溪 著. -- 再版. --
臺北市：風雲時代，2018.08-　面；公分

ISBN 978-986-352-622-3 （平裝）

859.6　　107010273